W0270885

Edgar Rai
Halbschwergewicht

Edgar Rai

Halbschwergewicht

Roman

PIPER

Mehr über unsere Autoren und Bücher:
www.piper.de/literatur

Von Edgar Rai liegen im Piper Verlag vor:
Die Gottespartitur
Etwas bleibt immer
Halbschwergewicht

MIX
Papier aus verantwortungsvollen Quellen
FSC® C014496
FSC
www.fsc.org

ISBN 978-3-492-05885-8
April 2018
© Piper Verlag GmbH, München, 2018
Satz: Kösel Media GmbH, Krugzell
Gesetzt aus der Charter
Druck und Bindung: GGP Media GmbH, Pößneck
Printed in the EU

Der Tod heilt jede Krankheit.
Abt Muho

Kurz vor Ende der neunten Runde fing Lucky sich endlich den Treffer ein, der ihm erlaubte, auf die Bretter zu gehen. Erst jetzt, das Gesicht auf der Matte, den Blick unter den Seilen hindurch, entdeckte er Helmut, der sich den Weg durch die aufspringenden Zuschauer bahnte. Lucky war sicher gewesen, dass er kommen und sich seinen Comeback-Fight ansehen würde.

»Eins!«

Mit dem rechten Ohr stimmte etwas nicht. Das Trommelfell. Der Arzt, der ihn am nächsten Tag in der U-Haft untersuchte, sagte dazu: »Stellen Sie sich einfach eine aufgeplatzte Tomate vor.« Der Ruf des Ringrichters kam wie durch Wasser. Lucky spürte die blaue Matte kühl an seiner Wange, den Puls an seinem Hals, irgendwo zwischen 160 und 170. Liegen bleiben, bleib einfach nur liegen. »Das wirst du doch wohl schaffen«, hatte Marcello gesagt. Penner.

»Zwei!«

Nicht so einfach – liegen bleiben. Nicht für einen wie Stefano Ferrante alias Lucky. Dreißig Siege als Profi, dreiundzwanzig davon durch K. o., ein Unentschieden, ein technischer K. o. durch Verletzung. Nicht ein einziges Mal in seiner Karriere war er auf die Bretter gegangen, und jetzt sollte er liegen bleiben. Aus den ersten Reihen ertönten ungläubige Rufe: »Steh auf, Lucky!«

»Drei!«

Wenn dieser feiste Sack von Ringrichter in dem Tempo weitermachte, hätten sie die Tribünen abgebaut, bevor er Lucky ausgezählt hatte. Offenbar meinte er es gut mit ihm und wollte ihm die Chance geben, wieder auf die Beine zu kommen. Doch Lucky musste liegen bleiben. Sonst war sein Geld weg – alles. »Niederlage nach Punkten reicht nicht«, hatte Marcello ihm eingeschärft. »Du musst auf die Bretter.«

»Komm hoch, verdammt!«

Eine schrille Frauenstimme, die ihm entfernt bekannt vorkam und die selbst durch den aufbrausenden Tumult und das blutgefüllte Ohr zu hören war. Doch es war nicht seine Frau, die da aus Leibeskräften schrie. Yvonne saß direkt hinter dem Richtertisch in der ersten Reihe, hielt ihre Handtasche im Schoß und sah Lucky an wie einen gestrandeten Fisch. Er schloss die Augen.

»Vier!«

Das gesamte Huxleys erhob sich wie eine Wand. Lucky spürte es mit geschlossenen Augen. Zweitausend Fans, die Zeugen seiner Rückkehr auf die große Bühne werden wollten und denen er jetzt den nackten Arsch ins Gesicht streckte. Ausgerechnet im Huxleys, Neukölln, sein Kiez. Zwei U-Bahn-Stationen von hier war er aufgewachsen. Heimspiel. Als er seine Augen wieder öffnete, hatte Helmut dem Ring den Rücken zugekehrt und steuerte mit hängenden Schultern den Ausgang an. Lucky hätte gern nach ihm gerufen. Zu seiner eigenen Überraschung hatte er Tränen in den Augen.

»Fünf!«

Er stemmte die rechte Faust in den Boden – als versuchte er, auf die Beine zu kommen. Er war ein miserabler Schauspieler, immer gewesen. Trotzdem ging ein hoffnungsvolles Raunen durch die Halle. »Lass uns nicht hängen, Lucky!« Wieder diese Frauenstimme.

Er sah die Beine seines Gegners durch sein Sichtfeld tänzeln. Acht Runden lang war der »hanseatische Hammer« im Rückwärtsgang unterwegs gewesen, jetzt konnte er plötzlich steppen.

Wahrscheinlich bildete er sich tatsächlich ein, Lucky auf die Bretter geschickt zu haben. Das Gesicht auf der Matte, tastete Lucky mit seinem Blick die Reihen ab. Die gesamte Halle war auf den Beinen, bis auf den letzten Rang. Nie in seinem Leben hatte er sich mehr geschämt.

»Sechs!«

Sein Blick verschleierte sich. Wann hatte er das letzte Mal Tränen in den Augen gehabt? Hatte er überhaupt jemals geweint? Kein Eintrag. Er stemmte auch die linke Faust in den Boden, die einmal seine Schlaghand gewesen war. Noch konnte er sich entscheiden. Auch mit geplatztem Trommelfell und einer Linken, die nur noch zum Winken taugte, könnte er diesen Kampf für sich entscheiden. Den hanseatischen Hammer würde er mühelos mit der Führhand auf Distanz halten. Nach Punkten lag er vorn. Er musste nur aufstehen und drei Runden lang stehen bleiben. Würdevoll abtreten. Dass er nach seiner Verletzung aus dem letzten Kampf nie wieder richtig würde boxen können, wusste schließlich niemand. Neben Yvonne saßen die, denen er diesen Schlamassel zu verdanken hatte: Marcello, Nino, dahinter Schlepper, Ninos Mann fürs Grobe. Unter den zehn größten Arschgeigen der Stadt rangierten Nino und Marcello wahrscheinlich auf den Plätzen drei und fünf. Und Lucky hatte sich an sie verkauft.

»Sieben!«

Beim Walk-In hatte er geglaubt, Helmuts Blick im Nacken zu spüren, unter der Kapuze. Unsinn natürlich. Aber gekommen war er. Und jetzt war er weg. Lucky konnte ihn nirgends mehr entdecken. So sicher er vor dem Kampf gewesen war, dass Helmut ihn beobachtete, so sicher war er jetzt, dass er ihm für immer den Rücken gekehrt hatte. Von allen guten Geistern verlassen.

Lucky hatte nicht den Mut aufgebracht, ihm den Deal mit Marcello und Nino zu beichten. War auch nicht nötig. Nach dieser Einlage konnte sich Helmut seinen Teil denken. Du kannst der Presse etwas vormachen, deinen Gegner täuschen, manchmal sogar dich selbst. Nicht aber deinen Trainer, nicht Helmut.

Das Chaos in der Halle war auf nicht nachvollziehbarem Weg in einen rhythmischen Schlachtruf übergegangen: Lucky, Lu-cky, aus zweitausend Kehlen, Lu-cky! Er spürte die Vibration in den Eingeweiden. Er zog die Beine unter den Bauch und stemmte sich in den Vierfüßlerstand. Die Rufe der Zuschauer sammelten sich unter der Hallendecke wie ein explodierendes Feuer. Nino sah alarmiert zu ihm auf, Marcello starrte scheinbar in Gedanken versunken ins Nichts, Yvonne hatte noch immer diesen Blick, den Lucky nicht deuten konnte. Abscheu? Mitleid? Sie kam ihm sehr weit weg vor. In diesem Moment ging ihm auf, dass etwas faul war.

»Acht!«

Das hanseatische Duracell-Häschen hüpfte noch immer durch den Ring, die Sensation zum Greifen nah. Unter normalen Umständen hätte Lucky dem Typen so oft die eigenen Handschuhe auf die Ohren gehauen, dass der spätestens in Runde vier von allein die Matte geknutscht hätte. Stattdessen hatte sein Gegner acht Runden lang kaum jemals den Arm ausgefahren. Als hätte man ihn erst gestern in die Geheimnisse der Doppeldeckung eingeweiht, und jetzt könnte er gar nicht genug davon bekommen, allen zu zeigen, wie schön er die Ellenbogen zusammenhalten und sich die

Handschuhe auf die Ohren drücken konnte. Wie sollte sich Lucky von so einem K. o. schlagen lassen?

»Was soll ich denn n-noch machen?«, hatte er gemault, als Marcello in der Pause in seiner Ringecke aufgetaucht war. »Mir einen Krei-eis aufs Kinn malen, damit er w-weiß, wo er hinschlagen soll?«

»Lass einfach die Deckung hängen.«

»Da kann ich m-mir die Arme ja gleich auf-f den Rücken binden.«

Lucky angelte mit der Rechten nach dem Seil und versuchte, es so aussehen zu lassen, als wollte er sich hochziehen. Der Saal bäumte sich auf.

»NEUN!«

Plötzlich wusste Lucky, was in der ersten Reihe hinter dem Richtertisch nicht stimmte. Es war nicht Yvonnes Blick, ihre sonderbare Teilnahmslosigkeit, und es war auch nicht Nino mit seinem West-Coast-Rapper-Gedöns um den Hals und seiner violett getönten Brille. Früher wäre so einer in Luckys Kiez keine drei Blocks weit gekommen, ohne rasiert zu werden. Nein, es war Marcello in seinem Maßanzug mit den hervorblitzenden Manschettenknöpfen in Form von Boxhandschuhen. Die Art, wie er zu Boden sah. Als schämte er sich. Ein Gefühl, das dem Promoter ansonsten komplett abging. Wenn Marcello ein schlechtes Gewissen hatte, stimmte etwas nicht. Hier war etwas im Gange, und Lucky hatte das deutliche Gefühl, der Einzige zu sein, der keine Ahnung hatte, was es war. Und kein Helmut weit und breit.

Er erinnerte sich, wie er damals, beim Finalkampf um die deutsche Meisterschaft der Kadetten, zwar gewonnen, aber schrecklich Prügel bezogen hatte. Stolz wie Bolle wollte er seinem Trainer um den Hals fallen, Helmut aber sah ihn nur ernst an.

»Was ist los?« Einen Moment lang glaubte Lucky, den Kampf gar nicht gewonnen zu haben – dabei trug er doch den Lorbeerkranz um den Hals.

»Es muss doch irgendetwas geben, wovor du Angst hast!«, fuhr Helmut ihn an.

Lucky stand da wie versteinert. »Ich weiß nicht.«

Ihm war das Konzept unklar. Falls er die Erfahrung »Angst haben« gemacht hatte, war sie nicht mit dem verknüpft, womit sie bei anderen verknüpft war.

Drei Tage später hatte er die Antwort. Als er am Mittwoch zum Training erschien, sagte er: »Ich hab eigentlich nur Angst davor, dich zu enttäuschen.«

»Dann denk dran, wenn du das nächste Mal in den Ring steigst.«

»Aber ich hab doch gewonnen!«

»Ja, aber du musst besser auf dich aufpassen. Sonst machst du es nicht lange.«

Jetzt, zwanzig Jahre später, war es so weit. Er hatte Helmut enttäuscht. Wie ein Büßer auf der Matte kniend, ließ er die Arme sinken und begann zu weinen.

»AUS!«

1

Statt ihm alles Gute zu wünschen, wie er das sonst macht, wenn ein Häftling wieder auf freien Fuß kommt, hebt der Wärter den Ellenbogen auf Schulterhöhe und tippt sich mit zwei Fingern an die Schläfe. Zu viele Amifilme geglotzt, denkt Lucky und tritt durch die Pforte in den diesigen Novembervormittag. Ist lange her, dass er das letzte Mal Wind auf der Haut gespürt hat. Er schüttelt es ab – wie um sich auf die nächste Runde vorzubereiten. Eine Bewegung, die ihm lebenslang eingeschrieben bleiben wird. Das Tor IV der JVA rollt mit genau dem Geräusch ins Schloss, das man von einem vier Meter hohen Stahltor erwartet.

Drei Jahre, sechs Monate, elf Tage. Bei seinem Haftantritt war Frühling gewesen. Auf dem Rasenstreifen vor der Gefängnismauer hatten Blumen geblüht. Jetzt ist Herbst und die Welt eine andere. Zwei Krähen hüpfen schwerfällig über den nassen Rasen, das Rauschen der nahen Autobahn ist zu hören. Lucky wirft einen Blick über die Schulter. Die Stacheldrahtspirale auf der Gefängnismauer schraubt sich in den Nebel hinein, der Wachturm scheint zu schweben. Die Turbinen eines startenden Flugzeugs heulen auf. Die Welt mag nicht mehr dieselbe sein, aber Tegel ist noch in Betrieb. Willkommen zurück.

»Auf freiem Fuß« ist ein Ausdruck, der den Sachverhalt in Luckys Fall nur unzureichend beschreibt. »Die ersten Schritte sind die schwersten«, hat der Typ gesagt, als er ihm nach dem Frühstück die elektronische Fußfessel anlegte.

»Aber Sie gewöhnen sich dran.« Es war unklar, ob er die ersten Schritte in Freiheit meinte oder die ersten Schritte mit Fußfessel. Er grinste. Als wären sie Kumpel oder alte Weggefährten. »Wird Ihnen auch kaum etwas anderes übrig bleiben.« Dreieinhalb Jahre Haft, ohne den wahren Grund zu kennen, und zum Dank dafür bekommst du bei der Entlassung eine Fußfessel. Lucky hätte dem Typen gern seine blendend weißen Zähne ausgeschlagen.

Was würde Mongo dazu sagen? Sicher würde er einen seiner Standardsprüche ablassen: »Es existiert allein das Jetzt.« Komischer Vogel, von einem anderen Stern. Aber eben auch – was? – weise? Saß den ganzen Tag auf seinem Bett, als würde ihm jemand heimlich etwas zuflüstern. Immer in seiner orangefarbenen Mönchskutte. Konnte Lucky niemand beantworten, warum ausgerechnet er die tragen durfte, während alle anderen im Anstaltsoutfit herumzulaufen hatten. Bis heute weiß Lucky nicht, weshalb sie ihn eigentlich eingebuchtet haben. Ist nicht wichtig, meinte der Abt. Aber er sitzt noch immer, und er saß schon ein, als Lucky zu ihm in die Zelle kam.

Natürlich heißt er nicht wirklich Mongo. Eigentlich heißt er Munhoe oder Muhau oder so. Aber weil Lucky es auch nach dem x-ten Mal nicht richtig aussprechen konnte und der Abt nur in Zeitlupe zwei japanische Schriftzeichen aufmalte, als Lucky ihm sagte, er solle seinen Namen schreiben, nannte er ihn von da an einfach Mongo. Der Abt störte sich nicht daran. Der störte sich an gar nichts. Saß in aller Seelenruhe im Lotussitz auf seinem Kissen und starrte die Wand an. Jeden. Verdammten. Tag.

»Und w-was soll das bringen?«, wollte Lucky irgendwann wissen.

»Es muss nichts bringen«, erwiderte Mongo.

»Dann isses Zeitverschw-wendung.«

»Wir nennen es ›Zazen‹. Es ist die Zeit, in der du nichts und niemandem gehörst. Es ist gewonnene, nicht verlorene Zeit.«

»Jede Mi-inute hier drin ist verlo-orene Zeit, Mann.«

»Einem Zen-Mönch stehen alle Richtungen offen.«

»Ach ja? Dann geh mal nach links.«

»Damit ist gemeint, dass ich an jedem Ort nahe der Praxis sein kann, auch in einer Gefängniszelle.«

War wirklich nicht einfach gewesen mit Mongo und seinen Weisheiten. Trotzdem weiß Lucky schon jetzt, dass er seinen Zellengenossen vermissen wird.

Es gibt also allein das Jetzt. Die Vergangenheit ist unwiederbringlich dahin. So weit die Theorie. Die Praxis dagegen sieht anders aus: In der existiert die Vergangenheit nämlich, und zwar so was von, physisch, als Fußfessel, sie hängt an Luckys Bein mit dem Gewicht eines Boxsacks. Wie auch immer Mongo das im Hier und Jetzt erklären würde.

Lucky hört das Klicken eines Auslösers. »Hier, Lucky!«

Vorn an der Straße schält sich ein Reporter aus dem Dunst. Fettige Haare, schmale Schultern, Kippe, Adidas Universal. Einer von denen, die bei Windstärke drei von allein aus den Latschen kippen. Innerhalb von zwei Sekunden macht er ein Dutzend Fotos. Bechtheimer, der Leiter von Block V, bot Lucky an, bei der Entlassung ausnahmsweise Tor IV zu benutzen. »Um der Meute zu entgehen«, wie er das nannte. Jetzt ist natürlich doch einer da, exklusiv. Lucky tippt auf BILD oder BZ, die haben die besten Connections. Und Bechtheimer vermutlich ein paar Hunderter mehr in der Tasche. Nimmt eben jeder, was er kriegen kann. Da unterscheidet sich der Knast kein bisschen vom Rest der Welt.

»V-verpiss dich«, ruft Lucky.

Der Auslöser rattert wie eine Geldzählmaschine. »Was wirst du jetzt machen, Lucky?«

»Fick dich.«

»Wie ist das so – mit einer Fußfessel rumlaufen zu müssen?«

Das weiß er also auch. Gut informiert. Lucky rückt den Gurt seiner Trainingstasche zurecht und denkt an die Worte des Fußfesselfuzzis: Die ersten Schritte sind die schwersten. Er spürt den Raum um sich herum wie auf einem Zehn-Meter-Brett, wenn der Handlauf endet. Einen Fuß vor den anderen setzend, geht er vor bis zum Bürgersteig, während sich die Gefängnismauer in seinem Rücken schrittweise von ihm entfernt. Der erwartungsvolle Blick des Reporters bekommt derweil einen verunsicherten Beigeschmack.

»Lucky, wie ...«

Lucky schneidet ihm das Wort ab. »Hast du ne F-fluppe?«

Der Typ fummelt ein Zigarettenpäckchen aus der Tasche, das aussieht, als hätte er es beim Topfschlagen gewonnen – lila und rosa. Hätte sich vor ein paar Jahren auch niemand träumen lassen. Kaum hält Lucky die Zigarette zwischen den Lippen, schnalzt ein Zippo, und er hat eine Flamme vor der Nase. Er zieht den Rauch ein, füllt die Lunge damit, stößt ihn aus. »Du hast deine F-fotos, jetzt ver-verpiss dich.«

Die beiden trennt eine Armlänge. Ein Jab, und der Reporter fände sich in der Waagerechten wieder. Wäre nicht der erste Pressefuzzi, dem das passiert.

»Geht klar, Lucky.«

Mit raumgreifenden Schritten geht der Reporter um seinen Wagen – einen beigefarbenen Skoda –, im nächsten

Moment verschwinden die Rücklichter im Nebel. Lucky setzt die Kapuze seiner Trainingsjacke auf und geht los.

Die Frage ist: Wohin gehst du, wenn alles, wirklich alles, was du noch hast, Anwaltsschulden sind? Er ist übel gefickt worden, so viel steht fest. Was hat Mongo bei Luckys Verabschiedung heute Morgen gesagt? »Das Leben, das du heute nicht lebst, wird für immer ungelebt bleiben.«

Wie üblich fangen die Sätze des Abts nach einer Weile von selbst an, in Luckys Kopf ihre Kreise zu drehen. Wenn du dir mehr als zwei Jahre lang eine Zelle mit einem orange gefiederten Zen-Vogel teilst, dann wunderst du dich irgendwann, nicht selbst in einer Mönchskutte aufzuwachen.

Für Mongo existierte also nur das Jetzt. Folglich, und das leuchtete Lucky ein, konntest du dein Leben auch nur im Jetzt leben. *Das Leben, das du heute nicht lebst, wird für immer ungelebt bleiben.* Wie konnte etwas für immer sein, wenn es sowieso nur das Jetzt gab? Lucky kann die Bedeutung dieses Satzes nicht richtig greifen, aber er spürt die darin enthaltene Aufforderung: dass man so tun soll, als gebe es kein Morgen, und dann merkt man schon, worauf es ankommt.

Inzwischen hat er die Beusselbrücke erreicht, unter ihm führen eine sechsspurige Autobahn und der Schiffskanal hindurch. Lucky spürt die Vibration in den Fußsohlen. Der Lärm kommt von überall zugleich, als steckte er in einem Trichter fest. Über der Autobahn und dem Kanal hat der Wind eine Schneise in den Nebel geblasen, Luckys Blick geht kilometerweit in Richtung Westen, ohne auf ein Hindernis zu treffen. Ihm wird schwindelig davon. Außerdem macht ihn die Brücke seekrank.

Er lässt die Tasche von der Schulter rutschen, umfasst mit

beiden Händen das Geländer und übergibt sich auf einen mit Elektroschrott beladenen Kahn, der gerade den Westhafen verlässt und unter dem Brückenbogen hervorkommt. *Das Leben, das du heute nicht lebst, wird für immer ungelebt bleiben.*

Lucky läuft vier Stunden lang in südöstlicher Richtung. So viel Raum. In der Turmstraße zieht er sich auf seinen frisch geleerten Magen einen Döner rein, später, am Nollendorfplatz, kauft er eine Flasche Wasser. Bei seiner Festnahme waren über 400 Euro in seinem Portemonnaie gewesen, vorhin, bei der Herausgabe, waren es noch dreizehn Euro achtzig. Eine Geldentwertung wie im Krieg. Er versucht, so zu gehen, als trüge er keine Fußfessel. Aber je mehr er darauf achtet, umso ungleicher wird sein Gang. Wie angeschossen. Er sieht es im Vorbeigehen in den Schaufenstern. Oder bemerkt nur er es?

Jeder Zweite, der ihm auf der Straße begegnet, erkennt ihn. Logisch. Da hilft auch die Kapuze wenig. Manche grinsen, manche nicken, manche glotzen, manche wenden den Kopf ab. Dreieinhalb Jahre sind eine lange Zeit, aber Lucky war eine Berühmtheit, und seine Hackfresse, wie er selbst sie nennt, hat in etwa den Wiedererkennungswert eines gelben Ferraris. Er weiß das, er hatte mal einen. Ex-WBO-Champion der Herzen und Modelmörder. Beides stimmt nicht: weder Model noch Mörder. Er hat sie nicht umgebracht. Und wenn sie eines sicher nicht gewesen war, dann ein Model.

Auch wenn niemand zu sehen ist, kommt Lucky sich beobachtet vor. Das Gefühl lässt sich nicht abschütteln. Er nimmt an, dass es mit der Fußfessel zusammenhängt. In diesem Moment glotzt irgendein BKA-Lutscher in Bielefeld oder wo auch immer auf einen Monitor und sieht ihn durch den Tiergarten laufen, verfolgt jeden seiner Schritte. Er hat das Ding noch keine fünf Stunden am Fuß, und schon nervt es mehr als jeder Tripper. Auch den hatte er schon.

Für die ersten sechs Monate hatten sie ihn in den geschlossenen Vollzug gesteckt. Er sei psychisch labil, hieß es. Die Hölle auf Erden. Du denkst: Mir doch egal, fickt euch! Aber sie kriegen dich klein, jeden Tag ein bisschen, und du kannst nichts dagegen tun. Selbst tausend Liegestütze am Tag helfen nicht, und die helfen sonst gegen praktisch alles. Dafür ist der geschlossene Vollzug da: um dich kleinzukriegen. Sonst nichts. Und es funktioniert. Er frisst dich auf, von innen. Hätten sie ihm nach diesen sechs Monaten eine Rasierklinge unter der Tür durchgeschoben, Lucky hätte sich, ohne zu zögern, die Pulsadern aufgeschlitzt.

Am Gendarmenmarkt angekommen, setzt er sich das erste Mal hin. Sechs Grad und Nieselregen, aber die Touristengruppen eilen über den Platz wie Insekten auf Nahrungssuche. Lucky wählt eine Bank mit Blick auf das Penthouse, in dem Yvonne und er gewohnt haben. Richtig angekommen ist er dort oben nie. In der gesamten Wohnung keine einzige Ritze, weder im Boden noch an der Wand, noch sonst irgendwo. Er kam sich vor wie in einem Hotel. Aber Yvonne ging steil drauf, logisch. Umlaufender Balkon mit Blick auf den Gendarmenmarkt. Jeden Morgen trat sie als Erstes halb nackt ans Geländer, um zu sehen, ob ihr Platz noch da war. Während Lucky einsaß, hat sie den Mietvertrag gekündigt. Soweit er weiß, ist ein Teil der Möbel irgendwo eingelagert, aber zum einen hat er kein Geld, sie auszulösen, zum anderen hat er keine Wohnung mehr. Nicht einmal einen Schlüssel hat er mehr bei sich, keine Wohnung, kein Auto, kein Fahrradschloss.

Yvonnes neuem Wohnort darf er sich nur bis auf hundert Meter nähern. Das ist einer der Gründe für die Fußfessel. Wenn er ihr näher kommt, geht in – wo, Füssen? – ein Alarm los, und sie schicken einen Konvoi, der ihn innerhalb von zwei Minuten zur Strecke bringt. So oder so ähnlich. Dabei darf Lucky gar nicht wissen, wo Yvonne inzwischen wohnt, aus Sicherheitsgründen. Die Richterin, die versonnen mit ihrer Halskette spielte, wenn sie sprach, ordnete an, die Adresse geheim zu halten. Und alles nur, weil ihm bei einer Befragung während der Haft einmal herausgerutscht war, dass er Yvonne (»der Schlampe«) nach seiner Freilassung gern den Kopf um 360 Grad drehen würde.

»Und w-wie soll ich dann wissen, ob ich zu n-nah dran bin?«, fragte Lucky.

»Das werden Sie sehr schnell merken«, hatte die Richterin geantwortet und dabei mit der Zunge geschnalzt.

Die ganze Zeit über redete sie mit ihm wie mit einem Kind. Oberlehrerfotze, dachte er, doch er murmelte lediglich: »F-fotze.« Die Oberlehrerin ließ er weg. Worte mit mehr als drei Silben konnte er okay denken, aber im Mund brachen sie auseinander.

Es spielt keine Rolle. Lucky weiß, mit wem sie jetzt zusammenwohnt, die ganze Stadt weiß es, und wo er den betreffenden Kandidaten findet, weiß Lucky auch. Eins nach dem anderen.

Der Kiez, in dem er groß geworden ist, erscheint Lucky noch stärker verändert als der Rest der Stadt – das Karree um den Herrfurthplatz zwischen Boddin- und Leinestraße. Früher roch es hier im Winter nach Kohleheizung, selbst vor ein paar Jahren noch. Der stechende Geruch war zwar harmlos im Vergleich zu früher gewesen, aber immer noch präsent.

Jetzt ist er verschwunden. Die Gegend kommt ihm insgesamt heller vor. Dabei kündigt sich bereits der Abend an, und die Wolken liegen wie Asche auf den Dächern. Reihenweise sind die Altbauten saniert worden und erstrahlen in sonnigem Gelb und unverbrauchtem Cremeweiß. Erst haben sie den Osten durchsaniert, jetzt ist offenbar der Westen dran.

Das Haus seiner Kindheit ist eingerüstet, das Dach wird ausgebaut. Im abgesperrten Bereich vor dem Eingang stehen ein A8 mit Frankfurter und ein Tesla mit Münchner Kennzeichen. Im Hof ist ein halbes Dutzend Menschen damit beschäftigt, die Stahlstreben für den künftigen Außenaufzug zu nummerieren. Lucky verschwindet im Seitenaufgang und geht hinauf in den dritten Stock. Er weiß genau, wie es hinter der Wohnungstür aussieht: zwei Zimmer, Küche, Bad, kein Balkon, keine Sonnenseite, keine Zentralheizung. Eine Weile steht er auf dem Treppenabsatz, als überlege er, wie er seiner Mutter diesmal den Cut über dem Jochbein und das geschwollene Auge erklären soll. Das Treppengeländer und die Türen sind neu gestrichen worden, es riecht nach Farbe. Sicher wird im Anschluss das Linoleum erneuert. In der Ecke steht ein Paar Gummistiefel von jemandem, der gerade erst laufen gelernt hat. Auf dem Fußabtreter zwei lachende Marienkäfer, die ihre Fühler zusammenstecken. Er geht, wie er gekommen ist, ungesehen.

Die krasseste Veränderung bemerkt Lucky, als er wieder auf die Straße tritt: Der Obst- und Gemüsehändler an der Ecke ist verschwunden. Mit dem hat alles angefangen. Irgendwer hat, während er im Gefängnis saß, unbemerkt einen Teil von Luckys Biografie amputiert. Statt Obst, Gemüse, Bier und Margarine gibt es dort jetzt Burger. Junge bärtige Männer schieben Essen in sich hinein, als wäre das

Teil einer kultischen Handlung. Lucky zählt sein Geld und geht hinein. Das Innere ist so verändert, dass er nicht mehr sagen könnte, wo hier früher welches Regal gestanden hat. Ein satter Geruch umfängt ihn, tierisch und nahrhaft und irgendwie geil. Er hat vergessen, dass der Geruch von Essen einem tatsächlich Appetit machen kann, bestellt einen XL-Burger mit extra Bacon und glaubt, sich zu verlesen, als *9,80* auf dem Display aufleuchtet.

»Was ist mit dem Gemüsel-laden?«, fragt er, während er sein letztes Geld über die Theke reicht.

Der Typ lächelt freundlich. Könnte Lucky sofort reinschlagen.

»Obst und Gem-müse?«, versucht er einen zweiten Anlauf.

Der Typ lässt seine Zähne aufblitzen: »Sorry?«

Lucky wechselt die Tasche von der rechten auf die linke Schulter, lässt sich den Burger geben und macht sich auf den Weg. Viertel vier. Er wird bald kommen. Es sind nur zwei Straßen, aber ein Gang wie durch Lehm. Schmerzen in der Brust bei dem Gedanken daran. Aber um mit Mongo zu reden: Nur wer seinen Schmerz umarmt und eins mit ihm wird, der hat das Wesen des Lebens akzeptiert. Ein Satz, wie gemacht für einen Boxer.

Lucky erkennt ihn, als er am Herrfurthplatz um die Ecke biegt. Helmut, logisch. Der schwere Schritt, die massige Gestalt, Kopf tief, Schultern vor, der weiße, kurz geschorene Stoppelkopf. Schwergewicht. Lucky hat ihn nie boxen sehen, aber er weiß von anderen, dass sein Trainer zwar niemals einen Titel gewonnen hat, aber auch nie auf die Bretter gegangen ist. Den holt nicht einmal ein LKW von den Beinen, hieß es.

Lucky wartet auf einer Bank auf dem Spielplatz. Ein paar Meter zu seiner Linken sammeln zwei unerschrockene Erzieherinnen ihre Kinder ein. In einer halben Stunde ist Trainingsbeginn, und Helmut ist immer der Erste im Gym, wird es immer sein. Lucky wischt sich Finger und Mund mit einer Serviette ab und steht auf.

»H-helmut!«

Helmut bleibt stehen. Er sieht aus wie etwas, das vor langer Zeit aus dem Boden gewachsen ist – als hätten sie den Bürgersteig um ihn herumbauen müssen.

»Helmut!« Lucky noch einmal.

Schließlich schultert er seine Tasche, drückt das Tor auf und überquert die Straße. Sie stehen einander gegenüber. In Helmuts fleischigem Gesicht ist keinerlei Regung zu erkennen, auch macht er keinerlei Anstalten, seine Hände aus den Manteltaschen zu nehmen. Komm schon, denkt Lucky. Dann sagt er die erlösenden Worte:

»Es tut mir l-leid, Trainer.«

2

»Wie geht's der Hand?«

Helmuts erste Frage nach dreieinhalb Jahren und allem, was passiert ist. Als wäre er noch immer sein Trainer. Als ginge es darum, Lucky für den nächsten Fight vorzubereiten.

Sie stehen an einem der beiden Bistrotische vor dem Dartbrunnen, unten an der Okerstraße, keine drei Gehminuten von Helmuts Boxerschmiede entfernt. Die Erzieherinnen drüben auf dem Spielplatz sind noch immer damit beschäftigt, die Kinder einzusammeln. Manche kreischen vergnügt bei dem Versuch, ihnen davonzulaufen, andere sind so fasziniert von den herabtrudelnden Ahornblättern, dass alles andere nebensächlich wird. Für die existiert tatsächlich nur das Jetzt.

Drinnen, hinter der Theke, steht Karl-Heinz. Seit 1993 steht er da, hat, einem Baum gleich, ein paar Jahresringe zugelegt und grüßt Lucky, als wäre der zwei Wochen auf Malle gewesen und nicht drei Jahre im Knast. Draußen hüpfen Spatzen um sie herum, aber man bemerkt sie kaum, Ton in Ton mit dem Bürgersteig.

Kaffee, schwarz. Tausende haben sie davon getrunken. Kaffee vor dem Training, Bier danach. Im Winter Glühwein. *Ein* Bier nach dem Training ist gut, war Helmuts Devise, macht die Muskeln locker. Das zweite ist Gift – macht die Birne weich. Nur wenn Lucky vor einem Kampf Gewicht abkochen musste, durfte er auch das eine Bier nicht trinken. Und eine Runde Dart, die war immer drin. Wenn er die zwanzig nicht mehr traf, weil sein Schlagarm zitterte, war Helmut zufrieden. Dann war es ein gutes Training gewesen.

Lucky hält ihm die Hand hin: »Wird n-nichts mehr.«

Helmut legt seine Pranken um die Hand und befühlt mit den Daumen, was ohnehin nicht zu übersehen ist. Mittelhandknochen, der Klassiker. Heißt nicht ohne Grund »Boxerfraktur«. Im Normalfall kannst du mit so etwas nach sechs Wochen wieder ins Training einsteigen, bei Lucky aber war es kein Normalfall gewesen. Wegen dieser Verletzung war der Rückkampf gegen den damaligen WBO-Halbschwergewichtsweltmeister Ramirez, genannt »der Azteke«, abgebrochen worden.

Ramirez, um das klarzustellen, stammt aus Nicaragua – eine Region, die die Azteken niemals betreten haben –, was ihn nicht davon abhält, bis heute beim Walk-In vor einem großen Kampf eine Nachbildung von Moctezumas Federkrone zu tragen. Ein Pfauenrad ist nichts dagegen. Der Rückkampf gegen ihn endete mit dem einzigen technischen K. o. in Luckys Laufbahn. Ebenfalls in der Neunten übrigens, nicht dass das jetzt noch eine Rolle spielt.

Nach dem Hinkampf, der unentschieden gewertet worden war – obwohl alle außer den Punktrichtern Lucky eindeutig vor Ramirez gesehen hatten –, war klar gewesen: Lucky würde den Rückkampf nur durch K. o. gewinnen können. Er akzeptierte. Und klopfte den Azteken so weich, dass der bereits in Runde zwei das erste Mal auf die Bretter ging. Nach Runde fünf musste er wie ein entlaufenes Pferd in seine Ecke geführt werden. Die Schmeling-Halle tobte vor Begeisterung, sogar in der VIP-Lounge klopfte man sich auf die Schenkel. Niemand in der Halle glaubte, dass der Azteke sich noch sieben Runden auf den Beinen halten würde, nicht einmal sein Trainer. Der knetete bereits seit der dritten Runde das Handtuch und hätte es längst werfen müssen. Kurz vor Ende der sechsten, Ramirez bekam seine Deckung kaum noch hoch, traf Luckys Cross den Azteken mit solcher Wucht, dass er in die Seile flog wie ein römischer Legionär bei Asterix. Leider hörte Lucky im selben Moment ein mahlendes Geräusch in seinem Kopf, fühlte, wie sich in seinem Handschuh Knochen gegeneinander verschoben, sich seine Hand auf unbekannte Weise verformte. Er hätte den Azteken nur noch von den Seilen pflücken müssen, stattdessen blickte er fragend auf seinen linken Handschuh. Der Gong ertönte.

»Da stimmt w-was nicht«, sagte er zu Helmut.

»Wo stimmt was nicht?«

»Sch-schlaghand.«

»Was ist damit?«

»K-kaputt.«

»Dann mach ihn mit der Führhand fertig. Der Typ kann nicht mehr geradeaus gucken.«

Lucky versuchte es, drei endlose Runden lang. Jeder in der Halle merkte, dass er sich verletzt hatte, also peitschten ihn die fast zehntausend umso stärker nach vorn. Der Azteke wankte und stolperte und fiel. Zweimal zählte der Ringrichter ihn an. Schließlich aber wurde der Kampf abgebrochen, weil Lucky nach der neunten Runde in seiner Ecke ohnmächtig vom Schemel kippte.

Er kam zu sich, als sie ihm in der Umkleide das Tape von den Händen schnitten. »Hab ich gew-wonnen?«, fragte er.

Er bemerkte, wie Helmut den Blick abwandte. Der Arzt hielt den Atem an und verzog das Gesicht. Lucky hob den Schlagarm und sah eine Hand in sein Sichtfeld kommen, aus deren Rücken an drei Stellen gesplitterte Knochenteile durch die Haut ragten. Eins davon war so lang wie ein kleiner Finger und spitz wie eine Fischgräte. Mit dem Handschuh, der noch auf der Führhand steckte, tippte er die Spitze an. Der Schmerz war überall, wie Strom. Sein gesamter Körper ein einziger Schmerz. Er drehte den Kopf zur Seite und übergab sich auf den Boden.

Helmut lässt seine Hand los.

»Hattest r-recht«, bemerkt Lucky.

Helmut weiß, worauf er anspielt. Das Einzige, was dich mal davon abhalten kann, WBO-Champion zu werden, hat er ihm gesagt, sind deine Handgelenke. Da war Lucky noch nicht einmal ins Profilager gewechselt. Seine breiten Schultern standen zu den schmalen Händen einfach nicht im Verhältnis.

»War vielleicht ein Fehler«, erwidert Helmut, das Gesicht vernebelt vom aufsteigenden Kaffeedampf.

»Was?«

»Es dir zu sagen.«

Lucky bekommt diesen Blick, den er immer bekommt, wenn ihm etwas zu denken gibt. Dann sehen einen aus diesem Trümmerhaufen von Gesicht plötzlich Kinderaugen an.

Die Erzieherinnen haben ihre Entlein endlich in Reih und Glied aufgestellt und verlassen den Spielplatz.

»Du schaffst ein Bewusstsein, wenn du so etwas sagst«, erklärt Helmut. »Du schaffst das Bewusstsein für deine Stärke, und du schaffst das Bewusstsein für deine Schwäche. Hätte ich dir das über deine Handgelenke nicht gesagt …«

»Du meinst, dann wäre die Hand nicht geb-brochen?«

Helmut deutet ein Schulterzucken an. »Du hättest auf jeden Fall nicht darüber nachgedacht, ob sie brechen könnte. Genauso wenig, wie du je darüber nachgedacht hast, ob du einen Kampf verlieren könntest.«

»Hab ja auch nie einen v-verloren.«

Helmut trinkt einen Schluck, schwarz und bitter und inzwischen nur noch lauwarm. »Bis auf den letzten.«

Lucky denkt drüber nach – die Sache mit dem Bewusstsein. Helmut quatscht nicht viel, eigentlich gar nicht. Beim Kaffee vor und dem Bier nach dem Training haben sie vor allem geschwiegen. Hat immer nur den Mund aufgemacht, wenn es wirklich etwas zu sagen gab. Vielleicht ist es wie mit seiner Stotterei, denkt Lucky. Im Ring hat er nie gestottert. Während eines Sparrings konnte er quatschen wie Rosi, die Putzfrau in Helmuts Biberstall. Als würde in seinem Kopf eine Barriere heruntergefahren. Und es war ihm nicht einmal aufgefallen. Bis Helmut ihn darauf hinwies. Seitdem stotterte er auch im Ring.

Während in Zweiergruppen die Gummistiefelprozession vorbeizieht, trinkt Lucky zwei große Schlucke Kaffee. »Wie geht's S-sibel?«

Helmut blickt die Okerstraße hinunter. Man kann es nicht sehen, aber sie wissen beide, dass sich hinter den Bäumen am Ende der Straße das Tempelhofer Flugfeld auftut: weit, grenzenlos, offen. Lucky hat seine Trainingstasche auf den Bürgersteig gestellt. Er spürt seine Fußfessel wie einen Ausschlag, Gürtelrose oder so.

»Sie hat es gewusst – dass du kommen würdest«, sagt Helmut unvermittelt. »Ich hab *nicht* dran geglaubt.«

»Hat wie immer r-recht gehabt. Sibel.«

Helmut besinnt sich auf die Ausgangsfrage. »Du weißt ja …« Zum ersten Mal, seit sie hier stehen, bewegen sich nicht nur Helmuts Arme, sondern sein gesamter Körper. Der

Mantel hebt und senkt sich. »Es ist unumkehrbar. Sie hat diese Art, wo es nicht in Schüben kommt, sondern wo es langsam immer schlimmer wird, progredient. Es bedeutet im Grunde nur, dass du dir die Hälfte deines Lebens beim Sterben zusiehst. Wir überlegen, im Frühjahr noch einmal nach Istanbul zu fahren. Das Haus ihrer Kindheit, die alte Schule, die Schiffssirenen am Fährhafen … Sie sieht nicht mehr gut, weißt du, kann nicht mehr lesen. Um ehrlich zu sein, kommt sie damit besser klar als ich. Ein Gegner, dem du nicht gegenübertreten kannst … nichts für mich.«

Lucky verscheucht mit dem Fuß einen Spatz, der sich am Riemen seiner Tasche zu schaffen macht. Im nächsten Moment ist der Spatz wieder da.

»Grüß sie v-von mir.«

»Mach ich.«

Wieder verscheucht Lucky den Spatz.

Helmut blickt am Tisch vorbei auf die Trainingstasche. »Wo willst du denn damit hin?«

»Gute F-frage.«

Helmut schiebt den halb vollen Kaffeebecher von sich weg und zieht den leeren Aschenbecher mit dem wulstigen Rand zu sich heran. Seine Hand verschwindet in der Manteltasche und kommt mit einer Schachtel Marlboro wieder zum Vorschein. Er zündet sich eine an, bläst den Rauch aus, legt die Packung auf den Tisch. Mit einem mechanischen »Ping« beginnen entlang der Straße die Laternen zu leuchten. Jeder Spatz wirft plötzlich Schatten in zwei Richtungen, auf einmal sind sie überall.

»Was ist damals gelaufen?«, fragt Helmut.

»Was w-weißt du?«

Helmut entlässt den Rauch in die Dämmerung. »Ist nicht wichtig, was ich weiß.«

Lucky ballt seine Schlaghand zur Faust, öffnet sie wieder. »Es war M-marcellos Idee. Oder N-ninos, ich weiß nicht. V-vielleicht von beiden. Auf jeden Fall meinte Marcello, er würde einen Comeback-Fight für mich arrangieren, irgendein N-neuprofi.«

»Der hanseatische Hammer.«

Lucky nickt und fährt sich mit der Hand durchs Gesicht, als wollte er die Müdigkeit vertreiben. Er ist tatsächlich müde. Jahrelang ist er nie mehr als fünfzig Meter in eine Richtung gelaufen. Und jetzt, was, zwanzig Kilometer? Seine Beine sind schwer, sein rechter Quadrizeps zittert. Der Kaffee hilft auch nicht. Der ist nie etwas anderes gewesen als schwarz und bitter.

»Ich hab M-marcello gesagt, dass ich mit der Hand n-nie wieder richtig zuschlagen kann. Dass er das Comeback knicken kann. Er wusste das. Mit der Hand. Aber er m-meinte, solange es sonst niemand w-weiß, wär's egal. Ich müsste nur aufpassen, dass es nicht an die Presse durchs-sickert. Durch den Kampf würde der han-nseatische Hammer einen fetten Werbev-vertrag abräumen. Energydrinks, so was. Da würde es um Millionen gehen. Aber den Vertrag würde er nur kriegen, wenn er gegen mich gewinnen würde.«

Lucky zieht sich selbst eine Zigarette aus der Packung.

Helmut reicht ihm wortlos sein Feuerzeug.

»Und was sollte für dich drin sein?«

Lucky klemmt die Zigarette zwischen die Lippen, hält die Hand flach über den Tisch gestreckt, betrachtet die Hügellandschaft auf dem Rücken. Ein einziger Schlag, und dein gesamtes Leben geht den Bach runter.

Bist du einverstanden mit deinem Leben, wie du es heute führst? Abt Mongo hatte ihn das gefragt. Da hatte Lucky gerade ein halbes Jahr geschlossenen Vollzug hinter sich, noch mindestens drei Jahre offenen vor sich, und Yvonne hatte die Scheidung eingereicht. »Soll das ein W-witz sein?«, entgegnete Lucky. »Das hier ist ’n Knast, falls du’s noch nicht gem-merkt hast. Da stecken sie dich nicht rein, damit du einver-verstanden bist.« Er schlug mit der Faust gegen die Wand. »Bist du etwa einv-verstanden mit dieser Scheiße hier?« Der Abt antwortete, ohne seinen Blick von der Wand zu nehmen: »Es ist ein geeigneter Ort, um loszulassen.«

»Ich saß ganz schön auf dem Trockenen«, fährt Lucky fort. »M-marcello meinte, mit dem Kampf würden sich alle meine finan-nziellen Probleme von selbst lösen. Nino würde da was dealen. Ich sollte ihm einfach alles Geld geben, das ich auft-treiben könnte, und Nino würde dafür sorgen, dass es sich ver-vervielfacht. Irgendeine Wettnummer. Aber ich m-müsste k. o. gehen. Nur dann wären die Quoten richtig gut. Eins zu acht. Runter und ausgezählt. Niemand würde darauf setzen, dass ich k. o. gehe.«

»Hat Marcello das gesagt – eins zu acht?«

Lucky nickt. »Und da hab ich gedacht, wenn ich mich sowieso vom Boxen ver-verabschieden muss, dann wär ’ne Abfindung irgendwie … angem-messen. Also hab ich den F-ferrari verkauft und alles zusammengekratzt, was ich sonst noch irgendwo lockermachen konnte. Fast zweihundert Riesen. Und die hab ich M-marcello gegeben. In einem K-koffer. Ein scheiß Koffer voller Geld, Mann. Wie im Film. Der W-wichser schuldet mir anderthalb Millionen.«

»Und mich zu fragen, was ich davon halte – auf die Idee bist du nicht gekommen?«

»K-klar nich. Ich wusste ja, wie du zu M-marcello stehst. Dass ihr euch nicht abkönnt. Außerdem ging’s ja nur ums V-verlieren.«

»Und die Frau im Hotelzimmer?«

»Keine Ahnung, Mann. Ich k-kannte die gar nicht. Wir wollten da meinen K.o. feiern, nach dem Kampf. Ich hatte keine Ahnung von den D-drogen und wieso überall meine F-fingerabdrücke drauf waren.«

Es ist still geworden. Die Kitaprozession ist in einem Hauseingang verschwunden. Ein kalter Wind fegt die Okerstraße hinunter. Auf der Kreuzung ersteht eine gelbe Säule aus im Kreis wirbelnden Blättern auf dem Pflaster. Ein Mann auf einem Motorroller, dessen Haltung Lucky vertraut vorkommt, fährt durch sie hindurch, anschließend fällt sie in sich zusammen.

»Was willst du jetzt machen?«

Wie man sich denken kann, hat Lucky im Knast ausgiebig Gelegenheit gehabt, über diese Frage nachzudenken. Was machst du, wenn du wieder draußen bist? Da ist eine Menge Sand durchs Sieb gelaufen. Am Ende lagen vier Vorhaben in den Maschen. Eines davon setzt er gerade um: mit Helmut reden, reinen Tisch machen. Interessanterweise, das ist ihm bei der Planung im Gefängnis nicht aufgefallen, sind alle vier Vorhaben in die Vergangenheit gerichtet, kein einziges in die Zukunft. Und in dem Moment, da ihm das auffällt, begreift er, dass Freiheit tatsächlich eine relative Angelegenheit ist, weil man sich nämlich in seiner Vergangenheit genauso eingesperrt fühlen kann wie in jedem Knast. Mongo hatte also wieder einmal recht, als er sagte, es komme nicht drauf an, wo er sich befinde, sein Geist könne überall frei sein.

Bevor Lucky völlig in seinen Gedanken versinkt, zählt er die anderen drei Vorhaben auf, ganz ohne zu stottern:

»Mit Yvonne reden, rausfinden, was damals gelaufen ist, und mein Geld.«

»Und wer soll es dir geben?«

»N-nino, M-marcello – keine Ahnung, Mann. Ich weiß ja n-nicht, wer's hat.«

»Soll ich dir einen Rat geben?«

Natürlich will Lucky seinen Rat. Auch wenn er weiß, dass er ihm nicht gefallen wird.

»Besser, du fängst gar nicht erst an, in der Vergangenheit zu wühlen.« Helmut blickt auf die Uhr. In einer Viertelstunde ist Trainingsbeginn. »Jemand hat einen Mord auf sich genommen, um dich in den Knast zu bringen. Und jetzt bist du wieder draußen. Du bist ein Risiko, Lucky.«

»Gut.«

»Nein, nicht gut. Nino ist gefährlich. Und unberechenbar. Er legt jeden aufs Kreuz, und zwar nicht, weil er scharf auf den Profit ist – das auch –, sondern weil er scharf darauf ist, dich am Boden zu sehen. Was glaubst du, wie der sich als Zar von Berlin so lange in dem Business hat halten können – wo jeder weiß, dass der Markt von den Arabern und Türken beherrscht wird? Nicht einmal die trauen sich an ihn ran. Loyalität ist für den eine Charakterschwäche, und was Freundschaft bedeutet, versteht er nicht einmal. Wenn du dem etwas wegnehmen willst, beißt er dich.«

»Ich will ihm nichts wegn-nehmen. Ich will nur, was m-mir gehört.«

»Das wird er anders sehen. Hast du von dem Kampf morgen gelesen?«

»Im-m Huxleys? Hab die Plakate geseh'n.«

»Den Hauptkampf wird einer von meinen Jungs bestreiten – Alex. Guter Boxer. Starke Beine und schnell. Bei dem einen Distanztreffer zu landen ist schwerer, als mit der Hand einen Fisch zu fangen. Kam vor zwei Jahren zu mir. Ich brauche dir nicht zu sagen, für wen er vorher geboxt hat.«

»M-marcello.«

»Zum Glück hat er rechtzeitig gemerkt, dass Marcello seine Jungs verbrennt. Er wollte aber aufgebaut werden. Nächstes Jahr hab ich ihn so weit, dass er seinen ersten Titelkampf bestreiten kann. Und er wird ihn gewinnen.«

Lucky bewegt unauffällig den Fuß, als ließe sich auf diese Weise die Fußfessel abschütteln.

»Sein Gegner morgen kommt aus Marcellos Lager«, erklärt Helmut. »Hakan. Hat Talent, aber der Kampf kommt zu früh für ihn. Ich gebe ihm fünf Runden, wenn es hoch kommt, sechs – egal, was Nino und Marcello hinter den Kulissen veranstalten. Der Verband hat heute Abend zum Galadiner geladen. Du weißt ja, wie das läuft: Da werden die üblichen Scheinchen an die Punktrichter verteilt, und auf dem Weg ins Hotel machen sie einen Umweg über den Garten Eden mit Privatgelage auf der dritten Etage, Nutten und Schampus inklusive. Trotzdem wird Alex diesen Hakan morgen zerlegen. Ich hab mir zwei Kämpfe von dem angesehen. Der hat Beine wie ein Storch. Aber egal, wie es morgen läuft: Nino wird am Ende mit einem Grinsen aus der Halle gehen. Frag mich nicht, wie er es macht, aber Nino gewinnt am Ende immer. Deshalb erzähl ich dir das, Stef: Wer sich mit Nino einlässt, hat am Ende nichts zu gewinnen.«

Ein leichter Nieselregen hat eingesetzt, so leicht, dass man nicht sicher weiß, ob es tatsächlich Regen ist oder nur feuchte Luft. Nebel schleicht sich an, einer von der Sorte, dass die Leute, wenn sie später aus dem Kino kommen, nicht mehr wissen, in welche Richtung sie gehen müssen. Hinter ihnen wird die Tür geöffnet, ein Schwall warmer Kneipenluft hüllt sie ein.

»Du qu-quatschst wie mein Abt.« Zum ersten Mal seit

Monaten grinst Lucky sein schiefes Grinsen. »Musste meine Zelle mit ihm t-teilen. War 'n-n komischer Vogel. Den ganzen Tag war der mit Losl-lassen beschäftigt. Wenn du die Ver-vergangenheit nicht loslässt, hat er gesagt, kommst du nie im J-jetzt an.«

Helmut schweigt. Der Bistrotisch steht auf drei miteinander verschraubten Rohren, die am unteren Ende um neunzig Grad nach außen gebogen sind. Bei einem der Füße ist der Lack abgeplatzt, und Rost hat sich ausgebreitet. Lucky meint, sich zu erinnern, dass er schon verrostet war, bevor er in den Knast ging.

»Und das stimmt auch«, sagt er. »Wenn du immer nur in der Ver-vergangenheit rum-m-machst, dann steckst du da irgendw-wann fest. Aber bei mir fun-nktioniert das mit dem Loslassen erst, wenn ich die anderen Sachen abgeh-hakt hab.«

»Du willst dein Geld«, bringt Helmut es auf den Punkt.

»Und m-mit Yvonne reden.«

»Und wissen, was damals gelaufen ist.«

»Ko-orrekt.«

Handgroße Ahornblätter werden über den Bürgersteig geweht. Lucky kreuzt die Arme vor der Brust. Er hat nur die Trainingsjacke, mit der er damals in den Ring gestiegen ist und die an jedem anderen Ort auf der Welt einfach nur lächerlich aussieht.

»Kannst erst mal bei uns unterkommen«, sagt Helmut.

»Ernst?«

Jetzt ist es Helmut, der grinst. »Wenn Sibel erfährt, dass wir uns getroffen haben und ich dich weggeschickt habe, reißt sie mir den Kopf ab.« Er sieht auf seine Uhr. »Ich muss. Abschlusstraining.«

»Klar.«

Helmut steckt die Zigaretten ein. »Eins noch: Die Tote in deinem Hotelbett …«

Lucky sieht ihn an.

»Erinnerst du dich an Babsi?«, fragt Helmut. »Ich bin ihr vor ein paar Wochen im Park am Gleisdreieck begegnet.«

Lucky versucht es. Babsi. Die Kleene. War immer irgendwie dabei. Aber irgendwie auch nicht. Wie ein Hund, von dem niemand weiß, wo er herkommt. Wenn du den nicht wegschickst, schließt er sich dir an. Und niemand schickte Babsi weg.

»Weiß nicht, ob ich die wiederer-erkennen würde.«

»Vermutlich nicht. Sie ist nach Schöneberg gezogen, hat geheiratet und schiebt jetzt einen Kinderwagen vor sich her.«

»Und?«

»Babsi hat eine Zeit lang als Prostituierte gearbeitet.«

»Die Kleene ist ansch-schaffen gegangen?« Babsi als Nutte – das kriegt Lucky nicht zusammen. Die war immer so … klein eben.

»Wusstest du nicht?«

»Ich glaub, so richtig w-weiß ich gar nichts über Babsi.«

»Jedenfalls: Babsi und die Frau haben sich wohl gekannt.«

Lucky hält es nicht länger aus. Er hat Helmut nichts von der Fußfessel gesagt, aus Scham vermutlich, jetzt aber muss er sich bücken und sie hin und her drehen, damit dieses beschissene Jucken endlich nachlässt. Als er mit dem Kopf unter dem Tisch verschwindet, nimmt er eine Bewegung wahr, einen Schatten auf dem Bürgersteig, der in dem von Helmut verschwindet. Im nächsten Augenblick zerreißt ein Knall die abendliche Stille auf der Straße. Lucky zuckt zusammen und reißt reflexartig die Hände hoch wie zu einer Doppeldeckung. Auf dem linken Ohr hört er nur noch dreißig Prozent, trotzdem spürt er, dass der Ursprung des Knalls ganz nah sein muss. Er glaubt, die Druckwelle wahrzunehmen und dass sein Ohr warm wird. Seine Hand tastet nach dem Tisch, findet ihn. Als Nächstes bildet er sich ein, der Tisch neige sich und dass eine warme Flüssigkeit über seine Hand läuft.

Helmut ist vornübergekippt und hat dabei die Becher zerdrückt. Der Kaffee läuft in einem schmalen Rinnsal über die Kante. Helmuts Stirn ist auf den Rand des Aschenbechers geschlagen, seine Nase berührt so eben nicht die Platte.

Auf Helmuts linker Schläfe ist ein schwarzer Punkt zu sehen, den Lucky für einen aus der Zeit gefallenen Moment für eine Schmeißfliege hält – bis eine bräunlich glänzende Flüssigkeit aus diesem Fleck tritt, über die Wange zur Nase und von dort auf den Tisch läuft, wo sich Helmuts warmes Blut mit dem kalten Kaffee vermischt. Noch immer fällt er nicht, scheint fest auf beiden Beinen zu stehen. Als wolle er seinem Ruf, niemals auf die Bretter zu gehen, auch jetzt noch gerecht werden. Nicht einmal der Tod vermag ihn von den Beinen zu holen.

3

Lucky kennt Helmut, seit der ihn aus der Gosse gezogen hat. Im Wortsinn. Zwölf Jahre war er damals alt. An dem Tag wurde ihm zum ersten Mal das Nasenbein gebrochen.

Der Junge, der Lucky die Nase brach, war drei Jahre älter und hieß Costas. Sein Vater war der griechische Gemüsehändler mit dem Eckladen. Lucky kannte Costas und dessen Vater, seit er denken konnte. Früher hatten sie gelegentlich zusammen Fußball gespielt, im Käfig in der Leinestraße, oder er war dabei gewesen, wenn sie zu fünft oder sechst mit ihren Rädern in der Hasenheide unterwegs waren. Das änderte sich an dem Tag, als Lucky von der Schule nach Hause kam und zwei Polizisten in ihrer Küche standen. »Geh in dein Zimmer«, sagte seine Mutter. Kurz darauf hörte er, wie die Beamten die Wohnung verließen, und ging zurück in die Küche. Seine Mutter saß unverändert am Tisch. Dem Stand der Flüssigkeit in der Flasche nach zu urteilen, hatte sie bereits einige Futschis getankt. Sie begrüßte ihn mit den Worten: »Dein Vater ist übrigens weg.«

In der Schule wurde er daraufhin gemieden, bestimmte Kinder wählten ihn nicht mehr in ihre Mannschaft. Frau Samel, seine Klassenlehrerin, die außerdem in derselben Straße wohnte, bedachte ihn mit Blicken, die Lucky nicht verstand, und auch nur, wenn sie glaubte, dass er es nicht bemerkte: Mitleid? Abscheu? Eine Mischung aus beidem? Sie sah dann auf eine Weise gequält aus, von der Lucky fand, dass es sie hässlich machte.

Zur selben Zeit musste der Gemüsehändler seinen Laden für mehrere Wochen schließen, weil er einen Unfall gehabt hatte. Lucky hatte sich dort manchmal Gummischlangen von seinem Taschengeld gekauft. Im Sommer stand eine rote Kühltruhe mit Langnese-Aufdruck neben dem Eingang – voll mit Nogger, Capri und Cornetto –, die Costas' Vater morgens unter die Markise schob und abends wieder in den Laden rollte. Zur WM hatte er auch Panini-Sticker verkauft, und manchmal hatte er Lucky ein Päckchen so gegeben, als gäbe es eine stumme Übereinkunft zwischen ihnen, als teilten sie ein Geheimnis.

Es schien ein ziemlich übler Unfall gewesen zu sein, denn als Costas' Vater den Laden wieder öffnete, sah er noch dünner aus als vorher. Sein Hemd schlackerte, als hätte man es zum Trocknen auf einen Bügel gehängt. Seinen rechten Arm trug er in einer komplizierten Vorrichtung, die mit Bändern an seinem Hals und der Schulter befestigt war. Besonders verstörend aber war die Veränderung in seinem Gesicht: Die linke Hälfte schien irgendwie eingedrückt zu sein, weshalb die Nase jetzt einen leichten Bogen machte, und seine Augen waren nicht mehr auf derselben Höhe, sondern das linke war ein bisschen nach unten gerutscht und lag tiefer in seinem Kopf als das rechte.

Luckys Mutter verlangte von ihm, sich einen anderen Laden zu suchen, um sein Taschengeld »anzulegen«, wie sie das nannte. Er fragte nach dem Grund, wusste aber schon vorher, dass er keine Antwort erhalten würde. Seine Mutter hatte ihm noch nie eine Erklärung für etwas gegeben und würde es nie tun. Nicht einmal für das Verschwinden seines Vaters. Sie selbst ging ab sofort immer linksherum zur U-Bahn, um auf dem Weg nicht am Gemüseladen vorbeizumüssen.

Sein Vater war also verschwunden, und das, obwohl er den ganzen Winter über mit Lucky schwimmen geübt hatte. Er hatte Geld gespart und wollte in den Sommerferien zum ersten Mal mit Frau und Kind »nach Hause« fliegen, Korsika. »Auf einer Insel musst du schwimmen können.« Daraus würde nichts werden. Und jetzt durfte Lucky sich nicht einmal mehr Gummischlangen kaufen.

»Deine Mutter ist 'ne Ficke, Alter. Ne Hure!«

Lucky hatte sich verspätet. Mutter würde schimpfen. Oder gar nichts sagen und die Tür hinter sich zuziehen, was noch schlimmer war. Sie hatte ihm verboten, sich nach Einbruch der Dunkelheit noch in der Hasenheide herumzutreiben. In ihrer Vorstellung wimmelte es dort nachts vor Drogendealern. So, wie sie darüber sprach, musste man annehmen, dass die Dealer bei Sonnenuntergang aus verborgenen Erdlöchern krochen und sich wie eine Epidemie über den Park ausbreiteten, Hunderte, Tausende, unerkannt und geräuschlos. Dabei stimmte das gar nicht. Auf der Bank neben dem Eingang hingen zwar abends öfter drei Typen herum, von denen es hieß, sie seien Dealer, aber für die war Lucky bislang immer unter dem Radar geflogen.

Costas bewegte sich einen Schritt auf ihn zu. Lucky reichte ihm so eben bis zum Kinn. »Ne Hurenfotze!«

Lucky hatte nur eine unklare Vorstellung davon, was genau eine Hure war. Er wusste, dass »Hure« und »Fotze« Schimpfwörter waren und ihn provozieren sollten. Bei ihnen im Hinterhaus wohnte eine, die war aber immer sehr nett zu ihm, außer dass ihr Parfum ihm den Atem nahm. Wenn sie abends das Haus verließ, konnte man es noch eine halbe Stunde später im Durchgang riechen.

Costas hatte seine Schultern vorgestülpt, hielt die Arme

an den Körper gepresst und hatte seine Hände zu Fäusten geballt. Lucky spürte ein Prickeln in den Fingern, im Nacken, in den Haarwurzeln. Unwillkürlich spannten sich seine Muskeln, überall, sogar sein Hintern wurde plötzlich ganz fest. Und er spürte noch etwas: Angst. Costas' Angst. Er spürte, dass Costas all seinen Mut hatte zusammennehmen müssen, um sich ihm in den Weg zu stellen. Vielleicht hatte er ihm schon mehrfach aufgelauert, sich aber nicht aus der Deckung getraut. Lucky konnte Costas' Angst sogar schmecken.

»Und dein Vater ist …« Offenbar war Costas bei seinen Überlegungen, was jetzt zu passieren hatte, nicht weiter gelangt als bis zu diesem Punkt. »… 'n Fotzenficker.«

Worte. Lucky hatte nie viel mit ihnen anfangen können. Wann immer er etwas Wichtiges sagen wollte, gab es dasselbe Problem. Als hätte er Fäustlinge an und sollte zum hundertsten Mal die blöde Sicherung reindrehen, die immer durchbrannte, wenn die Waschmaschine und der Durchlauferhitzer gleichzeitig liefen. Worte standen ihm immer nur im Weg. Also schlug er zu.

Reflexartig bog Costas seinen Oberkörper nach hinten und stolperte rückwärts über das Pflaster. Seine Arme kreisten in der Luft. Berauscht von der bis dahin unbekannten Kraft, setzte Lucky ihm nach – und stürmte mit dem Gesicht voran in Costas' Faust. Seine Nase gab ein Geräusch von sich, wie wenn man auf einen morschen Ast trat. Im nächsten Moment traf ihn Costas in der Magengrube, und Lucky sank auf die Knie, sehr langsam, wie ihm schien. Für einen Sekundenbruchteil blitzte die weiße Sohle eines Basketballstiefels vor ihm auf, dann wurde er nach hinten gerissen und schlug mit dem Kopf gegen die gemauerte Einfassung des einzigen Baums in der Straße.

»Kannst du aufstehen?«

Die Stimme in Luckys Rücken war warm und fest.

»Papa!«

Er hob den Kopf und blickte über die Schulter. Im Gegenlicht der Straßenlaterne zeichnete sich der Umriss seines Vaters ab, die breiten Schultern, die starken Beine.

»Ich heiße Helmut«, sagte sein Vater.

In diesem Moment begriff Lucky, dass er vergessen hatte, wie die Stimme seines Vaters klang. Er stützte sich ab und setzte sich auf, fühlte die Ritzen im Pflaster, roch den nassen Stein. Noch immer hatte er ein Empfinden, als säßen tausend Antennen an seinem Kopf. Da war Blut in seinem Mund, viel. Er wusste, wie Blut schmeckte, natürlich, kannte den metallischen Stich, die tranige Flüssigkeit, die unwillkürliche Suche nach der richtigen Zuordnung. Aber das hier jetzt, den halben Mund voll, diese Wucht! Er trank sein Blut in zwei großen Schlucken, übrig blieb ein halber abgebrochener Zahn in der linken Backentasche. Der Rumpf des dazugehörigen Zahns steckte im rechten Unterkiefer. Er befühlte die Kanten mit der Zunge.

»Schwindelig?«, fragte der Mann, der Helmut hieß und nicht sein Vater war.

Lucky nickte.

Costas war verschwunden. Luckys letzte Erinnerung war die an die weiße Schuhsohle.

Helmut ging vor ihm in die Hocke, die Flügel seiner Jacke berührten den Boden. Er roch wie ein warmes, frisch bezogenes Bett.

»Hände«, sagte er.

Folgsam hielt Lucky ihm die Hände hin. Helmut drückte prüfend an ihnen herum, schenkte aber den Abschürfungen am linken Handgelenk keinerlei Beachtung. Als Nächstes nahm er Luckys Kopf in seine warmen Pranken, bewegte ihn vorsichtig in alle Richtungen, rückte aus dem Licht, um die walnussgroße Beule an Luckys Stirn besser inspizieren zu können, und betastete schließlich dessen Nase.

»Gebrochen«, stellte er fest.

Er war der erste Mann seit dem Verschwinden seines Vaters, der ihm offen in die Augen blickte.

Lucky fühlte sich warm und glänzend und ganz bei sich. Aufgehoben. Er nickte.

»Besser, ich mach das, bevor das Adrenalin nachlässt.«

Lucky hatte keine Vorstellung davon, was dieses »das« sein würde. Und was das Wort »Adrenalin« betraf: Das hatte er zwar schon gehört, aber die Bedeutung kannte er nicht. »O-okay.«

Helmut legte seine Daumen auf die eine Seite von Luckys Nase, die Zeige- und Mittelfinger auf die andere. »Tief einatmen und Luft anhalten.«

Lucky war noch nicht mit Einatmen fertig, da drückte Helmut mit zweimaligem Knirschen das Nasenbein in seine Ursprungsposition zurück.

»Kannst weiteratmen.« Er betrachtete Luckys Nase. »Hart im Nehmen«, stellte er fest. »Kannst du den Kopf nach hinten machen?«

Lucky legte den Kopf in den Nacken. Helmut kniff ein Auge zu und fuhr langsam mit zwei Fingern über Luckys Nasenrücken.

»Gut«, sagte er und dann: »Schön war die schon vorher nicht. Kannst du jetzt aufstehen?«

Lucky kam auf die Beine. Auch Helmut richtete sich auf. Er war riesig, seine Präsenz war so selbsterklärend wie die eines Felsens. Schon damals, bei ihrer ersten Begegnung, hatte er nur noch weiße Stoppeln auf dem Kopf.

»Du bist der Sohn von Carlo dem Eisenbieger, stimmt's?«

»Hm-m«, brachte Lucky undeutlich hervor. »Der ist aber w-weg.«

»Ja«, erwiderte Helmut. »Und er wird wohl kaum zurückkommen.«

Sie standen einander gegenüber. Lucky wartete, ohne zu wissen, worauf.

Dann sagte Helmut: »Du musst deinen Kopf besser schützen.«

Lucky sah aus großen blauen Augen zu ihm auf. Der Bereich um seine Nase schwoll an.

»Hast du gehört, was ich gesagt habe?«

Lucky schwieg. Und wartete. Als könnte Helmut Wunder vollbringen.

»Großer Gott.« Helmut blickte die Straße hinunter, wie um etwas zu entscheiden. In Wirklichkeit hatte er bereits entschieden. Er legte Lucky eine Hand auf die Schulter: »Willst du lernen, wie man richtig boxt?«

Während Lucky das Blut von seiner geplatzten Lippe leckte, grinste er Helmut an. Wie hätte er mit Worten erklären sollen, dass er sich noch nie lebendiger gefühlt hatte als in dem Moment, da ihm zum ersten Mal die Nase gebrochen worden war? Endlich hatte er eine Sprache gefunden, eine Form der Kommunikation, die ihm vollkommen entsprach! Auch der Schmerz war wie ein eingelöstes Versprechen. Der Schmerz war nicht ironisch, hatte keine falschen Absichten, sagte nicht das eine und meinte in Wahrheit das andere. Er erforderte keinerlei Erklärung.

Niemals hatte Lucky sich so unmissverständlich ausgedrückt wie in dem Moment, als er zugeschlagen hatte. Für einen Moment hatten sich sämtliche Knoten in seinem Kopf gelöst. Er hatte pures Glück erlebt, und dieses Glück leuchtete so hell, dass sich jeder Schatten darin auflöste. Sein Empfinden war vergleichbar mit dem eines Babys, das keinen anderen Geschmack kannte als den von Muttermilch und das dann zum ersten Mal Eiscreme auf der Zunge hat. Und wie dieses Baby wusste auch Lucky sofort: Er wollte mehr davon. Nach diesem Geschmack gab es kein Zurück mehr.

Die Hände in den Jackentaschen, sagte Helmut: »Das Grinsen wird dir noch vergehen.«

4

Karl-Heinz, auch Kalle genannt, steht vor ihm. Seine Hosenträger, unverzichtbarer Bestandteil des klassischen Karl-Heinz-Outfits, verstärken den Eindruck, sein Bauch wäre ein Faschingskostüm, und er hätte ihn lediglich umgeschnallt. Sein Glatzkopf wirkt, als könnte man ihn herausziehen – und dann würde die Luft aus dem Kostüm entweichen und der ganze Karl-Heinz in sich zusammensinken. Er schwitzt. Obwohl es hier draußen zwanzig Grad kälter ist als in seinem Laden, rinnt ihm der Schweiß von der Stirn. Immer wieder wickelt er sich das Geschirrtuch um die Hand.

Seit der Eröffnung des Dartbrunnens hat Lucky den Kneipier erst ein einziges Mal mit diesem Gesichtsausdruck erlebt, und zwar an Silvester 2002. Clemens, der ebenfalls von Helmut trainiert wurde, war mit einem anderen Gast in Streit geraten – ziemlich sicher ging es um eine Frau –, und der hatte mit voller Wucht einen Dartpfeil nach ihm geschleudert. Im nächsten Moment steckte der Pfeil in Clemens' linkem Auge, und zwar so tief, dass nur noch der Shaft und der Flight zu sehen waren – als wäre Clemens eine exotische Pflanze aus dem Auge gewachsen. Niemand wusste, was zu tun war. Sollte man den Pfeil herausziehen? Oder lieber drin lassen? Natürlich rief Karl-Heinz sofort die Feuerwehr, aber wenn du Silvester in Neukölln den Notruf wählst und denen sagst, dass einer deiner Gäste einen Dartpfeil im Auge hat, dann bekommst du zu hören, du sollst es zwei Tage später noch einmal versuchen.

Damals jedenfalls hatte Kalle schon einmal diesen ohnmächtigen Gesichtsausdruck wie jetzt, da er vor Lucky steht, sich zum x-ten Mal das Handtuch um die Hand wickelt und auf ihn einredet. Lucky derweil versteht kein Wort, er versteht nicht, was passiert ist und wie es sein kann, dass Helmut immer noch nicht umgefallen ist, wo doch klar ist, dass er tot sein muss. Dann sieht er den verrosteten Metallfuß, der unter Helmuts Last eingeknickt ist, und er begreift, dass sich Helmut und der Tisch in einer sensiblen Balance befinden und der eine ohne den anderen sofort umfallen würde, und jetzt versteht er auch, was Kalle sagt:

»Hast du etwa gedacht, Helmut hat dir die Nutte ins Bett gelegt?«

Außer Karl-Heinz haben noch andere den Schuss gehört und sind herausgekommen. Einer legt seinen Arm um Helmut, wie um ihn zu trösten, zwei andere bedrängen Lucky, drücken ihn praktisch gegen die Wand.

»Bist du besch-scheuert!«, entgegnet Lucky, aber Karl-Heinz wickelt sich nur wieder das Geschirrtuch um die Hand und sieht ihn an, als wäre Lucky die Enttäuschung seines Lebens, und das macht Lucky erst richtig wütend. Er will etwas erwidern, weiß aber nicht, was, und jetzt schaut Kalle bestimmt schon zum dritten Mal beiläufig unter den Tisch, und zwar so beiläufig, dass ganz klar ist, dass er lieber nicht unter den Tisch schauen würde, also folgt Lucky seinem Blick und sieht die rostbraune Pfütze aus Blut und Kaffee, die inzwischen Helmuts Schuhspitzen erreicht hat, außerdem seine eigene Trainingstasche und auf der obenauf eine schwarze, matt glänzende Pistole.

»Das hättest du nicht tun dürfen«, klagt Karl-Heinz, »das hättest du nicht tun dürfen.«

Als hätte sein Gehirn einen Schluckauf, der ihn immer

wieder das Handtuch um die Finger wickeln, unter den Tisch gucken und dasselbe sagen lässt.

Lucky spürt etwas Dunkles in sich aufwallen, schnell und gefährlich. Wie eine schwarze Einblutung. Er wird nicht noch einmal in den Knast gehen, nicht für etwas, das er nicht getan hat. Als er sich umsieht, kommt ihm die Welt wie eine ovale Blase vor, die von unsichtbarer Hand in die Länge gezogen und in sich verdreht wird. Sogar die Luft wird dicker, beinahe flüssig. Damals, als sein Vater verschwand, da dachte Lucky – er war sich ganz sicher –, dass es seine Schuld sei und dass die Polizei beim nächsten Mal ihn mitnehmen würde. Als hätte er einen Verrat begangen, die blanke Ohnmacht.

Unwillkürlich spannt sich Luckys Körper, und dicht an seinem Ohr sagt eine Stimme: »Ruhig, Lucky, ganz ruhig.« Aber es klingt wie durch Wasser, weil es das Ohr ist, auf dem er nur noch dreißig Prozent hört. »Ganz ruhig, okay?« Wie in einem scheiß Timeloop. Als existierte tatsächlich nur das Jetzt, dafür in einer Endlosschleife.

»Das hättest du nicht tun dürfen.« Kalle jetzt wieder. Als hätte er ihm alles verziehen, nur das nicht.

Vorn, Ecke Hermannstraße und noch unwirklich weit weg, biegt ein Streifenwagen in die Okerstraße ein, dicht gefolgt von einem zweiten. Beide lassen ihre Blaulichter kreisen, Martinshörner hallen von den feuchten Hauswänden wider. Die beiden Typen, die Lucky an der Wand halten, verstärken den Druck auf seine Schultern. Ihm wird klar, dass es vollkommen bedeutungslos ist, wer Helmut erschossen hat, denn wenn sogar Kalle glaubt, er hätte es getan, dann wird der Richter einen Weg finden, das ebenfalls zu glauben. Die haben ihm schon einmal so ein Ding angehängt und, so sicher wie das Amen in der Kirche, werden sie es wieder tun.

»Keinen Scheiß jetzt, Lucky«, sagt der eine, weil er merkt, wie sich unter seiner Hand dessen Schulter strafft. »Mach's nicht noch schlimmer.«

Im nächsten Moment rammt ihm Lucky mit voller Wucht seine Stirn ins Gesicht.

Manchmal ist es nicht entscheidend, genau zu treffen, sondern überhaupt etwas zu treffen. Und so zerschmettert Lucky seinem Gegenüber mit dem Kopfstoß nicht nur die Nase, sondern bricht ihm gleich noch das Jochbein. Er reißt seine Führhand los, und mit dem zweiten Haken erwischt er den anderen so am Kinn, dass dessen Augen sich nach oben wegdrehen und er rücklings aufs Pflaster kippt.

Die Streifenwagen kommen mit quietschenden Reifen zum Stehen, bilden ein dynamisch aussehendes V und lassen stolz ihre Blaulichter kreisen, aber Lucky hält bereits zum ersten Mal in seinem Leben eine Pistole in der Hand. Alle außer Helmut weichen zurück. Hektisch richtet Lucky die Pistole abwechselnd auf die Windschutzscheiben, und der Polizist, der seine Tür schon halb geöffnet hat, hält in der Bewegung inne, wie überhaupt alles außer den Blaulichtern innehält.

Rückwärts gehend, die Pistole auf die Polizisten gerichtet, entfernt Lucky sich zeitlupenartig von der Szene, von allem, wie es scheint, tritt aus seinem Leben heraus, und dann, als er sieht, wie Helmut schließlich doch, langsam, aber unaufhaltsam, kippt wie ein gefällter Baum, in dem Moment rennt er los.

Seine Turnschuhe rutschen übers Pflaster, er rollt sich über eine Motorhaube ab, dann spurtet er die Schillerpromenade hinunter. Die nächste Kreuzung kommt auf ihn zu, und bis dahin sollte er sich überlegt haben, ob er in Richtung Flughafen Tempelhof sein Glück versuchen oder ob er nach links rennen und in der U-Bahn verschwinden will. Doch bevor er diese Entscheidung treffen kann, pumpt sich eine weitere Information durch seine Adrenalinblase: die Fußfessel. Fuck. Wahrscheinlich blickt in diesem Moment ein maximal gelangweilter Beamter in Bad Vilbel – das war's: Bad Vilbel! – von seinem zwölften Kaffee auf und sieht Lucky die Schillerpromenade hinunterrennen. Es ist also scheißegal, ob er vorn an der Kreuzung nach rechts oder links läuft, denn solange er sich im Würgegriff dieser Fessel befindet, kann er ebenso gut stehen bleiben und darauf warten, dass sie ihn einsammeln. In dem Schaufenster, an dem er gerade vorbeiläuft, glimmen Lampen, ein Restaurant, er reißt die Tür auf und stürmt in den Gastraum.

Außer einer Frau mit braunen Wallelocken, die hinter der Wurzelholztheke Besteck poliert, ist niemand im Raum. Unfassbar belanglose Klaviermusik plingelt von der Decke, an der Längswand hängen zwei mal drei Meter postmodern verschwurbelte Hirnkunst in Öl auf Leinwand.

Bevor die Bedienung mit den Wallelocken Lucky erklären kann, dass das Restaurant noch nicht geöffnet hat, bemerkt sie die Pistole in seiner Hand, was nicht schwierig ist, denn der Lauf zielt auf ihren Kopf, und so sagt sie gar nichts, sondern weitet nur die Augen und wartet auf den Richterspruch des Schicksals.

Der Richterspruch lautet: »K-Küche.«

Mit der rechten Hand deutet sie über die linke Schulter – auf die Schwingtür mit dem Bullauge am Ende der Theke.

Die Küche ist so sauber und aufgeräumt wie ein Operationssaal. Über einen Topf gebeugt, steht ein Typ und rührt eine nach Klebstoff aussehende Paste zusammen. Als er die Waffe in Luckys Hand erblickt, taucht er Daumen und Zeigefinger in eine Schale, streut eine Prise Grünzeug in den Topf und rührt weiter.

Ein zweiter Typ steht mit dem Rücken zur Tür und schneidet so konzentriert an einer Maschine ein Stück Fleisch in Scheiben, dass er Lucky erst bemerkt, als der ihm die Pistole an die Schläfe drückt. Lucky schwingt sein Bein auf die Anrichte und zieht seine Trainingshose so weit hoch, dass die Fußfessel zum Vorschein kommt.

»Abm-machen.«

Der Koch stellt den Schrägschneider aus, schiebt einen mädchenhaften Finger unter die Manschette und zieht. »Und wie?«

»Schnell.«

Der Typ hat einen grau melierten Dreitagebart, einen Pferdeschwanz und eine Haut wie Olivenöl. Einen Kochlöffel kann er gerade noch so halten, bei einem Hammer bricht ihm vermutlich die Hand ab.

Er zieht eine Schublade auf und präsentiert etwas, das wie ein chirurgisches Werkzeug anmutet. »Geflügelzange«, erklärt er.

Lucky wedelt mit der Pistole herum, womit er zum Ausdruck bringen will, dass sie über die Funktionsweise einer Geflügelzange gern ein andermal reden können.

Der Koch setzt die Zange an: »Die Knarre kannst du runternehmen, Lucky. Ich bin's, Mann. Hamed.«

Luckys Blick ist glasig, weil er einen Puls von 176 hat und ihm das Adrenalin die Augen aus dem Kopf pumpt, aber jetzt erkennt er ihn doch, Hamed, der in der Dönerbude seines Vaters an der U-Bahn Leinestraße immer das Fleisch vom Drehspieß gesäbelt hat, hauchdünn. Es knurpst, Hamed hält Lucky die durchtrennte Fußfessel hin, und in Bad Vilbel läuten die Alarmglocken.

»Die haben dich gefickt, stimmt's?«

»Der Kampf? Ich h-hab mich selbst gef-fickt.«

»Mit der Frau jetzt.«

Lucky senkt die Pistole: »Ich bring doch keine F-frau um.«

Der andere beäugt die Fußfessel, als fragte er sich, ob er sie lieber lebend oder tot ins kochende Wasser werfen soll. »Willst 'n Sandwich?«, fragt Hamed.

»D-damit?«, erwidert Lucky mit Blick auf das Stück Fleisch am Schrägschneider.

»Pastrami«, erwidert Hamed, »New-York-City-Style.« Und nach einem Blick in Luckys Gesicht. »Kennst du nicht? Ist 'ne jüdische Spezialität, Mann. Dauert Wochen, bis das Fleisch so weit ist.«

»Pastr-rami.«

»Ist voll der heiße Scheiß, Mann.«

Und schon hantiert Hamed mit zwei Weißbrotscheiben herum, als hätte Lucky alle Zeit der Welt. Ein Araber als Küchenchef eines jüdischen Feinschmeckerschuppens.

Hamed scheint seine Gedanken zu erraten, er sagt: »Berlin, Mann.«

Von der Straße ist Sirenengeheul zu hören.

»Hier.« Hamed hält ihm das Sandwich hin. »Im Restaurant legst du dafür dreizehn fünfzig auf den Tisch. Musste ich früher eine Menge Döner für hobeln.«

Lucky zieht den Sender von der Manschette, steckt ihn in die Tasche und greift sich das Sandwich. »Komme ich hier anders r-raus als vorn?«

Hamed deutet mit dem Kinn auf eine zweite Tür. »Da geht's zum Treppenhaus. Den Hof kannst du vergessen, aber oben gibt's eine Rauchklappe. Geht 'n Alarm los, wenn du die öffnest, aber ich schätze, im Moment hast du andere Sorgen.«

Lucky hastet die fünf Stockwerke hoch, schlägt mit dem Ellenbogen die Abdeckung der Notentlüftung ein und drückt den schwarzen Knopf, worauf die Klappe sich öffnet und die Feuermelder im Treppenhaus ein schüchternes Piepen von sich geben. Er reißt die Leiter aus der Sicherung, unten im Hausflur sind erregte Stimmen zu hören. Irgendwo wird eine Tür geöffnet, und ein Mann brüllt: »Bleiben Sie in Ihrer Wohnung, und halten Sie die Tür geschlossen!«

Lucky stemmt sich durch die Luke, dreht sich auf den Bauch, greift ins Treppenhaus, bekommt die obere Sprosse zu fassen und zieht die Leiter durch die Luke. Während sich seine Füße hektisch über glitschige Ziegel tasten, fingert er den Sender aus der Tasche und schleudert ihn über die Blaulichter auf der Straße hinweg auf das gegenüberliegende Hausdach, wo der Sender gnädig über die Ziegel rutscht und in der Dachrinne verschwindet.

Die Dächer der Wohnhäuser verbinden sich zu einem durchbrochenen Quadrat von achtzig Meter Seitenlänge. Lucky stolpert über Teerpappe, balanciert über Zinkbleche, schiebt sich an rauchenden Schornsteinen vorbei. Er könnte auf diese Weise das ganze Karree ablaufen, die Frage ist: Wie soll er wieder herunterkommen? Nirgends ein brauchbarer Einstieg. Runter geht's immer, heißt es. Nur wie? Auf dem Hausdach Aller- Ecke Weisestraße, umgeben von nichts als Leere und mit freiem Blick über Neukölln, muss er in die Hocke gehen und sich mit der Hand vergewissern, dass er etwas Festes unter sich hat. Höhe hat er noch nie vertragen. Kaum ist er in Freiheit, hat er zu viel davon.

Er blickt hinüber zum Rathaus, weiter zum Alex, sieht den Fernsehturm, wie er sich in den abendlichen Nebel zurückzieht. Diffuses Licht spannt sich über die Stadt. So schön. Und so beschissen. Im Moment tatsächlich Letzteres, denn die Polizei hat einen Weg aufs Dach gefunden. Drüben an der Schillerpromenade bewegen sich Schatten auf der Kante, Männer rufen sich Befehle zu. Der Lichtkegel einer Taschenlampe tastet die Dächer ab. Zurück kann Lucky nicht, aber weiter kann er auch nicht, denn er hockt auf der Ecke, der äußersten Ecke, und das Dach zu seiner Rechten ist mit einer Rolle Stacheldraht gesichert.

Er steht auf. Unten auf der Kreuzung streiten sich zwei Taxifahrer um einen weiblichen Fahrgast. Er könnte sich fallen lassen. Es beenden. Ein Schritt würde genügen. In zwei Sekunden wäre es vorbei. Er hat alles verloren, niemand wird ihm glauben, dass er nicht auch Helmut umgebracht hat. Warum also nicht sein Ich loslassen, das ohnehin kolossal überbewertet wird, wie Mongo ihm erklärt hat. Seinen Schmerz umarmen. Aber will er das? Er sieht Helmut, die Stirn auf dem Aschenbecher, die Schuhe in seinem eigenen Blut. Will Lucky sein Ich überwinden, seinen Schmerz umarmen? Bisher waren die Schmerzen in seinem Leben dafür da, um ausgehalten zu werden, nicht um sie zu umarmen. Die Stimmen der Polizisten sind nah jetzt, zum Greifen, ein Wunder, dass sie ihn noch nicht entdeckt haben.

In diesem Augenblick hat Lucky einen unerhörten Gedanken, beinahe ist es eine Vision, denn er kann sehen, was er denkt. Nämlich, dass das Jetzt wie ein Raum ist, von dem unterschiedliche Türen abgehen, und dass man einfach durch eine hindurchgehen und schauen kann, wohin sie führt. Und der neue Raum hat dann wieder Türen und immer so weiter. Es gibt also keinen Grund, das eigene Leben auszulöschen, denn jeder neue Raum, jedes neue Jetzt bietet wieder neue Möglichkeiten, in jedem Moment deines Lebens kannst du dich für eine neue Tür entscheiden.

Diese erkenntnishafte Vision kommt Lucky ziemlich gewaltig vor, groß und Respekt einflößend. Ist es das, was Mongo meinte, als er sagte, das Leben, das du heute nicht lebst, wird für immer ungelebt bleiben? Sind damit die Räume gemeint, die du nie betreten haben wirst? Lucky spürt eine unerwartete Euphorie in sich aufsteigen. Jeder Moment deines Lebens ist, als würdest du am Ende eines Kapitels stehen und die Seite umblättern und ein neues Kapitel aufschlagen. Und in diesem Moment fängt ihn ein Lichtkegel ein und leuchtet ihm direkt ins Gesicht, beinahe verliert er das Gleichgewicht.

»Hände über den Kopf!«

Lucky blinzelt ins Licht, schirmt mit der Hand die Augen ab. Er hat das Gefühl, wenn er spränge, könnte er fliegen.

»Waffe runter!«, hört er eine zweite Stimme.

Und dann rennt er auf einer Kante von der Breite seines Handrückens auf das benachbarte Dach und auf die Stacheldrahtrolle zu und hechtet mit ausgestreckten Armen, die Pistole voran, hinüber.

Die Landung ist hart und rau, er kugelt bis an den Rand des Dachs und bekommt ein Entlüftungsrohr zu fassen, bevor er in die Tiefe stürzen kann. Seine Beine ragen über die Kante, doch als er sich, auf dem Bauch liegend, an die Regenrinne heranschiebt, blickt er zu seiner Überraschung weder in den Innenhof noch auf die Straße hinab, sondern auf eine großzügig bemessene Dachterrasse. Die Überraschung steigert sich noch, als er sieht, dass auf der Terrasse eine Teakholzliege steht, auf der wiederum eine junge Frau liegt, und diese junge Frau trägt nichts weiter als, na? Richtig: Kopfhörer. Kein Witz. Der Grund dafür ist, dass über ihr die neueste Errungenschaft der Hometanning-Entwicklung schwebt, nämlich der Bräunungshimmel Jade T von Hapro. Nackt auf der Terrasse, im November, bei vier Grad Außentemperatur. Es ist, als leuchtete ihr schwellender Körper von innen heraus. Es ist genau, wie er gedacht hat: Ein neuer Raum mit neuen Türen. Beinahe muss er lachen.

Mit vor Adrenalin brennenden Fingern greift Lucky nach der Dachrinne, schiebt sich über die Kante und lässt sich auf die Terrasse fallen. Statt aufzuschrecken, beginnt das nackte Mädchen mit dem linken Fuß zu wippen und singt den Refrain von »Adore You« von Miley Cyrus mit, der aus ihrem Kopfhörer tönt.

Die Rufe der Polizisten über ihm erinnern Lucky daran, dass das Jetzt, indem er sich befindet, noch eine Verbindung mit dem Jetzt von vor ein paar Sekunden hat, dass er zwar nicht zurückkann, aber die anderen ihm folgen können. Also zieht er die Schiebetür auf und betritt eine wohlig warme Wohnküche, zehnmal größer als seine Gefängniszelle. Das Plasmaheimkino läuft, trotzdem scheint außer dem Mädchen auf der Terrasse niemand zu Hause zu sein. Lucky geht um zwei Ecken, dann um noch eine – moderne Innenraumaufteilung –, reißt im Vorbeigehen einen sandfarbenen Kaschmirmantel von einem Kleiderbügel, zieht die Wohnungstür hinter sich zu und springt die Stufen hinunter.

5

Als Florian Siebold auf seinem in der »Kramkiste« erstandenen Fahrrad die Schillerpromenade hinunterfährt – wobei sich bei dem Wort »Promenade« ein Bild einstellt, das die Straße an keiner Stelle einlöst –, sieht er Hauptkommissarin Hannah von Engelbrecht bereits vor dem Dartbrunnen mit den Kollegen von der Streife reden. Wann immer Florian in den vergangenen neun Monaten an einen Tatort gerufen wurde, war Frau von Engelbrecht schon vor Ort, als er eintraf – selbst wenn er, wie in diesem Fall, für den Weg keine Viertelstunde mit dem Fahrrad benötigte. Es ist wie bei der Geschichte vom Hasen und vom Igel: Immerzu gibt sie ihm das Gefühl, den Anschluss zu verlieren.

Frau von Engelbrecht ist bereits von Weitem zu erkennen, als leuchtete die Straßenlaterne ausschließlich für sie. Die Wirkung wird von ihrem knielangen, nahezu schwerelosen Mantel unterstützt, den sie auch neulich im Büro getragen hat. Siebenundneunzig Prozent Babykamelhaar, drei Prozent Seide. Florian hat heimlich das Etikett studiert, als sie kurz hinausging. Er hätte sie fragen können, woraus ihr Mantel gemacht ist, aber Frau von Engelbrecht fragt man so etwas nicht. Im LKA 1 weiß niemand etwas über ihr Leben außerhalb der Kripo. Ist sie verheiratet – wenn ja, warum trägt sie keinen Ring –, hat sie einen Freund, eine Freundin gar, Kinder, Hobbys, ein Lieblingsgericht, Angewohnheiten? Keiner besitzt gesicherte Informationen. Dabei ist sie seit über fünfundzwanzig Jahren Kommissarin. Das immerhin hat Florian von Kollegen erfahren. Mit anderen Worten: Die Frau ist jenseits der Fünfzig. Eine Erkenntnis, die Florian vorübergehend verwirrt hat, denn er selbst ist siebenundzwanzig, in ihrer Gegenwart gefühlte neunzehn, und seit gerade einmal neun Monaten ist er Kriminalkommissar. Und der Grund, weshalb er im Futter von Frau von Engelbrechts Mantel nach Informationen gesucht hat, war, dass er sich bei der Frage ertappte, ob dieser Mantel seine Freundin wohl ebenso elegant kleiden würde wie Frau von Engelbrecht. Dazu muss man wissen, dass Muriel, Florians Freundin, eine vierundzwanzigjährige Kunstgeschichtsstudentin ist, weshalb es Florian ein wenig irritiert, dass er sich insgeheim danach sehnt, sie in den Kamelhaarmantel seiner Chefin zu wickeln. Er schließt sein Rad an die Laterne und wird sich des abgewetzten Kragens seiner Jeansjacke bewusst.

»Herr Siebold«, begrüßt Frau von Engelbrecht ihren Kollegen mit dieser eigenartigen Melange aus Freundlichkeit und Distanziertheit. »Gut, dass Sie da sind.«

Florian unterdrückt den Impuls, sich für sein sofortiges Kommen zu entschuldigen: »Tag, Frau Engelbrecht.«

»Wären Sie so freundlich, den Herren von der Spurensicherung mit der Leiche zu helfen. Offenbar ist der Mann sehr schwer.«

Die beiden Männer von der KTU machen gerade die letzten Fotos. Der Bistrotisch mit dem abgeknickten Fuß lehnt an der Fassade. Von allein steht der nicht mehr. Florian geht neben der Leiche in die Hocke.

So, wie der Mann auf dem Bürgersteig liegt, erinnert er an einen gestrandeten Meeressäuger. Es ist die fünfte Leiche, die Florian zu sehen bekommt, seit er KK Siebold ist, und er bezweifelt, dass er sich an den Anblick jemals gewöhnen wird. Es sind nicht der Ekel oder die Betroffenheit, es ist vielmehr der Umstand, dass der Tod unbegreiflich bleibt, selbst wenn er vor dir auf dem Bürgersteig liegt und dich aus stumpfen Augen anstarrt. »Die Unbegreiflichkeit des Unbegreiflichen«, wie es einmal jemand formuliert hat.

»Und?«

Ein Mann aus dem Spurensicherungsteam deutet mit dem Kinn auf den Kopf der Leiche. Florian ist sich nicht sicher, weil der Mundschutz die untere Hälfte seines Gesichts verdeckt, aber er meint, ihm schon an einem anderen Tatort begegnet zu sein. Er hat ihn unter »Klugscheißer« und »alter Hase« abgespeichert. Beides vermutlich gute Eigenschaften, wenn man bei der Spurensicherung arbeitet. Was Florian nicht leiden kann, ist, wenn Menschen, die ihm eigentlich nichts zu sagen haben, ihn wie einen Prüfling behandeln. Denn das, so scheint es zumindest, passiert ihm häufiger als anderen. Er betrachtet das, was in den Ausbildungsunterlagen als »Primäreinschussöffnung« bezeichnet wird, und versucht, Rückschlüsse auf das Kaliber zu ziehen. »Neun Millimeter vermutlich«, sagt er, sucht den Kopf nach einer Austrittsstelle ab und findet keine. »Steckschuss. Bei dem vorliegenden GSR-Verteilungsbild ist von einem relativen Nahschuss auszugehen – deutlicher Schmauchhof in der Haut um die Einschussöffnung –, allerdings nicht aufgesetzt.«

Mit geübtem Schwung rollt der Spurenermittler parallel zum ersten den zweiten Leichensack aus. »Und warum nicht?«

»Keine Stanzmarke.«

»Na bitte, geht doch.« Der Mann zieht den Reißverschluss auf. »Dann wollen wir mal.«

Sie bitten Karl-Heinz um Hilfe, da der 125 Kilogramm schwere Ex-Boxprofi andernfalls kaum in den Transportsarg zu bewegen wäre. Zum Glück hat der Leichensack vier Tragelaschen. Karl-Heinz steht nach wie vor ohne Jacke vor dem Dartbrunnen, spürt die Kälte gar nicht, ist kurzatmig und bleich.

»Auf drei!«, sagt der alte Hase Slash Klugscheißer.

Sie wuchten die Leiche in die Zinkwanne, woraufhin Karl-Heinz noch kurzatmiger wird. Der Leichnam wird abtransportiert, die beiden Zeugen aus dem Dartbrunnen sind befragt worden. Florian kennt diesen Moment inzwischen, die plötzliche Stille. Als würde sich etwas absetzen. Vorher kann er immer gar nicht richtig denken.

»Als Sie den Schuss gehört haben und herauskamen«, wendet sich Frau von Engelbrecht an den Kneipenwirt, »was für einen Eindruck hat er da auf Sie gemacht?«

»Wer jetzt?«, fragt Karl-Heinz.

»Stefano Ferrante?«, schlägt Frau von Engelbrecht vor.

»Ach so, ja, Lucky. Also, der war … abwesend, würde ich sagen. Irgendwie wie weggetreten.«

»Und der stand hier neben dem Tisch.«

»Genau. Und da, auf der Tasche, lag die Waffe. Und Helmut stand hier.«

»Der stand?«

»Ja, also, der hing so auf dem Tisch, und irgendwie ist er nicht umgefallen. Oder erst mal nicht. Erst als Lucky losgerannt ist. Da ist er dann umgefallen.«

»Sie kennen die beiden schon länger?«

»Helmut kenn ich schon mein ganzes Leben«, keucht Karl-Heinz. »Und Lucky mein halbes.«

»Verstehe.«

In aller Regel beruhigen sich Zeugen in Frau von Engelbrechts Gegenwart – ihre Besonnenheit, ihre Souveränität, dass sie nie eine unbedachte Bewegung macht. Und irgendwo ganz tief drinnen menschelt es auch. Da ist ein Verstehen, von allem, als hätte sie das Wesen des Menschseins erkannt und wüsste, dass die Menschen zu allem in der Lage sind und dabei doch nicht aufhören, Mensch zu sein. Bei Karl-Heinz allerdings bleibt diese Wirkung aus.

»Können Sie sich einen Grund denken, weshalb Lucky seinen ehemaligen Trainer umbringen sollte, ein Motiv?«

Der Kneipenwirt zieht sein Geschirrtuch aus dem Hosenbund, wischt sich damit über die Stirn, steckt es zurück. Anschließend schiebt er seine Daumen unter die längs gestreiften Hosenträger und reibt sie hin und her.

»Nee, kann ich nicht«, kapituliert er schließlich. »Beim besten Willen. Ich weiß es nicht.«

Dann geschieht ein kleines Wunder: Frau von Engelbrecht streckt ihren Arm aus und nimmt Körperkontakt mit Karl-Heinz auf, indem sie ihm eine Hand auf den Unterarm legt. Wenn das die Kollegen vom LKA sehen könnten.

»Ist Ihnen nicht gut?«, fragt sie. »Sie sehen so blass aus.«

»Es ist nur …«

Weiter kommt Karl-Heinz nicht, denn in diesem Moment fangen seine Lider an zu flattern, und seine Knie versagen.

»Huch!«, ruft Frau von Engelbrecht, und Florian springt geistesgegenwärtig hinter den Kneipier und greift ihm unter die Arme. Halten kann er ihn nicht, dafür ist Karl-Heinz zu schwer, aber immerhin kann er dafür sorgen, dass der massige Körper langsam zu Boden gleitet und nicht der Länge nach hinschlägt. Frau von Engelbrecht klopft an die Seitenscheibe des Krankenwagens, der gerade im Begriff ist abzufahren. »Meine Herren, ich fürchte, wir müssen noch einmal Ihre Hilfe in Anspruch nehmen.«

Der Arzt tritt an Karl-Heinz heran, wirft einen Blick auf dessen Gesicht und ruft: »Buschmann! Den Koffer, dalli!«

Während er Karl-Heinz' Ärmel hochkrempelt, eilt im Laufschritt der Kollege mit dem Koffer herbei. Dieser Kollege ist von tief dunkler Hautfarbe, was Florian zu Spekulationen, den Namen Buschmann betreffend, verleitet. Ist das tatsächlich sein bürgerlicher Name, oder ist der Kollege, der Karl-Heinz gerade die Blutdruckmanschette anlegt, mit Berliner Bauarbeiterhumor ausgestattet?

»Infarkt oder Embolie«, vermutet der Arzt und ruft: »Attacke!«

Und sie schieben eilig noch den Wirt in den Krankenwagen, und ab geht's mit Blaulicht und Martinshorn. Danach ist dann wirklich Ruhe. Auch die wenigen Schaulustigen, die sich gegenüber auf dem Bürgersteig versammelt haben, treten den Heimweg an, Fenster werden geschlossen.

»Da können Sie mal sehen, Herr Siebold«, sagt Frau von Engelbrecht.

Florian hat sich erfolgreich das Rauchen abgewöhnt, wegen Muriel vor allem, aber seit er als Kriminalkommissar arbeitet, kommt er gelegentlich in Situationen, die ihm seine Grenzen aufzeigen. Er spürt das Päckchen Gauloises in seiner Jackentasche, zieht sie heraus und zündet sich eine an.

»Ich wusste gar nicht, dass Sie rauchen«, sagt Frau von Engelbrecht, und ihm wird klar, dass er sich in ihrer Gegenwart das Rauchen stets verkniffen hat. Er inhaliert. Mann, tut das gut. Jemand, der nie geraucht hat, versteht das nicht, wie gut so ein Zug tun kann.

»Möchten Sie?« Er hält ihr die Packung hin.

»Ich rauche nicht.«

Natürlich nicht, denkt Florian.

»Frau von Engelbrecht?«

Florian nimmt gerade seinen dritten Zug, als ein weiterer Beamter aus dem Dunkel ins Licht tritt. Die Kommissarin und ihr Kollege tauschen einen Blick.

»Und Sie sind …?«, fragt sie.

Der Beamte nimmt Haltung an. »Entschuldigung. Polizeiobermeister Maurer.«

Florian ist erleichtert, nicht der Einzige zu sein, der in Frau von Engelbrechts Gegenwart automatisch den Impuls verspürt, sich zu entschuldigen.

»Sie sind auch wegen dem Ferrante hier, oder?«, erkundigt sich der Polizeiobermeister.

»Warum fragen Sie? Haben Sie ihn etwa?«

»Leider nein. Wir haben einen Anruf bekommen von den Kollegen aus Bad Vilbel. Herr Ferrante trug bei seiner Entlassung heute Morgen eine Fußfessel. Offenbar ist er zu Fuß von Tegel bis hierher gelaufen. Um Viertel fünf wurde der Alarm ausgelöst. Offenbar hat er sich der Fessel entledigt und den Sender weggeworfen oder versteckt. Das Signal kommt da vorn aus der neunundsechzig, allerdings konnten wir den Sender noch nicht sicherstellen.«

»Der begeht *erst* einen Mord«, überlegt Florian, »und schneidet sich *dann* die Fußfessel durch?«

Frau von Engelbrecht bringt es auf den Punkt: »Das ist in der Tat nicht, was man von einem Mörder erwarten würde.« Sie wendet sich dem Beamten zu: »Danke, Herr Maurer.« Sie gibt ihm ihre Karte. »Sie halten mich auf dem Laufenden, ja?«

Herr Maurer setzt zu einer Bewegung an, die ihm selbst so fremd ist, dass er sie auf halbem Weg abbricht. »Selbstverständlich.« Umständlich zieht er den Reißverschluss seiner Brusttasche auf, verstaut die Visitenkarte darin und trabt davon. Als er außer Hörweite ist, fragt Florian:

»Wollte der gerade salutieren?«

»Es hatte den Anschein, nicht wahr?«, erwidert Frau von Engelbrecht.

Florian tritt seine Zigarette aus, wünscht sich eine wärmere Jacke und betrachtet die matt schimmernde, bratentellergroße Kaffee-Blut-Lache neben dem Eingang des Dartbrunnens.

»Wenn Ferrante vorhatte, seinen ehemaligen Trainer umzubringen, und er erst nach der Tat auf die Idee kam, seine Fußfessel durchzuschneiden, dann ist er entweder total dämlich, oder es *sollte* einen Beweis geben, dass er zur Tatzeit am Tatort war.«

»Und zusätzlich bleibt er so lange neben seinem Opfer stehen, bis die Polizei eintrifft und ihn drei Zeugen unzweifelhaft identifiziert haben.«

»Vielleicht sollte es einen Beweis geben, *und* er ist dämlich.«

Bevor sie diese Überlegung vertiefen können, öffnet sich die Tür des Dartbrunnens, und ein Mann mit einem Gesicht wie ein Steinbruch streckt seinen Kopf heraus.

»Wo bleibt denn Karl-Heinz so lange?«, fragt er.

»Dem ging es nicht gut«, erklärt Florian, »deshalb ist er mit ins Krankenhaus gefahren.«

»Denn is hier wohl Schicht«, sagt der Mann, und der Kopf verschwindet wieder.

Florian betrachtet das halbrunde Schild mit dem in Frakturschrift aufgemalten *Dartbrunnen* über dem Eingang, das von zwei Lampen angestrahlt werden sollte, von denen aber nur eine leuchtet. »Wir sollten nachsehen, ob wir den Laden irgendwie abschließen können«, sagt er, und geht mit Frau von Engelbrecht hinein.

Wenn man die Wörter »Neukölln-Süd«, »Dartbrunnen«, »Eckkneipe« und »Karl-Heinz« zusammenrührt und sich dann vorstellt, wie es in diesem Etablissement wohl riechen, schmecken und aussehen mag, wird man beim Abgleich höchstens davon überrascht sein, dass das Bild, das man sich gemacht hat, tatsächlich nahezu deckungsgleich mit dem real existierenden Dartbrunnen übereinstimmt.

Der Grundriss ist der eines länglichen Rechtecks, beim Hereinkommen hat man direkt die holzverkleidete Theke vor sich, es schließt sich ein Gastraum mit acht Tischen an, am hinteren Ende hängen, leicht erhöht durch eine Bühne, ein halbes Dutzend Dartscheiben wie auf einem Schießstand aufgereiht, jede von einem eigenen Spot beleuchtet. Es riecht so, dass man, wenn man wieder zu Hause ist, seine Sachen unter Garantie in die Waschmaschine stecken möchte.

Unter der Asbach-Uralt-Leuchtreklame sitzen drei Männer an der Theke: der Steinbruch, der eben seinen Kopf durch die Tür gestreckt hat, ein zweiter Steinbruch sowie einer, der noch zu jung ist, um schon Steinbruch zu sein, der aber hart daran arbeitet, einer zu werden. Alle drei haben leere Biergläser vor sich.

»Guten Abend«, stellt Frau von Engelbrecht sich vor und nennt ihren Namen. »Mein Kollege Herr Siebold und ich sind von der Kriminalpolizei.«

Die einzig erkennbare Reaktion ist, dass der Nachwuchssteinbruch sein Portemonnaie aus der Hose zieht, zwei Euro achtzig in Münzen auf die Theke zählt, seine Jacke nimmt und verschwindet.

Frau von Engelbrecht wendet sich den beiden Verbliebenen zu: »Weiß einer von Ihnen, ob es hier irgendwo einen Schlüssel gibt, mit dem wir den Laden absperren könnten?«

Der Steinbruch, der seinen Kopf durch die Tür gestreckt hat, deutet in den hinteren Thekenbereich. »Schlüssel müsste da in der Schublade sein. Der Sicherungskasten für die Beleuchtung ist da.« Er deutet in den Durchgang zu den Toiletten. »Aber nicht die, wo 'n Pflaster drüber klebt. Die ist für die Kühlung.«

»Danke«, sagt Florian, geht um die Theke herum und findet unter einem Quittungsblock in der vermuteten Schublade tatsächlich den Schlüssel.

»Könnse gegenüber im Poolkeller abgeben«, sagt der Mann noch. »Die kennen sich.«

Während Florian eine nach der anderen die Sicherungen ausschaltet, haben die beiden Männer ebenfalls das Geld für ihre Biere auf den Tresen gelegt und außerdem die beiden Bistrottische hereingetragen.

Florian schreibt noch eine Nachricht an Karl-Heinz, hält Frau von Engelbrecht die Tür auf, klebt mit Tesa die Nachricht an die Tür und schließt ab. »Ich schätze, das war's.«

Der Steinbruch sagt: »Soll ich die Schlüssel gleich drüben abgeben?«

»Sie gehen sowieso in den Poolkeller?«

Der Mann sagt: »Dartbrunnen ist ja jetzt zu.«

Florian und Frau von Engelbrecht tauschen einen Blick, dann reicht Florian den Schlüsselbund an den Mann weiter. Wer das Geld für sein Bier auf die Theke legt, obwohl der Barmann nicht mehr da ist, ist offensichtlich eine ehrliche Haut. Seine Kollegin hat, wie ihm auffällt, im Dartbrunnen nichts berührt, nicht einmal einen Türknauf, geschweige denn die Schublade oder den Sicherungskasten. Stand nur da und hielt ihre Hände in siebenundneunzig Prozent Babykamelhaar und drei Prozent Seide verborgen.

Der Mann nickt bestätigend, und der andere, dem bis

dahin noch kein Wort über die steinernen Lippen gekommen ist, sagt: »Feierabend.« Und so stiefeln sie quer über die Kreuzung zum Poolkeller.

Frau von Engelbrecht blickt die Schillerpromenade hinunter, wo ein Streifenwagen in zweiter Reihe parkt. Auf dem Bürgersteig geht ein Uniformierter auf und ab und leuchtet mit einer Taschenlampe den Rinnstein ab. Als sie näher kommen, sehen sie, dass es sich nicht um einen, sondern um zwei Polizisten handelt, die gemeinsam den Bürgersteig und die neben dem Bordstein parkenden Autos absuchen. Einer von ihnen ist Polizeiobermeister Maurer.

»Herr Maurer«, sagt Frau von Engelbrecht. »Hat sich Herr Ferrante hier seiner Fußfessel entledigt?«

»Nein, da drüben im Restaurant. Der Koch hat sie ihm durchgeschnitten. Anschließend ist er durchs Treppenhaus nach oben und dann ab über die Dächer. Das Signal kommt aber von hier. Offenbar hat er sie weggeworfen.«

»Viel Erfolg bei der Suche«, wünscht Frau von Engelbrecht, Polizeiobermeister Maurer nickt zum wiederholten Mal, und dann überqueren Florian und seine Chefin die Straße und betreten das jüdische Restaurant mit dem zwei mal drei Meter großen Farbcluster in Öl und der Easy-Listening-Klaviermusik, die einem das Gefühl gibt, in der Warteschleife eines Telefonanbieters gefangen zu sein.

Hinter der Theke steht noch immer die Bedienung mit den Wallelocken, deren Anblick Florian kurzzeitig die Sprache verschlägt, denn ihre Locken wallen wirklich beachtlich, und ihre Lippen sind zu etwas geschminkt, das eindeutig mehr und größer ist als ein normaler Mund.

»Guten Abend«, beginnt Frau von Engelbrecht. »Mein Name ist Hannah von Engelbrecht, das hier ist mein Kollege Siebold. Wir sind von der Kriminalpolizei.«

Mehr Worte muss die Kommissarin nicht verlieren, denn die Bedienung deutet bereits mit der Hand über die Schulter in Richtung Küchentür. In der Küche ist Hamed gerade damit beschäftigt, Haman-Taschen mit Puderzucker zu bestäuben, und die Art, wie er dabei mit seiner Kinderhand gegen das Sieb klopft, damit nicht zu viel Puderzucker durch die Maschen rieselt, zeigt, wie ernst er seinen Job nimmt.

»Waren Sie das, der Herrn Ferrante die Fußfessel durchtrennt hat?«, fragt Frau von Engelbrecht.

»Lucky meinen Sie. Korrekt. Mit Geflügelschere.«

»Sie kennen ihn?«

»Klar, Mann. Den kennt hier jeder. Wir sind zusammen zur Schule gegangen.« Er grinst. »Aber nicht lange.« Er legt die bestäubten Haman-Taschen auf vierundzwanzig Teller, die er zu einem Rechteck von drei mal acht anordnet.

»Und da haben Sie ihm mal eben die Fußfessel aufgeschnitten.«

»Er hat mir eine Pistole an die Schläfe gehalten, Mann. Da fragst du nicht lange.«

»Hat er sonst noch etwas gesagt?«

Hamed, der inzwischen ein Messer an einem Wetzstein schärft, hält inne: »Er war's nicht.«

»Sie meinen, dass er seinen ehemaligen Trainer nicht erschossen hat?«, vergewissert sich Florian.

»Nein, Mann. Die Alte, die sie in seinem Hotelzimmer gefunden haben – damals. Das war er nicht.«

»*Das* hat er Ihnen gesagt«, fragt Frau von Engelbrecht, »vorhin, als Sie ihm die Fußfessel durchtrennt haben?«

Florian versteht weder, von was für einer Alten hier die Rede ist, noch, weshalb Frau von Engelbrecht so darauf anspringt.

»Ja, Mann«, bestätigt Hamed.

6

Die erste Konfrontation mit seinem neuen Spiegelbild wird für Lucky zu einer Prüfung. Er ist vorgerannt zur Hermannstraße, auf der um diese Zeit ein Betrieb herrscht wie beim Sechstagerennen, und so zwingt er sich zu gehen, trotz seiner Pulsfrequenz langsam einen Fuß vor den anderen zu setzen, im Geruch von Diesel und Frittierfett mit dem Feierabendstrom zu schwimmen.

Als er bereits das blaue Leuchtschild ausgemacht hat, das den Eingang zur U-Bahn Leinestraße kennzeichnet, sieht er – zu spät, um noch ausweichen zu können – zwei Polizisten auf sich zukommen und wendet sich abrupt dem Schaufenster zu, an dem er gerade vorbeigeht. Türkische Brautmode, Kleider gewordene Sahnecremetorten und mittendrin, benetzt vom Schleier eines reinweißen Jungfräulichkeitsversprechens: sein Spiegelbild.

Möglich, dass der Schleier, der sich in der Reflexion über sein Gesicht legt, den Eindruck noch verstärkt, in jedem Fall ist Lucky sich selbst so fern, dass er in dem Gesicht, das er erblickt, unwillkürlich nach Vertrautem sucht. Die Falten, die von den Nasenflügeln zu seinen Mundwinkeln verlaufen, haben sich tief in die Haut gegraben, sein Blick wirkt nach innen gerichtet, haltlos sieht er aus, verirrt. Ein Mann ohne Kompass.

Der Rest wirkt umso abenteuerlicher: schwarz-goldene, knöchelhohe Turnschuhe, dazu eine leuchtend orangefarbene Trainingshose mit goldenen Streifen an den Seiten.

Von der dazugehörigen Jacke ist zum Glück nur die Kapuze zu sehen, der Rest ist unter dem garantiert sündhaft teuren Kaschmirmantel verborgen, der Lucky zwar zu lang, an den Schultern aber zu eng ist. Wenigstens verhindert der Mantel, dass alle Welt den auf dem Rücken aufgenähten Schriftzug sieht: *LUCKY*. Nicht einmal schwule Spanier, die versuchen, wie Berliner auszusehen, laufen so herum. Ein verlorener Mann in einem lächerlichen Aufzug. Immerhin: Um in dieser Gegend wirklich aufzufallen, musst du schon nackt auf einem Einhorn auf der Überholspur reiten.

In dem Moment, da er im Schaufenster die Polizisten hinter sich vorbeigehen sieht, wendet er sich ab, zieht die Kapuze in die Stirn, eilt die Stufen zur U-Bahn hinab und hat gerade noch Gelegenheit, sich in den letzten Waggon zu schieben, bevor sich hinter ihm die Türen schließen.

Als Lucky am Alexanderplatz von der U8 in die S-Bahn umsteigt und eingeklemmt zwischen hundert anderen die Treppe zum Bahnsteig hinaufrollt, realisiert er zum ersten Mal, dass sie ihn kriegen werden. Ist nur eine Frage der Zeit. Überall Kameras, Menschen, jeder hat ein Smartphone in der Hand, jedes Smartphone hat eine Kamera. Und seit Hamed ihm die Fußfessel durchgeschnitten hat, ist sowieso alles zu spät. In ein paar Stunden ist die halbe Stadt hinter ihm her. Und jeder Zweite kennt seine Fresse. Er steigt in die S-Bahn Richtung Westkreuz und stellt sich so hin, dass es aussieht, als blickte er in die Nacht hinaus. In Wirklichkeit blickt er nur wieder in sein Spiegelbild.

Vielleicht kommt es nicht darauf an – dass sie ihn kriegen werden. Es ist nicht ganz klar, warum Lucky diesen Gedanken hat. Ist eher so ein Gefühl, das sich einstellt, während draußen das Kanzleramt wie ein Kreuzfahrtschiff vorbeizieht und er die Vibrationen in den Fußsohlen spürt. Vielleicht, denkt er, geht es einfach darum zu verstehen – damit er einen Schlussstrich unter seine Vergangenheit ziehen kann. Und vielleicht bewahrheitet sich ja dann, was Abt Mongo meinte, nämlich dass es keinen Unterschied mache, wo dein Körper sich befinde, denn erwachen könne nur der, der loslasse. Du kannst den Atemzug von gestern ebenso wenig wiederholen, wie du den von morgen voratmen kannst.

Ganze drei Personen steigen an der Haltestelle Halensee mit ihm aus der Bahn. Dreieinhalb, wenn man das Baby im Kinderwagen hinzuzählt. Trotz der parallel verlaufenden Autobahn kommt sich Lucky sehr weit weg vor. Sein Adrenalinpegel ist gefallen. Nach einem Fight ist das immer der Moment, wo sich langsam andere Informationen in die Schaltzentrale vorarbeiten. Meist sind es Informationen über Schmerzen. Und so geht es Lucky jetzt, da er der Frau mit dem Baby hilft, ihren Kinderwagen die Stufen zur Straße hochzutragen, tatsächlich wie nach einem Fight: Die Knie schmerzen, seine Hände sind geschwollen, der Nacken ist steif. Als steckte ihm die Trauer um Helmut wortwörtlich in den Knochen. Kälte. Noch so eine Information.

Er geht zu Fuß. Vom S-Bahnhof bis in die Königsallee braucht er keine Viertelstunde. Es sollte ihn wundern, wenn Marcello umgezogen wäre. Und da er selbst ja keine Fußfessel mehr trägt, kann es Lucky auch egal sein, wie weit er sich dessen Haus nähert. Er erinnert sich an das Foto. Im Knast. Wie die anderen um den Tisch herumsaßen und schwiegen – bis ihm gar nichts anderes mehr übrig blieb, als seinen Blick auf die BZ zu richten.

Er war erst wenige Tage zuvor aus dem geschlossenen in den offenen Vollzug gewechselt, konnte endlich wieder atmen, und dann sah er auf dem Titelfoto, wie Yvonne, die sich gerade in seiner Abwesenheit von ihm hatte scheiden lassen, den Fotografen zuwinkte, während sie zu Marcello in den Maserati stieg. Und Marcello mit seinem feisten Grinsen und wie immer in einem Anzug, als würde er zur eigenen Hochzeit fahren. Seitdem ist Berlin um ein Glamourpaar und einen gehörnten Ex-Profi reicher. Rückblickend hat ihm das Foto stärker zugesetzt als alles andere. Selbst die Scheidung war der kleinere Verrat gewesen.

Verglichen mit der Hermannstraße um fünf Uhr nachmittags, ist Halensee so ruhig, dass man meint, die Zeit wäre zum Erliegen gekommen. Die meisten Häuser sind mehr als ein Jahrhundert alt und mit so viel Platz drum herum, dass man sich von den Nachbarn unbeobachtet fühlt. Auch Marcellos Haus gehört in diese Kategorie: eine leicht zurückgesetzte und von der Straße durch eine Baumreihe getrennte, frisch geweißte Einfamilienvilla, zwei Stockwerke plus Souterrain, über dem Balkon eine stuckverzierte Gaube, in deren Bogen das Baujahr 1906 farblich abgesetzt zu lesen ist.

Marcello Hase macht gern auf seriös. Er liebt Statussymbole, und er hasst den Stallgeruch, den er nicht loswird, egal, wie sehr er sich als smarter Geschäftsmann zu inszenieren versucht. Er würde so ziemlich alles dafür tun, als ein anerkanntes Mitglied der gehobenen Gesellschaft zu gelten. Und wird es doch niemals werden. Am liebsten wäre er wie sein Haus: über Generationen gepflegt und auf solidem Fundament errichtet. Von Geburt an privilegiert.

Marcellos Vater Eduard Hase, den sein Sohn heimlich schon immer verachtet hat, war im guten, alten, behäbigen Westberlin vom Kneipenschläger zum Boxprofi aufgestiegen, hatte nach einer mittelmäßigen Karriere die BBP (Berlin Boxpromotion) gegründet und in den folgenden zwanzig Jahren eine Menge Geld gescheffelt. Knapp zwei Millionen davon verbrannte Marcello innerhalb von nur sechs Monaten in dem verzweifelten Versuch, sich durch ein Start-up für Fitness-Apps eine eigene Existenz aufzubauen. Nachdem er seine Firma gegen die Wand gefahren hatte, kehrte er in den Schoß seines Vaters zurück, erlernte zähneknirschend das Geschäft des Boxpromoters und übernahm schließlich die BBP. Seither bewegt er sich in einem Milieu, das so schmutzig ist wie sein Haus sauber und das von Korruption und Intrigen lebt, seitdem es existiert.

Schräg gegenüber von Marcellos Einfahrt befindet sich der Eingang zu einer Appartementwohnanlage. Dort setzt sich Lucky auf eine kniehohe Mauer. So hat er das Haus im Blick, ist aber selbst kaum zu sehen. Als er sich die Hände in den Manteltaschen wärmen will, stellt er fest, dass er außer der Pistole noch immer das inzwischen zerdrückte Pastramisandwich mit sich herumträgt. Und in dem Moment, da er hineinbeißt, merkt er erst, wie ausgehungert er ist.

Während er das mürbe Fleisch zerkaut, beobachtet er das Haus. Im ersten Stock brennt Licht. Da heute das Galadiner vor dem Kampfabend steigt, ist Marcello mit Sicherheit unterwegs, um dafür Sorge zu tragen, dass es dem Fernsehen und der Presse und den Punktrichtern an nichts fehlt. Er wird Hände schütteln und Sachen sagen wie »schön, dass Sie da sind« und »ich hoffe, für Ihr leibliches Wohl ist gesorgt«. Yvonne ist also allein zu Hause, vermutlich oben, im ersten Stock, und macht sich schön, für Marcello. Lucky denkt an das Foto, die Titelseite, und versucht, sich zu überlegen, was er ihr sagen wird. Doch er weiß, das ist sinnlos. Er konnte das noch nie – sich im Kopf Worte zurechtlegen.

Und so kaut er, die Ellenbogen auf den Oberschenkeln, sein Pastramisandwich, und als er damit fertig ist, blickt er auf und sieht Yvonne am Fenster stehen. Ihre Haare hat sie sich über die linke Schulter gelegt, wie sie es früher schon am liebsten mochte – wie auch Lucky es am liebsten mochte –, und da er sie so sieht, erinnert er sich auch an die schwungvolle Bewegung, mit der sie ihre blonde Mähne immer gebändigt hat, sieht sie vor sich, den erhobenen Arm, dieses sich Öffnende, sieht Yvonne über sich, nackt, die Augen geschlossen, ihre Brüste – gemacht, klar, aber formvollendet –, spürt ihre Hüften.

Lucky hat nicht darüber nachgedacht, was ihr Anblick möglicherweise bei ihm auslösen würde. Hätte er es getan, hätte er Zorn bei sich vermutet, Unverständnis, Kränkung. Vielleicht hätte er angenommen, dass er ausflippen und ihr eine ballern würde. Aber jetzt steht sie da oben, wie sie früher in ihrer Penthousewohnung am Balkon stand, morgens, den Rücken durchgedrückt, den Hintern ihm zugewandt, und es trifft ihn wie ein Tiefschlag.

Yvonne wendet sich ab und lässt ein warmes, leuchtendes Rechteck zurück. Lucky wischt sich die Hände an seiner Glitzertrainingshose ab, steht auf und überquert die spärlich befahrene Straße. Bevor er jedoch Marcellos Einfahrt erreicht, hört er einen Wagen in seinem Rücken, und der klingt irgendwie ungeduldig, weshalb Lucky einen Blick über die Schulter riskiert und erkennt, dass es sich um einen Streifenwagen handelt, worauf er wie ein Jogger im Kaschmirmantel auszusehen versucht, der gemächlich um den Block trabt. Der Streifenwagen hält praktisch neben ihm, meint aber nicht Lucky, wie der beim Weitertraben feststellt. Die wollen zu Yvonne. Lucky dreht ab in die Lynarstraße, schleicht sich von der anderen Seite in die Appartementanlage und bezieht hinter zwei Haselnusssträuchern Stellung, von wo aus er die Einfahrt im Blick hat.

Zwei Beamte stehen vor der geöffneten Haustür und reden mit Yvonne. Lucky kann nur die Beamten sehen, aber bei der Balzhaltung, die sie eingenommen haben, kann er sich lebhaft vorstellen, wie Yvonne gerade dasteht, eine Hand in die Hüfte gestemmt, die Haare über der Schulter und in einen Fummel gehüllt, der gerade so als nicht nuttig durchgeht. Lucky war das immer nicht so wichtig. Er steht auf nuttig. Und wieso sechstausend Euro für ein paar Titten ausgeben und sie hinterher nicht herzeigen?

Nach einer Minute ist der Spuk vorbei, die Tür schließt sich, die Beamten kehren zu ihrem Wagen zurück, atmen durch, werfen sich einen Blick zu, steigen ein und sind weg.

Lucky hat das Tor noch nicht erreicht, da öffnet sich die Tür erneut, und sie erscheint: Yvonne. Und sieht null nuttig aus. Zwar trägt sie Schuhe mit Absätzen, die andere Frauen erst erklimmen müssen, aber insgesamt wirkt sie sehr … oben angekommen. Ist sicher Marcello und dessen Ambitionen geschuldet. Ach ja, die beiden haben geheiratet. Da lag Yvonnes Scheidung von Lucky noch keine zwölf Wochen zurück.

Sie kommt die Stufen herunter, und auch das wirkt irgendwie gekonnt, die Handtasche in der Ellenbeuge, schlank sieht sie aus, ein bisschen zu schlank für Luckys Geschmack, und dann tacken ihre Absätze in Richtung Garage, eine Autotür ist zu hören, ein Motor, in dem viel Kraft schlummert, Scheinwerfer flammen auf. Der Wagen, ein nachtblauer RS7, gleitet heran, und Lucky tritt aus dem Dunkel, die Hände in den Taschen, und stellt sich so in die Auffahrt, dass kein Vorbeikommen ist.

Das hat etwas von einem Westernduell, wie sie einander gegenüberstehen. Lucky im Lichtkegel, breitbeinig, die Hände in den Taschen, vor sich dieses grollende Ungetüm. Er wartet, spürt das Metall der Pistole an seiner Hand. Schließlich macht Yvonne den Motor aus, das Grollen erstirbt und macht einer raumgreifenden Stille Platz.

Lucky geht zur Beifahrerseite und will die Tür aufziehen, die jedoch verriegelt ist. Yvonne lässt das Fenster drei Fingerbreit nach unten gleiten. In ihrem Blick liegt etwas, das er noch nie bei ihr gesehen hat: Angst.

»Was willst du hier?«

Sie versucht, sich nichts anmerken zu lassen, aber ihre Stimme flattert. Schließlich war die Polizei gerade da, und sogar Lucky kann sich denken, was die Beamten ihr gesagt haben: dass er Helmut erschossen und außerdem seine Fußfessel gekappt hat und seitdem auf der Flucht ist, bewaffnet.

»M-mach mal die Tür auf.«

»Nein, Lucky. Du darfst hier gar nicht sein. Hundert Meter – schon vergessen?«

Er lässt seinen Blick an ihr hinabgleiten: »Du spielst jetzt in einer anderen Liga, oder was?«

»Sag mir einfach, was du mir zu sagen hast, und dann geh.«

Lucky überlegt. Was hat er ihr zu sagen?

»Warum?«, fragt er.

»Warum was?«

»W-warum hast du das gesagt – bei der Scheidung? Dass ich dich bedroht hätte und häu-äusliche Gewalt und so ’n Scheiß?«

Statt zu antworten, presst Yvonne die Lippen aufeinander.

»Ich h-hab dir doch nie was getan?«

»Das verstehst du nicht«, sagt sie jetzt.

Lucky umfasst mit beiden Händen die Fensterkante: »Hast du's gewusst – mit der Nutte? Im Ho-otelzimmer?«

»Was soll ich gewusst haben?«

»Na, hast du etwa gedacht, ich hätte die auf dem Gew-wissen?«

»Entschuldige mal, Lucky, was hätte ich denn sonst denken sollen? Die Beweise waren ziemlich eindeutig, findest du nicht? Immerhin haben sie zwischen ihren Schenkeln ein Haar von dir gefunden.«

Er fragt sich, ob sie ihm die Wahrheit sagt. Ob er ihr trauen kann. Und auch das trifft ihn unvorbereitet. Irgendwie hatte er sich immer darauf verlassen, ihr vertrauen zu können. Jetzt sieht er sie, die feinen Falten um ihre Augen, die sie vor drei Jahren noch nicht hatte, riecht ihren Duft, der ebenfalls neu ist, er erkennt sie kaum wieder – und will sie trotzdem zurück. Hat sie ihn reingelegt, damals schon? Hat sie davon gewusst? Er erinnert sich daran, wie sie ihn angesehen hat, als er k. o. ging, ihre Teilnahmslosigkeit, die innere Abkehr. Hatte sie ihn da bereits verlassen, nur dass er es nicht mitgeschnitten hatte?

»Gab keine Bew-weise«, erwidert Lucky. »Nur In-ndizien.«

»Für mich sahen die verdammt nach Beweisen aus.«

»Hat M-M …« – erst im dritten Anlauf kommt ihm der Name über die Lippen – »Marcello davon gewusst?«

»Spinnst du? Marcello und ich haben beide gedacht, dass … Du warst echt schräg drauf damals.«

»M-Marcello und du? Ihr habt gem-meinsam gedacht, oder was?«

»Mensch, Lucky, das ist alles Schnee von gestern. Vergiss es einfach.«

»Wieso überhaupt M-Marcello?«

»Vergiss es einfach, okay?« Ihre Stimme schmiert nach oben weg. »Das verstehst du sowieso nicht!«

»Du f-fickst M-Marcello. Was soll'n da n-nicht zu verstehen sein?«

»Bitte, Lucky, lass mich einfach nur fahren, okay? Ich sag auch keinem, dass du hier warst.«

»Aber wir sind doch verh-heiratet.«

»Wir sind geschieden, Lucky, begreif das mal.«

»Du v-vielleicht.«

Ihr Blick versucht, hart zu bleiben. »Ich sag doch: Du verstehst es nicht.«

So stehen sie noch einen Moment lang, Lucky, der sich an der Seitenscheibe festhält, und Yvonne, den Finger auf dem Startknopf. Dann lässt er die Scheibe los, und Yvonne drückt den Knopf.

7

Lucky setzt sich auf die Stufen, die Yvonne kurz zuvor hinabgestiegen ist. Wie kann es sein, dass man einer Frau gleichzeitig ins Gesicht schlagen und sie ficken will? Wie kann man zugleich Verlangen und Verachtung empfinden? Das bringt Lucky völlig durcheinander. Will er, dass Yvonne zu ihm zurückkommt? Irgendwie schon, ja. Oder klammert er sich einfach um jeden Preis an die Vergangenheit? Begierden, hat Mongo gesagt, sind die Ursache des Leidens. Noch so ein Satz, der schwerlich zu widerlegen ist.

Aber Lucky will nicht loslassen, er will festhalten. Alles, was er getan hat, hat er für Yvonne getan. Wie kann sie ihm da in den Rücken fallen? Luckys linkes Bein zittert, er ist kurz davor, etwas Dummes zu tun, mit der Faust auf den Müllcontainer einzuprügeln, sich zu besaufen und mit irgendwelchen Idioten anzulegen. Wenn Helmut jetzt hier wäre. Aber Helmut ist tot.

Während Lucky den Weg zurück zur S-Bahn einschlägt, ist er so in seinen inneren Widerstreit verstrickt, dass er den Streifenwagen erst bemerkt, als der ihm praktisch über die Füße fährt.

»Stehen bleiben!«, ruft jemand, und das ist der Startschuss für Lucky, der sofort in die entgegengesetzte Richtung rennt, was ihm nicht viel bringt, denn keine zehn Meter vor ihm stehen bereits zwei Streifenwagen quer auf der Straße, und er erkennt die Umrisse von drei Männern auf dem Bürgersteig, die darauf warten, dass er ihnen in die

Arme läuft. *Ich sag auch keinem, dass du hier warst.* Von wegen. Yvonne war noch nicht aus der Einfahrt raus, da muss sie bereits die Bullen verständigt haben.

Lucky springt über einen Jägerzaun, wirft sich blindlings in eine Hecke, hört Rufe aus zwei Richtungen, stolpert über einen Sandkasten, flüchtet an einem Mehrfamilienhaus vorbei, findet sich auf der Caspar-Theyß-Straße wieder und hat sofort ein Blaulicht im Nacken. Ein Schuss hallt vom feuchten Asphalt wider, die schießen auf ihn! Mit einem Sprung rettet er sich in die nächste Hecke, kriecht auf allen vieren durch einen Vorgarten, eine weitere Hecke, drückt sich an die Rückwand einer Garage, versucht, sich zu orientieren. Er hört Stimmen, die suchen ihn, haben aber nicht mitgeschnitten, dass er bereits zwei Gärten weiter ist. Und so schleicht er sich davon, schiebt sich durch ein Tor, entfernt sich von den Stimmen. Kurz darauf steht er in einem Garten, die Rückseite einer Villa ragt vor ihm auf, durch die Terrassentüren sieht er Vater, Mutter und zwei Kinder unter einem Kronleuchter am Esstisch sitzen, der Sohn trägt Krawatte zum Abendessen. Plötzlich ist der Garten in Flutlicht getaucht, Lucky muss in eine Lichtschranke getappt sein, alle vier drehen ihm den Kopf zu, der Vater erhebt sich vom Tisch, die Serviette, die eben noch seine Beine bedeckte, rutscht zu Boden.

»Hier!«, hört er den Ruf eines Polizisten, klettert über den nächsten Zaun, stößt eine Regentonne um und blickt eine schmale Seitenstraße hinunter, in der sich nichts regt außer einer Frau, die in einiger Entfernung ihren Wagen belädt. Lucky hat die Orientierung verloren, will in die entgegengesetzte Richtung, aber da tauchen direkt vor ihm zwei Polizisten aus den Büschen auf.

»Halt!«, ruft der eine, woraufhin Lucky quer über die

Fahrbahn schießt, zwischen zwei Wohnwagen hindurchtaucht, mit brennender Lunge den Gehsteig hinunterrennt – die Schritte der Polizisten im Rücken –, auf die Frau zu, die einen plötzlichen Schrei ausstößt, als der Polizist einen weiteren Warnschuss abfeuert, und dann ist Lucky bei ihr, hält ihren Kopf umklammert und drückt ihr die Pistole an die Schläfe. Was soll er sonst tun, irgendetwas muss er ja machen.

Die beiden Polizisten scheuen wie Pferde vor einem Wassergraben. Im Gegenlicht sind ihre Atemwolken zu sehen. »Keine gute Idee«, sagt der eine.

»Sch-schnauze«, keucht Lucky.

Er zieht die Frau vorsichtig zur Fahrerseite, öffnet die Tür und schiebt sie mit der Pistole in den Wagen. Dabei behält er die ganze Zeit die Polizisten im Auge. »Steck den Sch-schlüssel ins Zündschloss.«

Sie tut es.

»Rutsch r-rüber.«

Während die Frau auf den Beifahrersitz klettert, steigt Lucky ein, die Pistole immerzu auf ihren Kopf gerichtet, startet den Wagen und rast mit quietschenden Reifen davon. Im Seitenspiegel sieht er die Polizisten auf die Straße laufen, dann ist er um die Ecke und verschwunden.

Er hat keine Ahnung, wo er sich befindet, bleibt auf den kleinen Straßen, versucht, Haken zu schlagen, ohne aus Versehen zurückzufahren, und findet sich überraschend am Roseneck wieder. Hier war er in seinem ganzen Leben noch nicht.

Die ganze Zeit über schweigen sie – bis Lucky die Schweinfurthstraße hinunterbrettert, Richtung Freie Universität, und eine Mädchenstimme sagt: »Mama, wohin fahren wir?«

Um Haaresbreite rammt Lucky einen parkenden BMW.

Dann stehen sie mit laufendem Motor auf der Straße. Auf der Rückbank, mit einem Vierpunktgurt verschnürt, sitzt ein Mädchen, dessen lange Haare unter einer Pudelmütze hervorkommen. Es scheint wenig beunruhigt, die Mutter aber ist in Panik, ihre Hände flattern, die Augen flehen.

»Bitte …«, sagt sie nur.

Lucky blickt zwischen den beiden hin und her, sieht sich suchend im Auto um. Zum ersten Mal nimmt er den Geruch wahr, wie von Weihnachtsplätzchen, Zimt und Vanille und noch etwas, für das ihm das Wort »Babypuder« einfällt, obwohl er keinen Eintrag hat, wie Babypuder riecht. Der warme Geruch einer Kindheit, die nicht seine war. In der Konsole liegen ein paar Münzen, die er einsteckt. Außerdem eine fast volle Volvic-Flasche.

»Kann ich die h-haben?«

Die Frau ist nicht in der Lage zu antworten, und so stopft er sich die Flasche in die Manteltasche. Er sieht sie an. Sie war einfach nur zur falschen Zeit am falschen Ort.

»Hast du ein H-handy?«

Sie deutet ein Nicken an.

»K-karte raus.«

Die Frau zieht ihr Smartphone aus der Jackentasche und versucht es, aber ihre Hände zittern so sehr, dass sie die Abdeckung nicht lösen kann, also nimmt Lucky es ihr aus der Hand, reißt die Abdeckung herunter und schiebt die SIM-Karte heraus.

»Tut mir l-leid«, sagt er, dann steigt er aus, wirft die SIM-Karte in die Büsche und stolpert auf den Kaiser-Wilhelm-Platz, der kein wirklicher Platz ist, sondern aus zwei quadratischen, von Bäumen umstandenen Rasenflächen besteht. Er hört das Auto davonfahren.

Unter einem der Bäume steht eine von Tau benetzte Bank,

und da sich die Erschöpfung inzwischen wie eine Grippe in Luckys Körper ausbreitet, setzt er sich, zwei Minuten nur, trinkt die Flasche in einem Zug leer, zieht sich die Kapuze in die Stirn und schließt die Augen. Nur einen Moment, wirklich. In ein paar Minuten wird die Frau die Polizei benachrichtigen, er kann hier nicht sitzen bleiben, aber er muss einen Moment lang ausruhen, nur kurz durchatmen, geht gleich wieder.

Die Unzufriedenheit gehört zum Glück wie der Schatten zum Licht, hat der Abt erklärt. Und, dass das eine ohne das andere nicht zu haben ist. Und dass Lucky seinen Frieden schließen soll mit dem Zustand des Nicht-zufrieden-Seins. Keine leichte Aufgabe, das hat selbst der Abt zugegeben: Frieden schließen mit dem Zustand des Nicht-zufrieden-Seins.

»Gibt's da 'ne Anl-leitung für?«, hatte Lucky gefragt. Er hatte sein ganzes Leben immer gemacht, was andere ihm gesagt haben. So funktionierte er am besten: mit Anleitung. »Nein«, meinte Mongo daraufhin, »eine Anleitung hilft nur dem, der sie zu nutzen weiß – sonst wirst du immer nur fremden Herren dienen, nie aber dir selbst.«

Das war mehr als ein kurzer Moment. Er muss eingenickt sein. In seinem Mundwinkel klebt eingetrocknete Spucke, seine Füße sind taub und seine Beine eiskalt – bis rauf zum Hintern. Weg hier, jetzt. Steh auf! Du bist einmal liegen geblieben, und dieses eine Mal war schon zu viel.

Lucky versucht, das Geräusch zu verorten, das ihn aufgeschreckt hat und das von jenseits der Bäume kommt, metallisch und hell. Eine U- oder S-Bahn. Er stemmt sich in die Senkrechte und stakst den Weg hinunter, der entlang der Bäume verläuft. An der Podbielskiallee angekommen, sieht er zweierlei: Etwa zwanzig Meter zu seiner Rechten befindet sich der Eingang zur U-Bahn, die hier in einem Graben verläuft, von links nähern sich Blaulichter, mindestens ein halbes Dutzend. Er hört einen einfahrenden Zug, stürzt die Stufen zum Bahnsteig hinunter, steigt ein und mischt sich unter die Studenten der Spätschicht. Lucky stellt sich seitlich zur Tür, und als die U-Bahn anfährt, blickt er unauffällig nach oben und sieht, wie die vielen Blaulichter das Gebäude zum Leuchten bringen, als wäre es eine Kunstinstallation oder so, und dann ist er weg.

Alle um ihn herum reden, jeder scheint jeden zu kennen. Es wird über Dinge gesprochen, die außer den Studenten garantiert kein Schwein versteht und die unter Garantie auch keine Sau interessieren, aber so, wie sie darüber reden, ist klar, wie geil sie das finden, dass niemand außer ihnen selbst sie versteht und sie eine Art Exklusivklub bilden.

Auf Tuchfühlung mit Lucky steht eine Gruppe von drei jungen Männern, jeder größer als er und jeder mit Händen, die in ihrem Leben noch nie einen Nagel in die Wand geschlagen haben. Sie reden in Abkürzungen und Zahlen, OLG, BGH, Paragraf 1-0-0-4. Einer von ihnen blickt wiederholt auf Lucky herab, als fragte er sich, wer auf die Idee gekommen ist, den behinderten Hausmeistersohn zur Party einzuladen.

Lucky spürt ein Brennen unter der Haut, an den Armen, auf den Handrücken und am Hinterkopf. Er kennt das. Er hat im Gefängnis darüber nachgedacht und nimmt an, dass diese Reaktion ihre Wurzeln in seiner Kindheit hat – irgendwie wurzelt ja alles in der Kindheit – und dass er, seit damals sein Vater verschwunden ist, immer wieder gegen Wände gerannt ist, bei seiner Mutter, seinen Lehrern, seinen Mitschülern. Nur bei Helmut nicht. Klar, später, als er erfolgreich war und Yvonne hatte und um den WBO-Titel boxte, da wollten sie alle seine Buddys sein, aber selbst diejenigen, die so dringend seine Freunde sein wollten – Marcello und Nino und die ganzen Wichser –, selbst die behandelten ihn wie die drei Studenten, die gerade neben ihm stehen.

Er sieht einen von ihnen schmunzeln, und er weiß, dieses Schmunzeln gilt ihm, also sagt Lucky: »I-is was?«

Der Typ zeigt ihm seine Zähne, wie eine Perlenschnur: »N-nee du, i-is nichts.«

Luckys Uppercut erwischt ihn so punktgenau am Kinn, dass sein Kopf widerstandslos nach hinten geschleudert wird und der Typ auf dem Hosenboden in der Gasse zwischen den Sitzen landet.

Und dann bewahrheitet sich ein weiteres Mal die Vision, die Lucky vorhin auf dem Dach hatte, nämlich dass das Jetzt wie ein Raum ist, von dem Türen abgehen, durch die man das jetzige Jetzt hinter sich lassen und in das nächste eintreten kann, denn die U-Bahn kommt am Fehrbelliner Platz zum Stehen, die Türen öffnen sich, niemand sagt etwas, alle gucken nur blöd, und Lucky steigt aus, und weg ist das Jetzt von eben, und da ist ein neues.

Er wechselt die U-Bahn, von der U3 in die U7 Richtung Rudow, Tür zu, weiter geht's. Hier ist deutlich weniger los, die Rushhour ist vorbei, und die Partypeople hocken noch in ihren Nestern. Er setzt sich, lehnt den Kopf gegen eine Haltestange, blickt verstohlen durchs Abteil und erfährt im »Berliner Fenster« – den Monitoren, die seit einigen Jahren in den Waggons von der Decke hängen –, dass Hertha einen neuen Trainer hat, die Eröffnung des BER einmal mehr verschoben wurde und der Cirque du Soleil am Potsdamer Platz gastiert.

Und dann erblickt er sich selbst, wie er vor dem Tor IV der JVA Tegel steht und in die Kamera blinzelt. Intelligent sieht das nicht aus. Von seinem Mantel abgesehen, trägt er dieselben Sachen wie jetzt. In dem eingeblendeten Infokasten steht in einer Zeitungsaufmacherschrift: *News des Tages – Polizei erbittet Mithilfe. Ex-Boxprofi Stefano »Lucky« Ferrante nach Mordanschlag auf der Flucht. Hinweise zur Ergreifung unter …* Es folgt eine 0800-Nummer.

Die meisten im Abteil haben es nicht gesehen, weil alle mit ihren Smartphones beschäftigt sind, trotzdem kommt Lucky sich vor wie ein Alien. Und klar, der Typ drei Sitzgruppen von ihm entfernt scheint zu telefonieren, aber er hält sein Smartphone dabei so, dass die Kamera die ganze Zeit Lucky im Visier hat. Noch weiter vorn, am Ende des Abteils, steht ein Typ um die sechzig mit grau meliertem Schnauzbart und Strickpulli unter Funktionsjacke, der eine Telefonnummer in sein Handy tippt. Macht doch heute auch niemand mehr – Telefonnummern eintippen. Bevor er zu sprechen beginnt, dreht er Lucky unauffällig den Rücken zu.

U-Bahnhof Yorckstraße. Lucky wartet bei geöffneter Tür, ob einer der ihm verdächtig erscheinenden Personen das Abteil verlässt, dann, nachdem bereits das Signal ertönt ist, schlüpft er aus dem Zug und läuft die Treppe hoch. Auf der Straße erwarten ihn null Grad und etwas, das sich nicht entscheiden kann, ob es lieber Regen oder Schnee sein will. Was immer es ist: Ein eisiger Wind fegt die Yorckstraße hinunter und bläst es Lucky direkt ins Gesicht.

Bei Hisar ist nicht viel los. Die Schlange, die sonst bis zum S-Bahn-Eingang reicht, ist auf drei Personen zusammengeschnurrt, die sich unter die Markise drängen. Bei diesem Wetter steht niemand freiwillig länger als fünf Minuten für einen Döner an. Lucky reiht sich ein, neben sich auf einem leinwandgroßen Brot-für-die-Welt-Plakat eine glückliche Afrikanerin mit Zahnpastalächeln. Die hat was zu beißen, und kalt ist ihr auch nicht. Mit klammen Fingern zählt Lucky die Münzen, die er vorhin aus der Konsole geklaubt hat. Als er an der Reihe ist, lässt er sich einen Döner und einen türkischen Tee geben, außerdem ein Bier für später, das er in die Manteltasche steckt. Und weg ist die Kohle.

Er isst an einem der Coca-Cola-Stehtische in dem windgeschützten Bereich um die Ecke, wärmt sich mit dem Teeglas abwechselnd die Hände, und dann kommen sie auch schon: zwei Streifenwagen, Blaulicht inklusive, so unauffällig wie zwei Bankfuzzis auf einem Punkkonzert. Eilig überquert Lucky die Straße, trabt vor zur Tankstelle, wartet, bis die Wagen an ihm vorbei sind, trabt noch ein Stück weiter und verschwindet im Park am Gleisdreieck.

Der Park ist auf einem Plateau angelegt und menschenleer, und tatsächlich macht der Wind hier das, was man ihm immer nachsagt: Er pfeift. Luckys Turnschuhe hinterlassen verschwimmende Abdrücke im Schneematsch. Er sucht nach einem Ort, an dem er sich verkriechen kann, und findet schließlich einen aus zersägten Baumstämmen gewobenen Tunnel in einem Klettergarten, der nicht ohne Weiteres einsehbar und außerdem trocken ist. Er setzt sich auf den Boden, zieht die Beine an, lehnt sich gegen die Tunnelwand und versucht zu verstehen, was mit Yvonne passiert ist. Und wann. Und warum.

Luckys Vater war ein Mann mit Prinzipien. Und katholisch. Mehr brauchte es seiner Ansicht nach nicht, um sicher durchs Leben zu kommen. Er machte nicht mit anderen Frauen rum, ging einer ehrlichen Arbeit nach, soff nicht, versorgte seine Familie, und wenn er abends nach Hause kam, wackelte Gretchen für ihn mit dem Arsch. Es war abgemacht, dass die Treue in seiner Ehe für beide Seiten zu gelten hatte, und ins Unglück stürzte er seine Familie erst, als herauskam, dass er nicht der Einzige war, für den Gretchen mit dem Arsch wackelte. Irgendwie dachte Lucky das auch – dass man gewisse Sachen in einer Ehe nicht machte und dass das für beide Seiten galt. Einer Richterin etwas von häuslicher Gewalt zu erzählen, die es nie gegeben hatte, zum Beispiel – während er im Knast saß.

Luckys Erschöpfung ist wie das Reinigungsmittel, das sie in der JVA immer auf den Klos verwenden: Wo du das hinschüttest, zuckt nichts anderes mehr. Er kauert sich auf den Boden, die Hände zwischen die Oberschenkel geklemmt, den Kopf auf einem einzelnen Herrenstiefel, der im Tunnel stand, als hätte er wie Lucky dort Zuflucht gesucht. Kurz muss er trotz allem lächeln. Frieden schließen mit dem Zustand des Nicht-zufrieden-Seins.

In der Nacht wacht er auf. Noch einmal ist die Temperatur gefallen. An Luckys Nase hängt ein gefrorener Tropfen. Die Luft ist klar und trägt das Rauschen des Verkehrs von der Yorckstraße herüber. Bewegen, Lucky, du musst dich bewegen. Er zieht die Knie unter den Körper, kommt auf die Beine und tritt ins Freie. Er erinnert sich des Biers in seiner Manteltasche, und da er nichts anderes hat, was sich dafür eignen würde, hebelt er den Kronkorken mit dem Lauf der Pistole ab. Die Wolken haben sich verzogen, die Luft ist wie gefiltert, Lucky steht mitten in Berlin unter einem Himmel, von dem es Sterne auf ihn herabregnet, und alles, was vorhin noch Schneematsch war, funkelt jetzt märchenhaft, der gesamte Park ist überzogen mit einer gläsernen Kruste. Lucky nimmt drei Schritte Anlauf und rutscht und rutscht, und währenddessen dreht er sich, die Hand mit dem Bier von sich gestreckt, weit und breit kein Mensch außer ihm, er hat den gesamten Park für sich allein, und so nimmt er ein weiteres Mal Anlauf und rutscht, immer weiter.

An den Kanten des Plateaus ragen Häuser auf, kaum ein Fenster ist erleuchtet, die Stadt schläft im Mondschein, kaum auszuhalten, so schön ist diese Welt, sogar die Äste der Bäume glitzern. Lucky wünscht sich, Helmut könnte ihn sehen, wie er sich um die eigene Achse dreht, während er den Weg hinunterschlittert, wie er mit dem Bier in der Hand das Gleichgewicht hält, im Mondschein. Aber Helmut ist tot, erschossen, eine Kugel im Kopf, und ungefähr an diesem Punkt hört Lucky auf zu rutschen, weil ihm klar wird, dass er sich nicht einmal während der sechs Monate im geschlossenen Vollzug jemals so einsam gefühlt hat wie jetzt.

8

Als das Grundrauschen der Stadt anzuschwellen beginnt und das schwarze Leuchten des Himmels dem Berliner Novembergrau weicht, dreht Lucky bereits seit Stunden seine Runden durch den Park. In Bewegung bleiben, nicht hinsetzen, nicht einschlafen. Vorbei am Skaterpark, quer durch den Hain, hinüber zu den Spielplätzen, entlang der Yorckstraße bis vor zur S-Bahn-Trasse, zurück zu den Sportplätzen und dann das Ganze in entgegengesetzter Richtung.

Die schillernde Eiskruste hat bereits weitgehend ihre Rückverwandlung in Schneematsch vollzogen, als sich die ersten Menschen blicken lassen, Hundehalter zumeist, ein früher Jogger, ein Mann auf einem Mountainbike, dessen Räder lustvoll durch den Matsch schaufeln. Es ist niemand dabei, der sich für Lucky interessieren würde. Lucky glaubt nicht, dass Babsi auch an einem Morgen wie diesem ihr Kind durch den Park schiebt, aber eine andere Idee, als sie abzupassen, hat er nicht.

Er hat eine weitere Runde beendet und hält einen Moment lang inne, um der U2 dabei zuzusehen, wie sie in Richtung Gleisdreieck in den Tunnel einfährt, als er auf dem Weg, der den Westteil des Parks mit dem Ostteil verbindet, eine Frau entdeckt, die ihren Kinderwagen unter der Brücke hindurchschiebt, auf der die U-Bahn über sie hinwegrattert. Er sieht sie von hinten, es könnte irgendwer sein, aber etwas an ihrem Gang kommt ihm bekannt vor, also ruft er: »Babsi!«, ohne Erfolg natürlich, denn sie ist zu weit weg, und die

U-Bahn macht zu viel Lärm. Er läuft ihr nach, was bleibt ihm übrig, auf Beinen, die sich wie Stelzen anfühlen, und bis er zu ihr aufgeschlossen hat, ist sie bereits in den Weg abgebogen, der zur Kurfürstenstraße führt.

Drei Meter hinter ihr verlangsamt er sein Tempo, als könnte sie andernfalls davonfliegen wie ein Spatz, sagt leise: »B-babsi?«, und Babsi bleibt stehen und wartet zwei, drei Sekunden, ehe sie sich umdreht, und im ersten Moment ist er nicht sicher, ob sie es wirklich ist, denn ein Teil ihres Gesichts wird von einer Kapuze mit künstlichem Pelzbesatz verdeckt und ein weiterer Teil von den braunen Haaren, die ihr ins Gesicht hängen, aber ja, sie ist es, Babsi, die Kleene, die immer dabei war, aber nie wirklich dazugehörte – so wie er selbst, nur dass ihm das erst im Knast klar geworden ist.

Sie schiebt sich eine Strähne aus dem Gesicht, und zum Vorschein kommen blaue Augen, was Lucky aus irgendeinem Grund auffällt. Ihre Lippen sind voll – voller als früher? –, aber aus der Balance geraten. Überhaupt irritiert Lucky ihr Anblick, denn sie hat einen traurigen Zug um Augen und Mund, dem verwelkte Träume und enttäuschte Hoffnungen eingeschrieben sind. Insgesamt aber wirkt sie noch immer kindlich.

Sie sieht ihn an, als hätten sie eine gemeinsame Geschichte, und vielleicht haben sie die sogar, nur dass Lucky nichts davon mitbekommen hat, und bevor ihr das erste Wort über die Lippen kommt, entspringt ihrem linken Auge eine Träne und läuft ihr über die Wange, hinab zu dem Mundwinkel, der etwas tiefer hängt als der andere. Und weil sie keine Anstalten macht, die Träne irgendwie wegzuwischen, und sie womöglich nicht einmal gemerkt hat, dass sie ihr über die Wange gelaufen ist, und sie außerdem immer noch nichts sagt, erklärt Lucky schließlich: »Helmut m-meinte, dass du hier m-manchmal rumläufst.«

Er versucht, mit der einen Hand die andere festzuhalten, aber sie zittern beide, also bringt es nicht viel.

»Die suchen dich«, erwidert Babsi mit einer Stimme nicht dicker als eine Bibelseite.

»W-weiß ich.« Er steckt die Hände in die Manteltaschen, aber dann zittert der ganze Mantel. »Aber ich hab nix gemmacht.«

»Was ist denn mit deinen Händen?«

»Kalt.« Er zieht die Nase hoch. »Sch-schätze, ich könnte was zu essen ver-vertragen.«

Aus dem Kinderwagen, der aussieht wie ein schwarzer Sportwagen mit roten Ledersitzen und Alufelgen, ertönt ein maunzendes Stimmchen. Automatisch greift Babsi nach dem Schiebebügel und ruckelt vorsichtig daran.

»Sobald ich stehen bleibe«, sagt sie entschuldigend, »fängt er an zu krähen. Deshalb schiebe ich ihn morgens immer durch den Park, damit …« Sie blickt zwischen ihre Füße. »Ich hab inzwischen geheiratet.«

»W-weiß ich. Von Helmut. Gl-lückwunsch.«

»Hat er dir auch gesagt, mit wem ich verheiratet bin?«

»W-weiß nicht. Wieso?«

»Mit Clemens.«

Lucky braucht einen Moment, bevor der Groschen fällt: »Schochi?«

Babsi presst die Lippen aufeinander und nickt – als hätte sie sich vorher seine Erlaubnis holen müssen. Clemens Schoch. Der Typ, dem Silvester 2002 ein Dartpfeil im Auge steckte. Seitdem sieht er auf dem Auge nur noch so viel, wie Lucky auf seinem linken Ohr hört. So läuft das. Du kannst nicht durchs Leben gehen, ohne Federn zu lassen. Oder du hast nicht gelebt. Auch diese Weisheit könnte von Mongo stammen. Oder aber von Lucky selbst. Er weiß es nicht.

Was Clemens angeht: Auch der hat sich damals von Helmut trainieren lassen. Gute Technik und alles, aber als Fighter nicht zu gebrauchen. Wenn du Hemmungen hast, dein Gegenüber platt zu machen, hast du im Ring nichts verloren. Dreimal hat er Lucky zum Kampf gefordert, jeder Kampf endete für Clemens mit Knock-out. Danach hängte er seine Boxkarriere an den Nagel. An Lucky war kein Vorbeikommen.

»Wie h-heißt er denn?«, fragt Lucky.

»Jannik. Willst du mal sehen?«

Lucky kann mit Babys nichts anfangen. Zu zerbrechlich. Trotzdem sagt er: »Klar.«

Babsi drückt die Haube zurück und beugt sich über den Wagen, und dann beugt sich auch Lucky über den Wagen und sieht ein ziemlich zerknittertes, sehr kleines Gesicht, das in einer Mütze steckt und ihn unsicher anblickt, und ein bisschen sieht das auch gruselig aus, als würde da nur der Kopf liegen, ohne Hals und ohne Ohren, weil der Rest komplett eingepackt ist. Für ihn sieht es aus wie irgendein Kind, außer dass es ebenfalls sehr blaue Augen hat, so wie Babsi, aber die sollen Babys ja immer haben.

»Und?«, fragt Babsi.

»Ist ’n-n Baby.«

Sie richten sich auf, Babsi zieht die Haube wieder hoch, und dann sehen sie einander über den Wagen hinweg an, und sie fragt: »Warum, Lucky?«, und so, wie sie das tut, hat ein ganzes Leben in der Frage Platz, wenigstens aber die letzten zwanzig Jahre, und irgendwie hat Lucky das Gefühl, es hat auch mit dem Baby zu tun.

»Ich wollte mit dir reden – wegen damals. Wegen der Frau in meinem Ho-otelzimmer. Helmut meinte …«

In diesem Moment knickt sein linkes Bein weg. Sofort ist Babsi bei ihm. »Hast du gar nicht geschlafen?«, fragt sie und klingt vorwurfsvoller, als sie möchte, aber sie spürt durch den Mantel und die Trainingsjacke hindurch, wie angegriffen er ist, wie wenig Widerstand dieser Körper noch zu leisten imstande ist, und das erschreckt sie.

»N-nicht wirklich.«

Kaum hat Babsi dem Kinderwagen den Rücken gekehrt, beginnt Jannik erneut zu zetern, also nimmt sie Luckys rechte Hand und führt sie unter ihrem linken Arm durch. »Hier, hak dich ein«, sagt sie. Und so gehen sie, einen Fuß vor den anderen setzend, in Richtung Kurfürstenstraße. »Ich würde dich mit zu mir nehmen, aber … Clemens arbeitet Nachtschicht – bei einem Sicherheitsdienst. Deshalb gehe ich morgens immer spazieren, damit er schlafen kann. Ich …«

»Schon gut. Ich wollte nur mit dir r-reden.«

Als sie die Rampe zur Kurfürstenstraße hinuntergehen, bleibt Babsi unvermittelt stehen. »Warte, ich hab …« Sie zieht ihre Handtasche aus dem Netz, das von dem Schiebebügel herabhängt. »Wir haben ein Gartenhäuschen, in einer Kolonie. Nummer dreiundsiebzig. Kannst du dir das merken?«

»N-nummer dreiundsiebzig.«

Sie gibt ihm ihren Schlüsselring. »Der da«, sie zeigt ihm einen Standardschlüssel, »kannst du den abmachen? Ich brech mir bei so was immer die Nägel ab.«

Lucky ist wirklich in beschissener Verfassung, aber den Schlüssel bekommt er dennoch ab. »N-nummer dreiundsiebzig«, wiederholt er.

»Genau. Die Kolonie heißt ›Neue Hoffnung‹ und ist am Heckerdamm. Weißt du, wo das ist?«

»Klar weiß ich das. Mein Kn-nast ist da gleich um die Ecke.«

»Okay. Pass auf, dass dich niemand sieht. Das Wasser ist schon abgestellt, kannst du aber wieder andrehen. Einen Radiator gibt es auch, Strom ist da. Nur Licht darfst du nicht machen. Wenn jemand sieht, dass Licht brennt ... Ist halt eine Kleingartenkolonie.«

Lucky steckt den Schlüssel ein. »›Neue Hoffnung‹, Nummer dreiundsiebzig.«

»Weißt du, wie du dahin kommst?«

»Schaff ich schon.«

»Brauchst du Geld?«

»Kann n-nicht schaden.«

Sie zieht eine von diesen Geldbörsen aus ihrer Handtasche, wie Frauen die heute haben: groß wie ein Toaster, allerdings in Pink und mit Troddeln dran und einem Reißverschluss. Viel ist nicht drin. Babsi überlegt, dann steckt sie ihm einen Zwanziger zu.

»Wenn mehr fehlt ...«, sagt sie.

»Schon klar«, erwidert Lucky. »Danke.«

»Ich komm heute Nachmittag und bring dir was zu essen und zum Anziehen. Dann ... Scheiße.«

Sie blickt an ihm vorbei. Lucky spürt die Gefahr im Rücken.

»Nicht umdrehen.« Babsi stellt den Kinderwagen so hin, dass er die Sicht auf seine Trainingshose verdeckt, schlingt beide Arme um seinen Hals und sagt: »Küss mich, jetzt!«, aber bevor Lucky überhaupt Gelegenheit hat, sie zu küssen, spürt er bereits ihre Lippen auf seinen, weiche, volle Lippen, und er weiß nicht genau, was es ist, aber so hat sich das bei Yvonne nie angefühlt. Babsi zieht ihn zu sich heran, saugt sich fest, während Lucky ein Auto herannahen hört, das praktisch im Schritttempo an ihnen vorbei- und schließlich die Kurfürstenstraße hinunterfährt. Als Babsis Lippen ihn wieder freigeben und er den Kopf hebt, sieht er den Streifenwagen vorn in die Potsdamer abbiegen.

»D-danke«, stammelt er.

»Ich muss hier lang«, erwidert Babsi, »wir sehen uns nachher.«

Lucky schleppt sich bis vor zur Potsdamer, Babsis Kuss auf den Lippen wie Sonnencreme. Natürlich ist trotz der frühen Stunde die Hölle los. Nachtgestalten, Menschen auf dem Weg zur Arbeit, die Ruhelosen der Stadt. In Doppelreihen zwängen sich die Autos und Busse aneinander vorbei, manche noch mit Licht, andere schon ohne, die Stunde zwischen Nacht und Tag.

Das Pornokino und der Woolworth haben noch geschlossen, Nutten sind auch noch keine da. Der Thorben aber hat geöffnet, und so reiht sich Lucky in eine Schlange schnatternder türkischer Mädchen ein, die sich für den anstehenden Schultag mit Muffins und Donuts eindecken. Als die Reihe an ihm ist, fällt sein Blick auf die BZ, die im Stapel auf der Theke ausliegt – mit ihm auf der Titelseite: Er, direkt nach der Entlassung, wie er auf den Fotografen zugeht, ein Gesicht wie ein Junkie, was kein Wunder ist, nach dreieinhalb Jahren ohne Tageslicht. Die ausgebeulte Stelle seiner Hose oberhalb des rechten Knöchels ist rot eingekreist. *Da trug er seine Fußfessel noch!,* steht über die halbe Seite geschrieben.

Lucky hält seinen Kopf gesenkt, bestellt ein Croissant, ein belegtes Baguette und einen Kaffee im Becher und reicht den Zwanziger über die Theke. Als er aufsehen muss, um sein Wechselgeld entgegenzunehmen, blickt er in die überschminkten Augen einer Türkin, die zwar ein Kopftuch trägt, aber trotzdem jede Menge Tattoos an den Armen hat. Sie tut so, als wäre nichts, aber da ist ein nervöses Zucken um ihre Mundwinkel, und Lucky weiß, dass sie ihn erkannt hat. Und jetzt weiß sie auch, dass er weiß, dass sie es weiß. Lucky macht es wie sie: tut so, als wäre nichts, verlässt die Bäckerei und flüchtet in die U-Bahn.

Während er mit all den anderen verschlafenen Gestalten auf dem zugigen Bahnsteig wartet, nimmt er den ersten Schluck. Schwarz, heiß und bitter läuft es seine Kehle hinunter und schlägt in seinem Magen auf. Bauarbeiterkaffee. Wie der, den Lucky immer mit Helmut getrunken hat. So viele Jahre lang. Er schmeckt ihm nach, das Bittere klebt noch hinten auf der Zunge, und dann sieht Lucky seinen Trainer mit dem Kopf auf dem Aschenbecher und dem Loch in der Stirn, aus dem das Blut austritt, und er stützt sich vorübergehend auf einem Mülleimer ab, weil er sonst unfreiwillig in die Knie gehen würde, und als die Bahn einfährt, muss er seinen Körper mit Gewalt aufrichten und ins Abteil schleppen, bevor die Türen sich hinter ihm schließen.

Die Parzelle dreiundsiebzig im Jasminweg der Kleingartenkolonie »Neue Hoffnung« des Bezirksverbands Charlottenburg-Nord des Kleingärtner e.V. versprüht selbst im November die Sehnsucht nach dem einen Stückchen kleiner, heiler Welt, in das niemand ungebeten eindringen darf und in dem alles geordnet und überschaubar geregelt ist. Ein weißes Plastikgänsepaar sitzt neben einem ausgehöhlten Baumstumpf, was den Eindruck vermitteln soll, sie nähmen gleich ein Bad. Der Plattenweg, der zum Gartenhaus führt, ist beidseitig von Blumenbeeten gesäumt, in den Zweigen des einzigen Obstbaums hängt ein Vogelhäuschen. Hinter dem Haus ragt eine Kastanie auf, deren Äste bis über die Grundstücksgrenze und das mit Teerpappe gedeckte Dach reichen.

Auf seiner Suche nach der richtigen Parzelle hat Lucky in einem Parallelgang einen Mann mit Hund patrouillieren sehen, doch im Moment fühlt er sich unbeobachtet, also steigt er über das Gartentor, stakst über den Plattenweg, fummelt mit klammen Fingern den Schlüssel ins Schloss und zieht die Tür auf.

Zum ersten Mal, seit er auf der Flucht ist, hat er das Gefühl, nicht verfolgt zu werden. Die Anspannung läuft aus ihm heraus, als hätte er sich die Adern aufgeschnitten. Er möchte sich umsehen, das Wasser anstellen, aufs Klo gehen, doch alles, was er zustande bringt, ist, den Radiator anzuschalten und sich auf das Blümchensofa mit den vielen Kissen fallen zu lassen. Sein Blick fängt, da es sich auf Augenhöhe befindet, das Foto in dem freistehenden Silberrahmen auf dem Couchtisch ein. Ein Hochzeitsfoto. Schochi in Anzug und Krawatte und mit einem Besitzerlächeln, das so schief ist wie seine Zähne, aber immer noch weniger schief als Luckys, Babsi mit kunstvoll eingeflochtenen Zöpfen und Blumen im Haar. Sie lächelt in die Kamera, den Kopf leicht geneigt, ein Versprechen. So wie man das eben macht. Und das sieht auch sehr hübsch aus. Wenn man aber – Lucky streckt den Arm aus, nimmt das Bild vom Tisch und verdeckt mit der freien Hand ihr Lächeln – nur ihre Augen ansieht, dann liegt darin schon dieselbe Traurigkeit, die er vorhin gesehen hat.

9

Yvonne ist wieder bei ihm, ihr Geruch, der von früher. Lucky sieht ihre schweißglänzenden Brüste über sich. Sie stöhnt auf, wann immer er seine Finger in ihre Pobacken drückt, die drall sind und geil und die vor Erregung zittern. Keine Frau stöhnt so wie Yvonne, keine. Und keine weiß besser, wie man einem Mann das Gefühl gibt, der Größte zu sein. Das ist es schließlich, was Männer wollen. Ist natürlich nur ein Traum, schon klar, aber so gut wie in diesem Traum hat sich Lucky seit Jahren nicht gefühlt, er ist kurz davor zu kommen, doch in dem Moment beginnt Yvonnes Kater zu maunzen, Shamus – in wachem Zustand hätte Lucky sich an seinen Namen niemals erinnert –, diese degenerierte Perserkatze mit dem Gesicht eines angepissten Jedi-Ritters. Lucky hat ihn nie leiden können, total Panne das Tier, lag tagelang auf dem Sessel und stierte stumpf in die Gegend, um dann ohne erkennbaren Anlass wild fauchend durch die Wohnung zu tollen. Ob jetzt Marcello sich mit dem Vieh herumschlagen muss?

Über den Umweg des Katers findet also Marcello Eingang in Luckys Traum, was dazu führt, dass Luckys Erregung schlagartig schwindet und er aus dem wonnigen Traumreich zur Oberfläche aufsteigt, und plötzlich umgibt ihn ein realer Raum mit vier Wänden und einer Decke. Sein erster Blick fällt auf das Hochzeitsfoto von Babsi und Clemens, und dann weiß er wieder, dass er auf dem Blümchensofa in der Gartenlaube liegt, nur dass der Geruch von Yvonnes

Parfum noch in der Luft hängt und der Kater nicht mit dem Schreien aufhört.

»Entschuldige«, sagt eine Frauenstimme.

Lucky nimmt eine Bewegung wahr, eher einen Schatten, und dann steht Babsi vor ihm, ein Tablett in den Händen.

»Ich hab's dir ja gesagt: Sobald ich ihn eine Minute abstelle, fängt er an zu krähen.«

Auf dem Stuhl neben dem Radiator steht die Babywanne ihres Kinderwagens, und natürlich ist es nicht Yvonnes angepisster Jedi-Ritter-Kater, der Lucky geweckt hat, sondern Babsis zerknittertes Baby.

»Ich weiß auch nicht, was ich noch machen soll. Die Kinderärztin meint, körperlich ist alles in Ordnung.«

Heute Morgen sah Babsi noch aus wie eine übernächtigte Polarforscherin. Jetzt ist sie geschminkt und trägt ein Kleid und Strumpfhosen und eine Kette um den Hals. Der Radiator hat den kleinen Raum tatsächlich auf Zimmertemperatur hochgeheizt. Unmöglich zu sagen, wie spät es ist. Beim Blick nach draußen sieht Lucky nichts als ein wässriges Weiß, als hätte jemand eine Plane vor das Fenster gespannt. Der Nebel ist zurück, und er hat Verstärkung mitgebracht. Diesmal ist er so dicht, dass Lucky nicht einmal bis zum Gartenzaun sehen kann, nicht einmal die Plastikgänse auf dem Rasen sieht er noch. Nach wenigen Metern löst sich der Plattenweg einfach auf.

Als Babsi das Tablett abstellt, schaukelt die Kette hin und her, und Lucky kann ihre Titten sehen, die schwer sind und fest, als müssten sie wehtun, und die etwas Tierisches haben.

»Hättest das Sofa auch ausklappen können«, sagt Babsi, »ist ein Schlafsofa.«

Lucky denkt an seinen Traum und an den Steifen unter seinem Kaschmirmantel und fragt: »Wie lange bist'n-n schon hier?«

»Zehn Minuten vielleicht. Schau mal.«

Auf dem Tablett stehen zwei Plastikteller, außerdem zwei Tupperdosen, die halb durchsichtig sind, weswegen Lucky schon von außen erkennt, dass sich in Dreiecke geschnittene Sandwiches darin befinden.

Er nestelt unauffällig an seiner Hose herum und setzt sich auf, Babsi verteilt die Sandwiches, dann sitzen sie nebeneinander, als würden gleich die Schwiegereltern reinkommen, jeder mit einem Teller auf dem Schoß, und Lucky schmeckt etwas, das er über drei Jahre nicht auf der Zunge hatte, nämlich Ei und Thunfisch und sauer eingelegte Gurke, und er denkt, das ist ja ein Zufall, meine Lieblingskombi, und Janniks Schreie verebben langsam.

»Du r-riechst gut«, stellt er fest.

Babsi spielt mit ihrer Halskette. »Danke.«

»Was is'n-n das?«

»Poison Girl«, sagt sie, »von Dior.«

Stimmt, denkt Lucky, Poison Girl. Voll der schwule Flakon, so in Rosa, aber der Geruch war irgendwie ganz geil und ist es immer noch.

»Yvonne h-hatte das auch.«

»Ich weiß.« Und dann: »Tut mir leid – wegen Yvonne. Dass sie jetzt mit Marcello zusammen ist.«

»Du w-weißt, dass Yvonne das ben-nutzt hat?«

»Sie hat's mal erwähnt, glaube ich.« Babsi stellt den Teller ab, steht auf, geht kurz raus und kommt mit einer Penny-Tüte zurück. »Ich hab dir was zum Anziehen mitgebracht.« Sie legt die Sachen auf den Sessel, der auf den Flatscreen ausgerichtet ist. Ein paar Unterhosen, eine Jeans, zwei T-Shirts, ein Pullover. »Ach, und hier ist eine Zahnbürste.«

»Sind die v-von Clemens?«

»Ja, aber das hat er alles ewig nicht angehabt. Glaube nicht, dass er irgendwas davon vermisst. Sonst sag ich ihm, dass er's schon weggeschmissen hat.«

Lucky nimmt sich noch ein Sandwich, beißt dann aber doch nicht ab. »H-helmut ist tot.«

»Ich weiß. Deshalb suchen sie dich ja.«

»Er hat ges-sagt, dass du – die Alte im Ho-o-telzimmer –, dass du die gekannt hast.«

Wie sich herausstellt, hat Jannik nicht mit dem Gequäke aufgehört, sondern lediglich eine Pause eingelegt. Als er jetzt wieder loslegt, drückt Babsi kurz beide Hände auf ihr Gesicht und flüstert: »Hör auf damit.« Dann steht sie auf, geht zum Radiator und verharrt einen Moment lang unschlüssig über der Babywanne. Schließlich beugt sie sich hinunter, Lucky sieht, wie sich ihr Po abzeichnet und dass sie einen String trägt, und als Babsi sich wieder aufrichtet, hat sie Jannik auf dem Arm, der in seinem Anzug wie ein Astronaut aussieht.

»Kannst du ihn kurz nehmen?«, fragt sie.

Das halb zerkaute Sandwich in Luckys Mund bläht sich auf. »Ich …«

»Ist nur kurz – bis ich ihm sein Fläschchen gemacht hab.«

Sie legt Lucky das Baby in die Arme, das offenbar nicht weiß, was es davon halten soll, und deshalb für einen Moment zu schreien vergisst. Lucky ist schockiert davon, wie wenig so ein Baby wiegt, nicht mehr als ein Paar Boxhandschuhe.

»Scheiße«, sagt er und lacht sein schiefes Lachen, »da ist ja gar nichts dr-rin«, und Babsi steht vor ihm und sieht aus wie am Morgen im Park, wie eine Pflanze, die immer zu wenig Licht bekommt, obwohl sie eigentlich mehr braucht als die anderen, und sie ist kurz davor loszuheulen, und Lucky hat keine Ahnung, warum.

Er sieht die Innenseite ihres Unterarms, die von weißen Linien überzogen ist, als hätte Babsi auf ihrem Arm eine Strichliste geführt.

»Wo hast'n-n das her?«, fragt Lucky.

Babsi deckt mit der Hand die Narben ab, aber es sind zu viele, rechts und links sind immer noch welche zu sehen, und es ist auch gar nicht, dass sie ihre Narben verstecken will, sondern es ist eher, als wollte sie sich erinnern, die Vergangenheit streicheln. Deinen Schmerz umarmen, denkt Lucky.

»'Ne Zeit lang hab ich mich geritzt.« Sie geht in die Küchennische, stellt das Wasser an, lässt es laufen. »Ging mir dann irgendwie besser«, ruft sie. »Aber jetzt hab ich's schon länger nicht mehr gemacht.«

Lucky wird noch immer von zwei großen blauen Augen angestarrt. »H-heißt das, jetzt geht's dir wieder schlechter?«

»Weiß nicht, ist einfach anders jetzt.« Sie stellt das Wasser ab. »Findest du bestimmt doof, oder – dass ich mich geritzt hab?«

Einerseits eine sonderbare Vorstellung, dass jemand, der so sanftmütig und verletzlich ist wie Babsi, der keiner Fliege etwas zuleide tun kann, dass so jemand sich selbst Gewalt antut. Ist wie die Vorstellung, dass sie als Nutte gearbeitet hat. Es passt einfach nicht. Andererseits … Babsi sieht es nicht, aber Lucky schüttelt den Kopf. Er kennt sich aus mit Schmerzen, und er weiß, dass man süchtig nach ihnen werden kann, mehr will. Dass dem Schmerz eine ganz eigene Kraft innewohnt, eine Energie, die dich zu Höherem befähigt. Dass man auf Schmerzen reiten kann wie auf einer

Welle – und vielleicht war es ja genau das, was Mongo meinte, als er sagte, man müsse seinen Schmerz umarmen –, dass der Schmerz sogar dich umarmen kann, weil nämlich der erste und einzige Mensch, der wirklich an Lucky interessiert war, sein Trainer gewesen ist, Helmut, der ihn fertigmachte, immer bis zum Anschlag, und ihn in den Ring schickte, der hundertmal seine Cuts mit Vaseline bestrichen und ihm das Blut aus den Augen gewischt hat, noch mal und noch mal, weshalb Zuwendung für Lucky immer mit Schmerz verknüpft sein wird und Schmerz immer mit Zuwendung.

Als Babsi ihm Jannik aus dem Arm nimmt und sich wieder neben ihn setzt, hat sie ein Fläschchen mit einer weißlichen Flüssigkeit und einem Silikonnippel dabei, den sie Jannik in den Mund steckt.

»Meine Therapeutin meint, es wäre gut, ich würde ihn stillen«, sagt sie, »aber ich mag ihn nicht so nah an mich ranlassen. Weiß auch nicht …«

Es ist nicht klar, wie er jetzt darauf kommt, aber als Nächstes sagt Lucky: »Helmut hat gesagt, dass du angeschafft hast.«

Babsi erwidert ziemlich lange nichts, bevor sie antwortet: »Hm-m.« Und weil Lucky nichts dazu sagt, erklärt sie: »Irgendwie dachte ich, ich müsste das machen, verstehst du?«

»Nö.«

Babsis Blick ist auf Jannik fixiert. »Meine Therapeutin hat gesagt, dass ich wahrscheinlich darunter gelitten habe, dass ich nicht genug gesehen wurde. Sie glaubt, dass ich's vielleicht deshalb versucht habe als Prostituierte – um mir da was zu holen, was ich sonst nirgends gekriegt hab. Keine Ahnung. Ich schätze, das war auch der Grund, weshalb ich wieder damit aufgehört hab. Die Freier haben mich irgendwie auch nie gesehen, da hätte ich genauso gut eine andere sein können. Ich glaube, ich war auch nicht besonders gut darin, also meistens.« Sie setzt die Flasche ab und wartet, bis Jannik ihr auf geheime Weise signalisiert, dass sie die Flasche wieder in seinen Mund stopfen soll. »Bis auf Clemens. Dem war's nicht egal. Der wollte immer nur zu mir, nie zu einer anderen.«

So viel wie heute hat Lucky mit Babsi in zwanzig Jahren nicht geredet. Und in den Jahren im Knast mit gar niemandem. Einmal mit Mongo – nachdem er ihm den Backenzahn ausgeschlagen und ihn gefragt hatte, ob er jetzt immer noch zufrieden sei mit seinem Leben. Er erwartete, dass der Abt sich beschweren, eine Verlegung beantragen würde. Ruf ruhig 'nen Wärter! Aber Mongo sah nur seinen Zahn und dann Lucky an und sagte: »Wem wäre damit geholfen?«

»Klingt nicht gerade wie die große Liebe, oder?«, sagt Babsi.

Lucky zieht die Schultern hoch. Was geht's ihn an. Immerhin sind sie noch zusammen, und irgendwie scheint es ja zu funktionieren, was man von Yvonne und ihm nicht sagen kann. Große Liebe am Arsch.

»Weiß nicht, ob ich ihn liebe«, erklärt Babsi, »aber ich weiß, dass er mich liebt, und im Moment reicht mir das.«

Und Lucky weiß nicht, was er dazu sagen soll und wieso sie ihm das überhaupt erzählt. Hat wahrscheinlich sonst niemanden.

»Was ist denn jetzt mit der Pros … Prosti … der Nutte in meinem Ho-otelzimmer. Kanntest du die, oder was?«

Babsi stellt das Fläschchen auf dem Couchtisch ab, steht auf, läuft mit dem Baby auf dem Arm hin und her und schuckelt es.

»Wieso willst'n das wissen?«, fragt sie. »Ich meine, das ändert doch jetzt sowieso nichts mehr.«

»Der, der mich damals in'n-n Knast gebracht hat, will mich jetzt wieder reinbringen. Der hat einmal 'n Mord auf sich genommen, und jetzt macht er's wieder. Aus der N-nummer komm ich erst raus, wenn ich weiß, wer dahintersteckt.«

Behutsam legt sie Jannik zurück in die Babyschale, deckt ihn zu. »Wenn wir Glück haben, schläft er jetzt eine Stunde.« Sie rückt ihr Kleid zurecht. »Und dann – wenn du es weißt. Was machst du dann?«

Lucky kommt sich vor wie auf einer dieser Pressekonferenzen damals. Die waren immer die Hölle für ihn. Deshalb beantwortet er Babsis Frage, wie er damals die Fragen der Journalisten beantwortet hat, wenn die besonders intelligent sein wollten. »Gute Frage, n-nächste Frage.«

Doch es gibt keine nächste Frage, zumindest vorerst nicht, denn in diesem Moment fliegt die Tür auf, und Clemens steht breitbeinig im Raum und glüht.

»Was soll'n das geben?«, presst er hervor.

Lucky blickt zwischen den beiden hin und her. Babsi sieht einfach nur brutal tragisch und ertappt aus und Clemens, als würde er gleich anfangen zu heulen. Kalte Luft kriecht über den Boden. Eigentlich hätte er damals gegen Lucky im Vorteil sein müssen, denn obwohl sie in derselben Gewichtsklasse kämpften, ist er einen halben Kopf größer und hat die bessere Reichweite. Aber ganz ehrlich, der Typ war schon immer ein Opfer. Der hat so oft auf die Fresse gekriegt und sieht immer noch aus wie ein Bankangestellter.

»H-hallo, Schochi«, sagt Lucky.

»Du halt bloß die Fresse«, ruft Clemens und zeigt mit dem Finger auf ihn, als wäre sonst nicht klar, wer gemeint ist. »Bist einen Tag aus dem Knast raus und machst mit meiner Frau rum.«

»Reg dich ab, Alter. Ich hab n-icht …«

»Halt die Fresse, hab ich gesagt!« Er drängt in den Raum. Plötzlich wird es sehr eng in der Laube. »Und du«, brüllt er seine Frau an, »schleichst dich heimlich hierher, um den da zu ficken – in unserm Gartenhaus!«

Lucky sieht das Tattoo, das Clemens sich seitlich am Hals hat stechen lassen: Babsis Konterfei, so groß wie ein Flaschenboden. Wie gesagt: Der Typ war immer schon ein Opfer.

Babsi ist hinter den Sessel zurückgewichen: »So ist das nicht, Schatzi.«

»Und Jannik hast du auch gleich mitgebracht – damit er euch beim Ficken zugucken kann, ja?«

»Willst du n-nicht erst mal die Tür zum-machen?«

Scheinbar nicht. Mit jedem Schritt, den Clemens weiter in den Raum kommt, weicht Babsi einen zurück. Lange kann das nicht gut gehen. Das Gartenhaus ist dreieinhalb mal fünf Meter, spätestens nach fünf Schritten ist die Wand erreicht. Lucky steht auf.

»Bitte, Schatzi, bitte beruhig dich, er …«

Clemens registriert, dass da seine Klamotten auf dem Sessel liegen. Er greift sich ein schwarzes Kapuzenshirt mit dem sensationell dämlichen Aufdruck *Boxer* und hält es hoch.

»Fotze!« Er tritt den Sessel um und steigt darüber, zwingt Babsi in die Ecke. Im Ring nennt man das die Todeszone. Jannik beginnt zu schreien.

»Fotze!«, brüllt er, diesmal aus zwanzig Zentimeter Entfernung.

»Nicht, Schatzi, bitte!«

»Einmal Nutte, immer Nutte! Hätte ich mir denken können!«

Die Ohrfeige kommt ziemlich ansatzlos und mit solcher Wucht, dass Babsis Kopf gegen die Wand geschleudert wird. Mit einem Aufschrei sinkt sie in die Hocke und kauert sich in die Ecke, die Arme über dem Kopf gekreuzt.

»Einmal Nutte, immer Nutte!«, brüllt Clemens auf sie herab, und Jannik plärrt, was das Zeug hält.

Lucky kann verstehen, dass man den Drang verspürt, seiner Frau eine zu ballern, wenn man herausfindet, dass sie einen anderen vögelt, aber das hier ist etwas anderes, also ballt er die rechte Hand zur Faust, fasst Clemens mit der Linken am Arm und sagt: »Ey, A-alter, geh mal vom-m Gas.«

Clemens fährt herum, aber Lucky hat seinen Schwinger kommen sehen – Clemens hat seine Schläge immer schon telegrafiert –, taucht darunter durch und nutzt den Schwung bei der Aufwärtsbewegung, um ihm mit der Führhand einen Leberhaken zu verpassen, der Clemens fürs Erste den Wind aus den Segeln nimmt.

»A-alles okay bei dir?«, fragt er Babsi, während Clemens langsam zu Atem kommt.

Sie sagt nichts, deutet aber ein Nicken an. Lucky stellt sich vor Babsi und wendet sich Clemens zu. Seine Füße nehmen automatisch Grundstellung ein. Aber Clemens ist bereits dreimal gegen ihn k. o. gegangen, so etwas merkt sich der Körper, und der Kopf merkt es sich ebenfalls. Das kriegst du nicht so einfach aus dem System raus. Ist, wie wenn deine Frau mit einem anderen fickt. Versuch das mal abzuschütteln. Klebt in deinem Kopf wie Taubenscheiße – egal, ob du ihr eine scheuerst oder nicht.

Clemens jedenfalls liegt schon auf der Matte, bevor das

hier überhaupt angefangen hat, Lucky sieht es in seinen Augen, das Zögern, die Unentschlossenheit, und Clemens weiß das. Da ist noch dieser Moment, in dem nichts ausgesprochen, aber alles gesagt wird, Clemens ruft ein letztes Mal: »Einmal Hure, immer Hure!«, und weil er den Sessel bereits umgetreten hat, tritt er jetzt den Stuhl neben dem Radiator um, auf dem die Babyschale mit Jannik liegt, die gegen den Radiator knallt und herunterfällt. Die Decke fliegt heraus, und Jannik kullert über den Boden und schreit, dass sich die Balken biegen, Babsi brüllt: »Clemens!«, und der fängt nur wieder zu heulen an und sagt: »Hättest doch sowieso lieber eins von dem da gehabt«, und schlägt die Tür hinter sich zu und löst sich nach drei Schritten im Nebel auf.

10

Da, wo ihr Kopf gegen die Wand gedengelt ist, hat Babsi ein Horn, doch es wird ganz gut von den Haaren verdeckt. Clemens' Schelle hat ihre linke Gesichtshälfte anschwellen lassen, morgen wird ihr Auge unterlaufen sein. Insgesamt nichts, was nicht von allein wieder in Ordnung kommt. Geweint hat sie auch, aber nur ein bisschen. Das Leben hat ihr Ohrfeigen genug verpasst, da kommt es auf eine mehr oder weniger nicht an. Sie hat auch nicht so sehr wegen der Schelle geweint, sondern eher allgemein, weil ihr Leben so gar nicht dem gleicht, was sie sich als Mädchen erträumt hat, und weil, wenn sie ehrlich ist, Babsi schon damals ahnte, dass es so kommen würde. Streng genommen liegt darin die eigentliche Tragik. Schon mit fünfzehn hat sie geahnt, dass ihr Leben ihr im Rückblick wie ein langer kontinuierlicher Abstieg erscheinen würde.

»Es stimmt, weißt du?«, sagt sie.

Sie sitzen wieder auf dem Sofa. Jannik ist nach der ganzen Aufregung erschöpft eingeschlafen, draußen hat die Dämmerung eingesetzt. Der Nebel ist noch dichter geworden, das Gartenhaus ist vollständig in Watte gepackt. Ein Licht wie tief unter Wasser, unmöglich zu sagen, ob Morgen oder Abend oder vielleicht schon Nacht ist.

Lucky sieht sie an. Sie ihn nicht.

»Ich hätte es lieber von dir gehabt.«

Babsis Satz liegt vor ihm wie etwas, von dem du nicht weißt, wie du es essen oder ob du es besser ganz auf dem

Teller lassen solltest. »W-wieso weiß ich'n da gar nichts von?«

»Weil du immer nur eins im Sinn hattest …«

Lucky denkt nach, kommt aber nicht drauf.

»Den nächsten Fight«, sagt Babsi. »Du warst süchtig danach. Die hatten dich noch nicht fertig genäht, da wolltest du schon wieder in den Ring.«

Es stimmt. Lucky hat sich niemals und nirgendwo lebendiger und mehr bei sich gefühlt als in einem Boxring. Nicht mal beim Sex. Nicht einmal annähernd. Fünf mal fünf Meter Matte und ein paar Seile, mehr brauchst du nicht. Leben, Sterben, Triumph, Niederlage. Da erlebst du in zwölf Runden mehr als andere in ihrem ganzen Leben. Und mit einem Schlag ist alles vorbei. Er betrachtet seinen Handrücken.

»Hätte aber auch keinen Unterschied gemacht, oder?«, fragt Babsi mit ihrer Eichhörnchenstimme.

Auch das stimmt. Lucky war scharf auf Yvonne und auf sonst keine. Oder sie machte, dass er scharf auf sie war und auf sonst keine. Ist nicht ganz klar, wie herum die Sache gelaufen ist. In jedem Fall hat sie es verstanden, keinen Platz für andere zu lassen.

»Brauchst nicht zu antworten«, sagt Babsi.

Sie sitzen zwischen den Blümchenkissen auf dem Blümchensofa, beide ziemlich im Arsch und beide in einer Situation, die sich nach Sackgasse anfühlt, Endstation Gartenlaube. Aber auch dieses Jetzt muss irgendwo Ausgänge haben, einen wenigstens.

»Was w-willst'n jetzt machen?«

»Du meinst wegen Clemens?«

»Hm-m.«

»Heute ist Freitag, da bringe ich Jannik immer zu Clemens' Mutter und arbeite im Bürger-Eck. Vor drei, halb vier komme ich da nicht raus. Bis dahin hat er sich hoffentlich wieder beruhigt.«

»Und w-wenn nicht?«

Babsi schiebt ihre Daumennägel übereinander. Sie hat Glitzerextensions, jeder Nagel ein Christbaum.

»Brauchst nicht zu a-antworten«, sagt Lucky.

So ist das: Manche Menschen sind Opfer wider Willen – so wie Clemens –, andere machen sich zum Opfer. Denen gibst du einen Tritt und jagst sie vom Hof, und im Morgengrauen des nächsten Tages stehen sie wieder vor der Tür, so sicher wie das Amen in der Kirche. Die suchen sich einen, der sie demütigt. Auch eine Art, einem fremden Herrn zu dienen.

»Sag mal: Das Bürger-Eck – ist das nicht die Kneipe oben an der W-westfälischen?«

»Du kennst die?«

»Klar, ist doch gleich um-m die Ecke vom E-eden.«

»Von der Edelnutte zur Tresenschlampe. Zwei Querstraßen – besonders weit hab ich's nicht gebracht.«

»Du hast für N-nino gearbeitet?«

»Hat Helmut nicht erzählt?«

Lucky schüttelt den Kopf.

»Woher hätte ich Djamila denn sonst kennen sollen?«

»Die aus dem Ho-otelzimmer? Ich dachte, die h-heißt Samira, oder wie?«

»Wie die richtig hieß, weiß keiner. Ihre Papiere waren gekauft, da bin ich ziemlich sicher.«

»Und wie ist die in meinem Ho-o-otelzimmer gelandet?«

»Genau weiß ich's nicht, aber sie wusste viel, und sie war … ehrgeizig.« Babsi blickt von ihren Nägeln auf. Zum ersten Mal, seit sie Lucky gesagt hat, dass sie wünschte, er wäre der Vater ihres Kindes, sieht sie ihm ins Gesicht. »Nino hatte damals so ein Geschäft aufgezogen – mit Frauen aus Afghanistan, und ich weiß nicht, wo noch her, Syrien, Iran … Der kannte da irgendwelche Leute, die suchten die Frauen für ihn aus und schickten sie dann mit den Flüchtlingen nach Deutschland. Hier hat er sie mit Papieren versorgt, Aufenthaltstitel, Arbeitserlaubnis, alles ganz legal. Gegen Geld natürlich. LAGeSo, BAMF – die haben alle die Hand aufgehalten. Die Frauen hat er dann in Wohncontainern auf einem Grundstück an der Heerstraße untergebracht, dafür gab's noch einmal Geld vom Senat. Fürs Eden hat er sich die Rosinen rausgepickt, die anderen hat er verteilt, Leipzig, Düsseldorf …«

»Und diese Dj-jamila war eine von denen.«

»Sie war eine von denen, aber eben nicht wie die anderen.«

»Eine von den Ro-osinen.«

»Sie war *die* Rosine. Die Männer waren verrückt nach ihr. Die Frauen auch. Du wolltest, dass sie dir gehört, unbedingt, so eine.«

»Du auch?«

»Jeder war in sie verknallt, ehrlich. Aber … Sie war so schön … Allein ihre Haut. Ich hab mich gar nicht an sie rangetraut. Es gab Männer, die sich das auch nicht getraut haben. Die wollten einfach nur, dass sie sich vor ihnen auszieht, ihre Muschi sehen, wie sie sich einen Finger reinsteckt. Wie eine Heilige. Da haben die vierhundert Euro für bezahlt. Mich wollten sie immer nur vögeln.«

»Und N-nino?«

»Hat sie auf Händen getragen und im Kempi in einem Deluxe-Zimmer einquartiert. Die hat da gewohnt, verstehst du? Nino wusste genau, wenn er sie mit den anderen in einen Container steckt, kratzen sie ihr die Augen aus. Die waren alle total eifersüchtig. Djamila kam nur zum Arbeiten ins Eden und auch nicht besonders oft. Die meisten Freier haben gleich ein Zimmer im Kempi gebucht, da musste sie nur den Knopf für die richtige Etage drücken.«

Lucky versteht es nicht. Wenn Nino so steil auf diese Djamila ging und sie außerdem kein Verlustgeschäft war – wer hat sie dann umgebracht?

»Djamila wusste alles, verstehst du?«, erklärt Babsi. »Und ich glaube, sie hätte es auch beweisen können …«

»Du meinst, sie hat ihn er-rpresst?«

»Auf jeden Fall wollte sie hoch hinaus: einen eigenen Nachtklub, eine Karriere als Model, eine Rolle in einem Hollywoodfilm … Kann sein, dass sie Nino erpresst hat. Vielleicht auch nicht nur ihn. Über Marcello und Yvonne wusste sie auch Bescheid und bestimmt auch noch über andere Sachen.«

Bei der Erwähnung von Yvonne und Marcello spürt Lucky wieder diese dunkle Energie in sich aufwallen, wie gestern, als Karl-Heinz vor ihm stand und immer nur »Das hättest du nicht tun dürfen« sagte und sich dabei das Geschirrtuch um die Hand wickelte. Wie etwas, das aufplatzt und nach innen blutet.

»Wie m-meinst'n-n das: Sie wusste über Yvonne und M-marcello Bescheid?«

Die Art, wie sie ihn jetzt ansieht, geht Lucky an die Nieren. So mitleidig. Als wäre *er* hier das Opfer.

»Tut mir leid, Lucky, aber ich glaube, außer dir haben es so ziemlich alle gewusst – schon lange vor deinem letzten Kampf. Sogar Helmut wusste es, obwohl der ja sonst auf das Gerede von anderen immer wenig gegeben hat.«

»Du l-lügst.«

»Ich sag das nicht, um dich zu verletzen, Lucky, aber

Yvonne war immer schon die bessere Hure von uns beiden. Ist gar nicht böse gemeint. Ein bisschen beneide ich sie sogar. Yvonne hat immer schon gewusst, wo es warm rauskommt.«

»Yvonne hat mich gel-liebt.«

»Sie hat geliebt, die Frau eines Boxchampions zu sein. Was sie nie sein wollte, war die Frau eines Ex-Champions. Tut mir leid, Lucky.«

Er denkt an Yvonne, wie sie gestern aus dem Haus kam und die Treppe herabstieg, teuer und wohlriechend, sogar ihr Gang war verändert. Als sie das Fenster herunterließ und er sie im Wagen sitzen sah, ist er abgegangen wie ferngesteuert, am liebsten hätte er sie direkt aus dem Wagen gezogen und Sex auf der Motorhaube mit ihr gehabt, aber spätestens jetzt ist ihm klar, dass er damit die vergangenen Jahre auch nicht hätte zurückvögeln können. Von seinen Leiden, sagt Mongo, kann man sich nicht kurieren, indem man einfach seine Begierden auslebt.

»Wie l-lange soll'n das schon gegangen sein – mit M-marcello?«

»Das lief schon seit Monaten, tut mir leid.«

»Hör auf, dich immer zu entsch-schuldigen.«

»Tut mir leid.«

Er sieht sie an: »Willst du mich vera-arschen, oder was?«

Um sich nicht versehentlich noch einmal zu entschuldigen, macht Babsi ein Gesicht, das auch nur wieder eine Entschuldigung ist.

»Das hätte H-helmut mir erzählt.«

»Vielleicht hat er gedacht, dass es ihn nichts angeht. Helmut hat sich nie irgendwo eingemischt. Du hast ihm ja auch nichts von deinem Deal mit Marcello erzählt – dass Nino Wetten gegen dich platzieren würde.«

»D-das weißt du?«

»Einmal darfst du raten, von wem.«

Muss er nicht.

»Djamila hat mir auch erzählt, dass Marcello und Nino dich mit den Quoten angeschmiert haben.«

»E-eins zu acht.«

»Djamila hat was von eins zu dreizehn gehört. War Nino wohl mächtig stolz drauf.«

Diese Information hat bei Lucky einen spontanen Testosteronschub zur Folge. Sein linkes Bein beginnt zu wippen. Er würde jetzt gern irgendwo reinschlagen, bevorzugt in Marcello. Der hat ihn doppelt verraten – erst, indem er mit Yvonne ins Bett gestiegen ist, und dann, indem er Lucky wegen der Quoten belogen hat. Und währenddessen hat er ihm die ganze Zeit über väterlich auf die Schulter geklopft. *Ich zieh das ganz groß auf, Lucky. Danach kannst du eine ruhige Kugel schieben und musst dir keine Sorgen mehr machen.*

Lucky lässt seine Knöchel knacken. Sein Atem geht schnell, sein Blick ist verschwommen. Entfernt nimmt er wahr, wie seine Erregung auch zwischen seinen Beinen ankommt. Und dann, sehr viel konkreter, spürt er, wie sich eine Hand unter den Bund seiner Trainingshose schiebt. Er blickt an sich herab und sieht im Halbdunkel Babsis Hand, die seinen Schwanz umschließt.

»W-was gibt'n-n das?«

»Soll ich dir einen blasen?«

»W-wie jetzt?«

Sie lächelt. Sie weiß, wie ein Mann tickt und dass sie in dem Moment, da sie seinen Schwanz in der Hand hält, Macht über ihn hat. Das gefällt ihr. »Na, mit dem Mund. Was dachtest du denn?«

Lucky ist zu konsterniert für eine Erwiderung.

»Komm, ich blas dir einen.« Ihre Finger verstärken den Druck. »Du bist ja schon ganz hart.«

»Ich w-w-w…«

»Vorhin, als ich kam und du noch geschlafen hast, da warst du auch schon ganz hart, hab ich gleich gemerkt.« Sie beginnt, ihn langsam zu reiben. »Kannst ruhig an Yvonne dabei denken, macht mir nichts aus.«

Die Erwähnung von Yvonne ist das i-Tüpfelchen auf Luckys Verwirrung. »Und was ist mit J-jannis?«

»Jannik meinst du?« Ohne Luckys Schwanz loszulassen, beugt sich Babsi über die Babytrage. »Schläft.« Sie dreht die Wanne so, dass Jannik sie nicht sieht, falls er aufwachen sollte. »Ich mach's dir voll schön, ehrlich. Kannst auch in meinem Mund kommen, kein Ding.«

»Ich w-weiß n-nicht …«

Doch da kniet sie bereits zwischen seinen Beinen und zieht seine Hose noch ein Stück herunter, und sein Schwanz springt ihr förmlich entgegen. Als Nächstes lässt sie die Träger ihres Kleids über die Schulter gleiten und zieht ihren BH aus, und dann reibt sie seinen Schwanz vorsichtig mit Spucke ein und klemmt ihn zwischen ihre Brüste, die wirklich der Hammer sind, da hat Lucky sich nicht verguckt, und wenn sie so weitermacht, wird er keine Gelegenheit haben, in ihrem Mund zu kommen, denn lange kann das nicht mehr dauern, oder ihm fliegt die Schädeldecke weg.

»Oh Mann!«, stöhnt er und schiebt seine Hüfte vor.

Sein linkes Bein wippt immer noch, als Babsi ihre Lippen über seinen Schwanz stülpt, und jetzt fliegt ihm tatsächlich gleich die Schädeldecke weg, doch ungefähr drei Sekunden bevor er kommt, sieht er im Nebel vor dem Fenster einen hellen Punkt aufblitzen. Er denkt noch, dass es Einbildung sein muss, eine Art Halluzination, logisch, weil ja in diesem Moment sämtliche Hormone in seinem Körper Kasatschok tanzen. Doch der Punkt kehrt zurück, dann noch einer, zwei Lichter, die sich durch den Nebel tasten.

»W-wart mal.«

Babsi zieht sich zurück.

»Da-a is wer«, sagt Lucky.

Die beiden Lichtpunkte werden größer, vielleicht, kommen näher, dann sind da plötzlich noch ein dritter und ein vierter. Es sind LED-Lampen, ihre Strahlen kreuzen sich und zeigen wieder in unterschiedliche Richtungen, suchen den Garten ab.

Lucky steht auf, zieht seine Hose hoch und tritt ans Fenster. Als er die Augen abschirmt, um besser zu sehen – irgendetwas zu sehen –, witscht für einen Sekundenbruchteil ein Schatten durch sein Blickfeld.

»F-fuck.«

Neben der Spüle gibt es noch ein zweites Fenster, nach hinten raus, doch als er hindurchspäht, sieht er nur noch mehr Lichter, vier, fünf, sechs, von allen Seiten kommen sie heran. Clemens, das Opfer. Hätte er sich gleich denken können, dass der den Bullen einen Tipp geben würde.

Jetzt was? Tür aufreißen, losrennen und darauf hoffen, dass er im Nebel eine Lücke findet? Inzwischen sind die Lichter zu einer Kette zusammengerückt. Nie im Leben kommt er ungesehen da durch. Dafür haben die den Kreis schon zu eng gezogen. Die knallen ihn ab wie einen Hasen. Also was – war's das? Hände hoch und Handschellen? Zurück in den Knast? Hallo, Lucky, Mongo hat sich schon gefragt, wann du wiederkommst. Babsi die Knarre an die Stirn halten, eine Geiselnahme vortäuschen und sie und Jannik in Gefahr bringen? Keine Option. Nein, es sieht ganz so aus, als wäre in dieser Gartenlaube tatsächlich Endstation für ihn. Und während er in den Knast zurückkehrt und Helmut langsam in der Erde verwest, machen Nino, Marcello und Yvonne den nächsten Jahrgangschampagner auf.

Nur noch wenige Meter trennen die Männer von der Gartenlaube. Lucky kann bereits die Umrisse der Polizisten erahnen. Mehr noch als für ihn selbst tut es ihm für Helmut leid. Der hätte wirklich etwas Ehrenvolleres verdient, als auf diese Art abzutreten. Er denkt an Sibel, die Kuru Fasulye, die sie ihm immer gekocht hat, bergeweise, »Boxerportionen« hat sie sie genannt. Und wie zufrieden sie war, wenn Lucky alles in sich hineingestopft hat. Dass Helmut im Frühjahr mit ihr noch einmal nach Istanbul wollte – solange es noch geht.

Hätte Lucky nicht gedacht, dass ihm das Schicksal von anderen einmal mehr bedeuten würde als sein eigenes. Vielleicht meinte Mongo das, als er davon sprach, dass man sein Ich loslassen sollte. Dass einem andere wichtiger werden als man selbst. Er wird ihn fragen, wenn er wieder drin ist. Was ihn selbst angeht: geschissen drauf. Er hat es versucht, jetzt ist es vorbei. Aber wenn er an Sibel und Helmut denkt, das schnürt ihm echt die Luft ab, das ist hundertmal übler als alles, was ihm passiert ist. Denn Helmut hat ihn, Lucky, nie verraten, und er hat nie einem fremden Herrn gedient. Ungerecht, das ist es. Das Leben ist eine miese Nutte, schon immer gewesen, sie besorgt es dir richtig gut, aber wenn du aufwachst, ist dein Geld weg, und sie hat dir einen Tripper dagelassen.

Babsi muss ihn mit Gewalt am Ärmel ziehen, bevor Lucky endlich reagiert. Sie legt sich einen Zeigefinger auf die Lippen. Ihr Kleid hat sie noch nicht wieder hochgezogen, weshalb Lucky von ihren Brustwarzen angeglotzt wird. In der einen Hand hält sie ein paar Handschuhe – so dünne Fleecedinger, wie Lucky sie früher im Winter zum Laufen getragen hat –, in der anderen einen Gegenstand, der im Halbdunkel wie ein Yogurette-Riegel aussieht, sich aber als USB-Stick in einem rosa Plastikgewand entpuppt.

Sie wedelt mit den Handschuhen, also zieht Lucky sie an.

Dann hält sie den Stick hoch: »Von Djamila«, flüstert sie.

Begriffsstutziger als Luckys Gesicht in diesem Moment kann ein Gesicht eigentlich nicht aussehen. »Und w-was ist da drauf?«

»Ich hab nicht nachgesehen. Ich dachte, es ist besser, wenn ich's nicht weiß. Sie hat gesagt, einer anderen traut sie nicht.« Sie öffnet seinen Mantel und versenkt den Stick in der Innentasche. »Zwei Tage später war sie tot. Ich bin froh, wenn ich ihn los bin.«

Die Männer mit den Lampen sind praktisch am Haus angekommen. Das Scharren von Stiefeln auf den Gehwegplatten ist zu hören. Babsi legt den Finger wieder auf ihre Lippen, mit der anderen Hand zeigt sie nach oben. Und siehe da: Auch dieses Jetzt hat einen Ausgang. Er hat die Gestalt einer Dachluke und ist nicht größer als der Boden eines Bierkastens, aber groß genug, um sich hochzuziehen und durchzuzwängen. Lautlos stellt Babsi den Mülleimer auf den Spülstein, Lucky steigt erst auf die Ablage, dann auf den Eimer, entriegelt die Luke, klappt sie zurück und stemmt sich auf das Dach in den Nebel. In dem Moment, da er die Luke wieder schließt und Babsi unter ihm den Mülleimer wegzieht, hört er eine durchdringende Männerstimme brüllen: »Zugriff!« Eine Sekunde später fliegt die Tür aus den Angeln, ein halbes Dutzend Beamte stürmen die Laube, rufen sich Befehle zu, und Jannik fängt wieder zu schreien an.

Als Lucky sich aufrichtet, stößt sein Kopf gegen einen Ast. Es ist die Kastanie, die ihm bereits vorhin aufgefallen ist und die ihre Arme weit über die Nachbargrundstücke breitet. Der Ast ist glitschig, aber dick genug, um ihn zu tragen, und so zieht sich Lucky, während unter ihm die Lichter wie in einer geheimen Choreografie durch den Garten tanzen, rittlings Stück für Stück auf das Nachbargrundstück hinüber. Der Nebel ist so dicht, dass bereits seine Füße halb darin verschwinden. Trotzdem hält er zweimal inne, als direkt unter seinen herabhängenden Beinen und keinen Meter von ihm getrennt ein Polizist stehen bleibt und nervös seinen Lichtstrahl zucken lässt, überallhin, nur nicht nach oben. Am Stamm angekommen, wechselt er auf einen Ast, der in die entgegengesetzte Richtung führt, und schiebt sich in den Nebel hinein, bis er unter sich das Dach eines weiteren Gartenhäuschens ausmacht.

Auf allen vieren tastet er die Dachkante ab, findet einen vorspringenden Balken und klettert daran herunter. Kaum hat er wieder festen Boden unter den Füßen, stellt er fest, dass unter dem Vordach ein orangefarbenes 70er-Jahre-Klapprad mit halb aufgepumpten Reifen auf ihn gewartet hat. So vorsichtig er kann, trägt Lucky es über den Rasen, stellt es auf dem Weg ab, steigt über das Tor und strampelt blindlings in den Nebel hinein.

11

Als Florian am späten Nachmittag im LKA eintrifft, haben die vergangenen vierundzwanzig Stunden deutliche Spuren in seinem Gesicht hinterlassen. Außerdem ist er so durchgefroren, dass er seine Finger nicht mehr spürt, weshalb er drei Anläufe benötigt, um sein Fahrradschloss zu öffnen. Mütze, Schal, Handschuhe, hat seine Mutter ihm gepredigt, sein halbes Leben lang. Um ehrlich zu sein: Sie predigt es ihrem einzigen Sohn bis heute, und daran wird sich auch nichts mehr ändern. Dabei ist er siebenundzwanzig und Kriminalkommissar. Und? Keine Mütze, kein Schal, keine Handschuhe.

Morgen ist er krank, *for sure*. Er spürt die Erkältung bereits seinen Nacken hinaufkriechen. Die Frage ist: Wird er morgen krank sein, weil er heute weder Mütze noch Schal, noch Handschuhe getragen hat, oder wird er krank sein, weil seine Mutter ihm lebenslang gepredigt hat, dass er ohne Mütze, Schal und Handschuhe auf jeden Fall krank wird. Mütter. Sind ja immer beides: Segen *und* Fluch. Und manchmal lässt sich nur schwer sagen, was von beiden.

Florian ist die Strecke nachgefahren, die Stefano Ferrante alias Lucky gestern zu Fuß gegangen ist, einmal quer durch die Stadt, von Tegel bis nach Neukölln. Die Kollegen aus Bad Vilbel haben ihm die von der Fußfessel übermittelte Route aufs Smartphone geschickt und jede Stelle markiert, an der sich Ferrante länger als drei Minuten aufgehalten hat. Florian hat bereits vorher vermutet, dass sich die Tour als sinnloses Unterfangen herausstellen würde, was ihn nicht davon abgehalten hat, die Idee selbst vorzuschlagen. Frau von Engelbrecht geht nämlich völlig nachvollziehbar davon aus, dass Ferrante einen Komplizen gehabt hat. Wie sonst soll er zwischen dem Zeitpunkt seiner Entlassung und dem Mord an seinem Trainer an die Tatwaffe gekommen sein? Die wird er kaum zufällig in einem Gebüsch im Tiergarten gefunden haben. Und Geld hatte er auch keins. Also hat Florian die letzten vier Stunden auf seinem Rad verbracht, sich den Arsch abgefroren und keinerlei brauchbare Hinweise gefunden. Bei dem Nebel hätten die ihn allerdings auch beißen müssen, um von ihm bemerkt zu werden.

Als das Schloss endlich einrastet, bemerkt Florian, dass der Saum seiner Jeans ruiniert ist, weil der Kettenschutz seines Fahrrads bereits vor Wochen den Weg alles Irdischen gegangen ist und er sich absichtlich keinen neuen besorgt hat, weil er sich seit dem Frühjahr ein vernünftiges Fahrrad kaufen will. Hat er aber nicht. Und mit seinen ausgetretenen Puma-Sneakern und der Konfirmationsarmbanduhr ist er ohnehin einmal mehr hoffnungslos underdressed. In diesem Aufzug willst du Frau von Engelbrecht nicht unter die Augen treten. Wenigstens ein paar vorzeigbare Halbschuhe sollte er sich endlich anschaffen. Ist aber ein komplexes Thema. Vergangene Nacht – sie waren im Fall Stefano Ferrante kein Stück weitergekommen, und er war zu aufgewühlt, um zu schlafen – hat er im Internet recherchiert: *Schuhe, Herren, klassisch, schwarz*. Eine Stunde später klappte er entnervt den Laptop zu.

Alter, was du da alles falsch machen kannst! Die Form, die Sohle, rahmengenäht ja oder nein, welches Leder, Italien, England, welcher Stil für welchen Typ und zu welchem Anlass. Eine Welt für sich. Eine Welt, zu der er keinen Zutritt hat. Wenn er ehrlich ist, nervt ihn das am meisten. Wieso wusste er von all diesen Dingen bis gestern überhaupt nichts – als Kriminalkommissar mit siebenundzwanzig? Wahrscheinlich wurde er von Menschen, die in dieser Welt zu Hause waren, seit Jahren insgeheim belächelt und hat es nicht einmal gemerkt. Provinzei.

Und um die Sache komplett zu machen: Florian hat im Verlauf seiner Fahrradaktion im Nebel dreimal via WhatsApp mit Muriel korrespondiert, was jedes Mal nach dem gleichen Schema ablief: Hat der Herr Kriminalkommissar bereits entschieden, ob er heute Abend mit ins Prince Charles kommt? Tut er nicht? Wieso wundert mich das nicht? Heute ist Spezialparty, da legen nur die besten DJs auf. Deine Freundin mittendrin. Und da willst du nicht dabei sein? (Florian könnte schwören, dass jede Woche Spezialparty ist.) Dann musst du dir den eben mal nehmen, den Feierabend. Machen andere schließlich auch. Nur Sklaven müssen immer erreichbar sein, sagt mein Vater. (Muriels Vater ist Juraprofessor.) Was soll das heißen – der hat leicht reden?

In dieser Stimmung also befindet sich Florian, als er das LKA betritt, und da das absolut nicht die Stimmung ist, in der er Frau von Engelbrecht gegenübertreten möchte, stellt er sich als Erstes für fünf Minuten in den Hof, raucht eine und versucht, zu sich zu kommen und gleichzeitig seine Hände zu wärmen. Er würde seinen Aufenthalt auch auf zwei Zigarettenlängen ausdehnen, doch noch ehe er die erste richtig aufgeraucht hat, klingelt sein Smartphone, und Frau von Engelbrecht ist dran.

»Sind Sie bereits im Haus?«

Und schon ist er wieder hintendran. Diese Frau ist ein Wunder.

»Wo sind Sie?«, erwidert Florian und tritt reflexartig die Zigarette aus.

»In meinem Büro. Ich würde gern m…«

»Bin sofort da.«

Als er ihre Bürotür öffnet, steht Frau von Engelbrecht am Fenster und blickt hinaus in den Nebel, offensichtlich bereit, von einem dieser französischen Pinselartisten, auf die Muriel so abgeht, in Öl verewigt zu werden. Florians Blick fällt auf ihre Schuhe, die perfekt sind, ohne dass er sagen könnte, warum.

Sie lächelt, als sie ihm den Kopf zuwendet, weshalb er sich fragt, ob sie ihn im Hof hat stehen und rauchen sehen, als sie ihn anrief. »Bitte«, sagt sie, »setzen Sie sich doch.«

Der Informationsabgleich ist eine Sache von fünf Minuten. Die Fahndung läuft auf Hochtouren, die Pressestelle hat alle Hände voll zu tun, Frau von Engelbrecht die Journalisten vom Hals zu halten. Seit gestern ist eine Hotline eingerichtet, bislang sind hunderteinundachtzig Hinweise eingegangen, keiner davon zielführend. Die ganze Stadt scheint Ferrante gesehen zu haben, nur die Polizei nicht.

»Was ist mit der Gartenkolonie?«, fragt Florian. »Das klang doch ziemlich konkret.«

»Der Einsatzleiter hat sich vor fünf Minuten bei mir gemeldet. Fehlanzeige. In der betreffenden Laube hielt sich lediglich eine Frau auf, die offenbar dabei war, ihr Baby zu stillen. Wollte das Wasser für den Winter abdrehen. Kein Hinweis auf eine weitere Person.«

Florian berichtet, dass es auch bei ihm nichts zu berichten gibt. In der Turmstraße hat Ferrante einen Döner gegessen. Der Verkäufer erinnert sich an ihn und daran, dass er Soße komplett wollte. Daran, dass er mit jemandem gesprochen hätte, erinnert er sich nicht. Einzig der Aufenthalt am Gendarmenmarkt gibt Rätsel auf. Da hat sich Ferrante eine halbe Stunde lang nicht vom Fleck gerührt und wahrscheinlich auf einer von zwei Bänken gesessen. Möglich, dass er jemanden getroffen hat, aber ausgerechnet am belebtesten Platz auf der Route eine Waffenübergabe organisiert zu haben, das leuchtet nicht wirklich ein.

Frau von Engelbrecht lehnt inzwischen an der Tischkante. Wenn Florian seinen Arm ausstreckte, könnte er sie berühren. »Zeigen Sie doch mal«, fordert sie ihn auf.

Florian zieht auf seinem Smartphone die Karte an die entsprechende Stelle und zoomt rein, so weit er kommt. Auf Google Earth sind die beiden infrage kommenden Bänke zu sehen, nur dass auf Google Earth niemand darauf sitzt. Er reicht ihr sein Smartphone.

»Gegenüber seiner ehemaligen Wohnung«, überlegt Frau von Engelbrecht.

Florian betrachtet den Saum seiner Jeans.

»Ich frage mich«, überlegt die Kommissarin weiter, »was er vorhat.«

»Sie wissen, wo der mal gewohnt hat?«

Als sie ihm das Smartphone zurückgibt, glaubt Florian, in ihren Augen eine nahbare Stelle zu erblicken. Sie ist angreifbar heute, verletzlich. Florian fühlt sich auf kindische Weise geadelt.

Ihre Lippen kräuseln sich, als hätte sie Heimweh: »Sie sehen aus, als könnten Sie einen Kaffee vertragen«, sagt sie. Frau von Engelbrecht erhebt sich und lupft ihren Babykamelhaarmantel vom Bügel. »Kommen Sie.«

Die Budapester Straße ist vom LKA 1 in ziemlich exakt fünf Minuten zu Fuß zu erreichen. Während dieser fünf Minuten tauschen Frau von Engelbrecht und Florian Siebold keine einzige Silbe aus. Die macht's aber spannend, denkt er. Im selben Moment zuckt das Smartphone in seiner Hosentasche.

Noch jemand, der es spannend macht: Muriel. Sie hat ihm auf Snapchat ein Foto geschickt, das ihn, ohne Witz, gegen einen Parkscheinautomaten laufen lässt. Ein Ganzkörperfoto. Muriel stehend, das Bett ihres WG-Zimmers im Rücken, oben ohne. Und unten. Oben und unten ohne. Nackt also. Mit gespreizten Fingern bedeckt sie einen Teil ihrer linken Brust, die andere verhüllt ihre Scham. Sie steht Standbein, Spielbein, die Knie irgendwie pseudokeusch aneinander, den Kopf seitlich geneigt, den Blick haarscharf am Betrachter vorbei. Und wenn Florian nicht alles täuscht, hat Frau von Engelbrecht es gesehen.

Wer hat mich gemalt?, lautet die Message.

Florian reibt sich die Schulter, mit der er gegen den Automaten gedengelt ist. Er hat eine liebevoll gepflegte Aversion gegen Prüfungssituationen jeder Art: seine Mutter, die Schule, seine Mutter, Abitur, seine Mutter, die Ausbildung. Erst gestern wieder: der Typ von der Spurensicherung, der sich von ihm erklären ließ, weshalb der Schuss aus kurzer Distanz abgegeben wurde, aber eben nicht aufgesetzt war. Was sollte das? Ist Florian der Typ, der bei anderen den Impuls auslöst, ihn wie einen Schulbuben zu behandeln? Und jetzt das. *Wer hat mich gemalt?* Ein Sexversprechen – sofern er sich der Aufgabe gewachsen zeigt.

Frau von Engelbrecht macht ein Gesicht, das alles und nichts bedeuten kann. Die ist ein Vollprofi, lässt sich nicht in die Karten gucken.

»Nicht wichtig.« Florian will das Smartphone wieder in die Tasche stecken, als es erneut zuckt. Das gleiche Foto wie vorher, mit dem Unterschied, dass Muriel einen String trägt.

Hinweis: Florenz.

Er ist sich sicher, eine Frau in dieser Pose schon einmal auf einem Gemälde gesehen zu haben, und das bedeutet, dass jeder Idiot sie kennen muss, denn von klassischer Malerei hat Florian so viel Plan wie von Schuhen: eine Welt, zu der er keinen Zutritt hat.

»Können wir?«, fragt Frau von Engelbrecht.

Florian steckt das Smartphone ein. »Natürlich.«

Zwei Minuten später zuckt es erneut. Er lässt es stecken.

Die lang gestreckte Ladenzeile mit dem Arkadengang entlang der Budapester Straße hätte eigentlich längst von einem Investor platt gewalzt werden müssen. Während die City-West um den Breitscheidplatz herum seit Jahren in die Höhe schnellt und verzweifelt wie London oder New York aussehen möchte, ist hier, nicht weiter als einen Steinwurf entfernt, Mitte der Achtziger die Zeit stehen geblieben. Hier finden sich Läden, die anderswo längst ausgestorben sind: Teppichimport, Münzen und Briefmarken, ein arabisches Reisebüro mit handgeschriebenen Angeboten, die schief im Schaufenster kleben. Und das »Minouche«, benannt nach Minouche Barelli, die 1967 mit einem Song von Serge Gainsbourg den fünften Platz beim Grand Prix Eurovision belegte.

Das Café ist lieblos eingerichtet und schlecht geheizt, aber es riecht nach Kaffee und Croissants, und Frau von Engelbrecht und Florian werden beim Eintreten tatsächlich von Gainsbourg begrüßt, der gerade »Bonnie and Clyde« zum Besten gibt. Die Bedienung ist männlich, Mitte sechzig, hat strähnige graue Haare und trägt Hut. Bis vor zwei Minuten wusste Florian nichts von der Existenz dieses Cafés, womit er offenbar in guter Gesellschaft ist, denn sie sind die einzigen Gäste.

Etwas – möglicherweise die Selbstverständlichkeit, mit der Frau von Engelbrecht nicht nach den Toiletten sucht – sagt Florian, dass sie nicht zum ersten Mal hier ist. Ist das »Minouche« ihr Refugium für zurückgezogene Momente? Hält sie hier stumme Zwiesprache mit Gainsbourg auf der Suche nach komplizierten Antworten?

Kaum ist er allein, zieht Florian sein Smartphone heraus. Diesmal trägt Muriel nicht nur einen String, sondern zusätzlich einen BH. Sie entzieht sich ihm.

Hinweis Nr. 2: 15. Jhdt.

Hilft ihm natürlich ebenso wenig weiter wie *Florenz*. Und weil gleich Frau von Engelbrecht zurückkommt und er dann nicht wie ein Teeniejunkie über sein Smartphone gebeugt sitzen will, beißt Florian sich auf die Lippen und versucht es auf gut Glück.

Da Vinci?

Das nächste Foto kommt so prompt, dass Muriel es schon vorher gemacht haben muss. Von dem String ist nichts mehr zu sehen. Sie trägt jetzt Jeans.

Florian kommt Muriels Kommilitone Bakr in den Sinn. Es ist nicht ganz klar, warum Florian ausgerechnet jetzt an ihn denkt, aber er tut es, und dieser Umstand ist nicht dazu angetan, seine Laune aufzubessern. Bakr ist vor zwei Jahren als Flüchtling ins Land gekommen, total tragische Geschichte und so, nichts, wogegen ein normaler Deutscher ankommt, da kannst du einfach nicht mithalten. Inzwischen studiert Bakr ebenfalls Kunstgeschichte und sitzt zufällig immer in denselben Seminaren wie Muriel. Es ist nicht so, dass Florian nicht gewillt ist, an Zufälle zu glauben, wirklich, er gibt sich redlich Mühe, aber er ist Kriminalkommissar, da beschäftigst du dich zwangsläufig mit Wahrscheinlichkeiten, und irgendwann kommt der Punkt, da kannst du Zufall praktisch ausschließen. Es ist wie mit dem Fall, an dem sie gerade dran sind: Da sind ein Ex-Boxprofi, frisch aus dem Knast entlassen, sowie sein Ex-Trainer, und die beiden stehen vor einer Kneipe, ein Schuss fällt, und als die Gäste aus der Kneipe stürmen, ist der Trainer tot, und der Boxer hat eine Waffe. Die Polizei trifft ein, der Boxer flüchtet. Frage: Wer ist der Mörder? Genau. Und Bakr sitzt *zufällig* in Muriels Seminaren.

Florian blickt sich um, Frau von Engelbrecht ist nirgends zu sehen, also tippt er unwirsch *Picasso?* ein und weiß in dem Moment, da er die Nachricht abschickt, dass seine Antwort falsch sein muss. Er hat schon Fotos von Picasso gesehen – ein Glatzkopf mit einer Nase wie ein Bergrücken –, und im fünfzehnten Jahrhundert gab es noch keine Fotos. Außerdem war Picasso Spanier oder Franzose oder Norweger, aber ganz sicher kein Italiener.

Auf dem nächsten Foto hat Muriel nicht nur eine Jeans, sondern zudem einen Pullover an, außerdem verdreht sie die Augen, streckt die Zunge heraus und versucht, möglichst kubistisch auszusehen.

Florian ertappt sich bei dem Gedanken, dass sie Bakr dasselbe Foto geschickt haben könnte – das Nacktfoto. Ganz zufällig, versteht sich. Der weiß die Antwort. Und dann, was ist die Belohnung für die richtige Antwort? Hat sie für Bakr die Hüllen fallen lassen, die Hände zur Seite genommen, die Beine gespreizt? Als Nächstes ertappt sich Florian bei der Vorstellung, wie Frau von Engelbrecht vor ihm die Hüllen fallen lässt. Sie ist jenseits der fünfzig, schon klar, aber etwas an ihr macht, dass er sie anfassen will, dringend. Er sieht sie, in einem Raum, der von warmem Zwielicht durchströmt wird – ein Hotelzimmer? –, sieht ihren Babykamelhaarmantel zu Boden gleiten, sieht sie vor sich stehen wie die Venus von …

»Botticelli!«, ruft Florian aus.

»Herr Siebold?«

Frau von Engelbrecht sitzt ihm gegenüber, legt den Kopf schief und deutet ein amüsiertes, aber keinesfalls überhebliches Lächeln an.

In Windeseile tippt Florian die Antwort ein. Frau von Engelbrecht wartet. Sekunden später zuckt Florians Handy. Die Kamera ist in derselben Position wie zuvor, allerdings ist Muriel aus dem Bild verschwunden, und alles, was auf dem Foto nackt ist, ist die Wand, vor der sie eben noch stand.

Zeitlimit überschritten.

»Herr Siebold?«, fragt Frau Engelbrecht.

Florian steht auf und steckt das Handy ein. »Ich geh kurz eine rauchen.«

Florian muss sich wirklich zusammenreißen, um nicht sofort eine zweite Zigarette hinterherzuschieben, aber Frau von Engelbrecht eine Zigarettenlänge warten zu lassen kommt bereits einer Majestätsbeleidigung gleich.

»Entschuldigung«, sagt er, als er wieder seinen Platz einnimmt. »War was … Privates.«

Vor ihm steht ein Cappuccino, den Frau von Engelbrecht offenbar in seiner Abwesenheit für ihn bestellt hat, außerdem eine Tarte au citron. Sie selbst hat sich einen Tee und nichts zu essen bestellt.

»Das mögen Sie doch, oder?«, fragt sie.

Wie bereits erwähnt: Diese Frau ist ein Wunder.

»Danke.« Florian teilt mit der Kuchengabel ein Stück ab,

führt es zum Mund und spült mit Cappuccino nach. Es schmeckt doppelt gut, weil sie es für ihn bestellt hat.

»Also gut«, hört er Frau von Engelbrecht sagen, »dann fragen Sie mal.«

Florian trinkt noch einen Schluck, hört in sich hinein. Dann stellt er mit beiden Händen und sehr vorsichtig die Tasse auf der Untertasse ab. Draußen schleicht ein Mann mit wirren Haaren durch den Nebel, der einen Morgenmantel und Badeschlappen trägt, weshalb er wie ein Hotelgast aussieht, der aus dem Saunabereich entflohen ist.

»Warum wissen Sie, wo Stefano Ferrante früher gewohnt hat?«

»Weil ich damals, als man die Tote in seinem Hotelzimmer fand, als Erste am Tatort war.«

Florian versucht, nicht beleidigt auszusehen, aber er kann nicht anders, als zu denken: Schön, dass ich das auch mal erfahre.

»Ich habe damals eine Reihe von Vernehmungen durchgeführt und vor Gericht als Zeugin ausgesagt.« Frau von Engelbrecht nestelt am oberen Knopf ihrer Bluse herum. Eine Übersprunghandlung. Wäre keiner Erwähnung wert, nur ist es so, dass ihr so etwas sonst nicht passiert. Übersprunghandlungen kommen bei ihr nicht vor. »Die Beweislage ließ kaum Fragen offen, und ich hatte während der Verhandlung lediglich einen Termin, und der dauerte nicht länger als fünfzehn Minuten. Trotzdem bin ich immer wieder hingefahren und habe mich als Zuhörerin in den Saal gesetzt.«

»Etwas an diesem Fall betrifft Sie persönlich«, sagt Florian.

»Diese Formulierung würde ich als irreführend bezeichnen.«

»Sie glauben, damals einen Fehler gemacht zu haben.«

»Nun, ich hatte das Gefühl, etwas zu übersehen. Oder dass ich es nicht richtig verstanden hätte.«

Florian trinkt seinen Cappuccino und wartet.

»Erinnern Sie sich an den Koch in dem Restaurant gestern?«, fragt Frau von Engelbrecht.

»Der mit der Geflügelschere?«

»Genau – Hamed. Der hat doch ausgesagt, Ferrante habe ihm versichert, mit dem Tod der Prostituierten damals nichts zu tun gehabt zu haben.«

Florian erinnert sich. Und er erinnert sich auch daran, wie emotional Frau von Engelbrecht reagiert hat. »Und?«

»Kommt Ihnen das nicht sonderbar vor? Ferrante erschießt seinen ehemaligen Trainer – der übrigens bei seinem letzten Kampf nicht mehr sein Trainer war –, flieht, lässt sich von einem Koch, den er zufällig von früher kennt, die Fußfessel durchtrennen, hat die Polizei im Nacken und nichts Besseres zu tun, als seinem Bekannten zu sagen, dass er mit dem Mord von damals nichts zu tun hatte? Warum war ihm das so wichtig?«

»Entweder weil er es wirklich nicht war oder weil sein Wunsch, es nicht gewesen zu sein, so stark ist, dass er versucht, es rückwirkend ungeschehen zu machen.«

Frau von Engelbrechts Blick gleitet ab, streift Florians linke Schulter und verliert sich im Nebel auf der Straße. »Wir haben damals nicht besonders tief gegraben«, sagt sie. »Der Sachverhalt war offensichtlich. Und Ferrante hat keinerlei Anstalten unternommen, etwas zur Klärung des Falles beizutragen oder sich zu entlasten. Die Richterin wertete das als unausgesprochenes Schuldeingeständnis.«

»Keine Antwort ist auch eine Antwort.«

»Genau. Aber ich hatte die ganze Zeit dieses Unbehagen.

Es war, als hätte Ferrante sich mit der Strafe abgefunden. Als hätte er Schuld auf sich geladen, und jetzt müsste er eben zahlen.«

Florian geht auf, dass Frau von Engelbrecht in seiner Gegenwart noch nie emotional argumentiert hat. Und jetzt spricht sie nicht nur über Gefühle, sondern noch dazu über ihre eigenen. »Aber war es nicht so?«, fragt er.

»Schon, nur hatte ich das Gefühl«, schon wieder Gefühle!, »dass diese Schuld nicht zwangsläufig mit der Frau in seinem Hotelzimmer zu tun hatte. Hinter den Kulissen haben sich damals noch andere Dinge abgespielt. Der Boxsport ist ein schmutziges Geschäft. Außerdem ist Ferrantes Frau damals direkt nach seiner Festnahme demonstrativ auf Distanz zu ihm gegangen. Ging groß durch die Presse. Das hat ihm ganz schön zugesetzt. Der war emotional stark von ihr abhängig.«

»Sie glauben, der Trainer könnte damals etwas gedreht und Ferrante sich gestern an ihm gerächt haben?«

»Wäre ein mögliches Motiv.«

»Und danach sucht er seine Ex-Frau auf, um mit ihr zu reden – über was?«

Frau von Engelbrecht weiß es auch nicht.

»Okay, spielen wir's durch«, sagt Florian. »Ferrante hatte eine Waffe. Das bedeutet, er muss zumindest in Erwägung gezogen haben, sie zu benutzen. Er unterhält sich mit seinem Ex-Trainer, und irgendwann während der Unterhaltung entscheidet er, ihn zu erschießen. Wieso bleibt er anschließend neben der Leiche stehen und wartet, bis die Polizei eintrifft, um dann doch noch zu fliehen?«

»Vielleicht übersehen wir schon wieder etwas«, überlegt Frau von Engelbrecht.

»Und was?«

»Wenn wir das wüssten, würden wir es nicht übersehen.«

»Sie vermuten, er war's nicht.«

»Doch, ich glaube, er war's. Aber ich verstehe es schon wieder nicht.«

»Meinen Sie, ich sollte mir noch einmal den Tatort ansehen?«

»Sagen Sie es mir.«

Frau von Engelbrecht hat also nicht nur Gefühle, sondern kennt auch den Zweifel. Nur der fehlende Mut hält Florian davon ab, sich über den Tisch zu beugen und sie zu küssen.

»Ich fahre noch mal nach Neukölln«, entscheidet er.

»Aber nicht auf Ihrem Fahrrad.«

Florian gerät ins Stocken.

»Sie nehmen ein Taxi«, entscheidet Frau von Engelbrecht. »Lassen Sie sich eine Quittung geben. Auf dem Fahrrad holen Sie sich ja den Tod. Haben Sie keinen Schal?«

»Doch. Zu Hause.«

»Na, dann hat es ja wenigstens Ihr Schal schön warm.« Sie sieht ihn an. Kurzfristig werden Florians Adern von flüssiger Butter durchströmt. »Sie müssen auf sich achtgeben«, hört er Frau von Engelbrecht sagen. »Ich brauche Sie hier.«

Jetzt hört Florian auch sich selbst etwas sagen: »Sind Sie eigentlich verheiratet?«

»Ich wüsste nicht, was das mit unserem Fall zu tun haben sollte.«

»Ich auch nicht.«

»Also?«

»Sind Sie?«

»Was?«

»Verheiratet.«

»Nein.«

»Geschieden?«

»Ich sehe schon wieder nicht, was das mit unserem Fall zu tun haben sollte.«

Gott würfelt nicht. Ist von Einstein. Es gibt also keine Zufälle – sofern man an Gott glaubt. Und an Einstein. Dürrenmatt hatte es eher nicht so mit Gott: *Je planmäßiger die Menschen vorgehen, desto wirksamer vermag sie der Zufall zu treffen.* Es ist also eine Frage des Glaubens, ob es sich bei Frau von Engelbrechts Anweisung, ein Taxi zu nehmen, um einen wirksamen Zufall oder aber um göttliche Fügung handelt. In jedem Fall setzt sie weitreichende Folgen in Gang, was Florian, als er einsteigt, natürlich noch nicht wissen kann.

Während sich die Scheinwerfer durch den Nebel tasten und sich das Taxi wie ferngesteuert in Richtung Neukölln bewegt, ist er in Gedanken bei Frau von Engelbrecht und dem, was sie in den letzten Tagen von sich preisgegeben hat. Florian ist überzeugt, einen dunklen Fleck hinter ihren Augen entdeckt zu haben, einen Schatten auf ihrer Seele. Und plötzlich erscheint ihm vieles ganz logisch, wofür er zuvor keine Erklärung hatte: dass sie immer als Erste am Tatort ist zum Beispiel oder dass sie stets besser gekleidet ist als ihre Kolleginnen, ihre unbedingte Souveränität. Das ist alles nur dem Wunsch geschuldet, in jeder Situation die Kontrolle zu behalten.

Vielleicht liegt darin auch der eigentliche Grund für ihre relativ reibungslose Zusammenarbeit. Florian stellt keine Konkurrenz für sie dar – er, der sich von Beginn an privilegiert fühlte, ausgerechnet mit ihr zusammenarbeiten zu dürfen. Bis die Kollegen durchblicken ließen, dass ihm dieses Privileg einzig deshalb zuteilgeworden war, weil niemand sonst mit ihr arbeiten wollte. Weil sie eine Autorität ausstrahlte, die andere als Bevormundung empfanden. Aber die hatten eben ihren Schatten nicht gesehen, den dunklen Fleck. Die wussten nichts davon, dass Frau von Engelbrecht nur versuchte, ihre Dämonen in Schach zu halten. Florian fragt sich, wie es ihr geht, wenn es nichts mehr gibt, mit dem sie sich noch von sich selbst ablenken kann, abends, allein in ihrer Wohnung. Wie sie ihre Dämonen dann in Schach hält.

Florian hat keine Ahnung, wo er sich befindet. Könnte ein anderer Planet sein, in einem anderen Sonnensystem. Der Nebel ist wie ein nervöser Traum. Die ganze Zeit erwartet man, endlich daraus zu erwachen. Aber es passiert nicht. Flughafen Tempelhof vermutlich, so lange, wie sie jetzt bereits geradeaus fahren. Er blickt sich im Wagen um. Seit einigen Jahren sehen die Cockpits der Taxis aus wie Kontrollzentren bei der NASA, alles voller Displays.

»Was ist das denn?«, fragt Florian und deutet auf ein Display von der Größe einer Streichholzschachtel, das neben dem Rückspiegel montiert und auf dem der Nebel zu sehen ist, in dem sie herumstochern.

»Minicam«, kommt es vom Kutscher.

»Und wofür ist die?«

»Für mich«, der Fahrer lässt ein Lachen hören, das an das Meckern einer Ziege erinnert. »Die passt auf, dass ich keinen Mist baue.« Florian sucht nach einer halbwegs intelligenten Anschlussfrage, doch der Taxifahrer kommt auch ohne aus. »Seit ich die habe, fahre ich besser«, erklärt er, »nehme keine roten Ampeln mehr, parke nicht mehr in zweiter Reihe ... Die filmt die ganze Zeit den Verkehr mit, und wenn ich über eine rote Ampel fahre, dann filmt die auch das. Bei einem Unfall ist die inzwischen als Beweismittel zugelassen. Gibt nicht mehr viele Kollegen, die noch ohne fahren.«

Florian beugt sich vor. »Und wie lange werden die Aufnahmen gespeichert?«

»Kommt auf die SD-Karte an. Ich lösch so alle zwei bis drei Tage.«

Florian steht vor dem noch immer geschlossenen Dartbrunnen, betrachtet die sich verzweigenden Straßen und fragt sich, wo er gestern den Taxistand gesehen hat. Plötzlich, als hätte Florian es kraft seiner Gedanken herbeigerufen, schält sich eins aus dem Nebel, dreht ab und entschwindet die Schillerpromenade hinunter. Danach weiß er es wieder: gegenüber der Billardkneipe.

In der Haltebucht stehen vier Taxis, drei davon mit Minicam in der Windschutzscheibe. Florian öffnet die Tür des ersten. »Sie standen nicht zufällig gestern um diese Zeit auch hier?«

Ein Asiate mit Igelfrisur und Kinderhänden blickt unsicher zu ihm auf. »Wohin?«, fragt er.

»Gestern«, sagt Florian und zeigt auf den Beifahrersitz, »waren Sie gestern auch hier?«

»Wohin wollen?«

Der zweite Taxifahrer ist des Deutschen mächtig, überlegt einen Moment und sagt dann: »Da fragen Sie mal den Harry. Der ist oft hier, immer quasi.«

»Und wo finde ich den?«

Der Fahrer blickt in den Rückspiegel und deutet dann mit dem Daumen über die Schulter.

Harrys Taxi ist ebenfalls mit Minicam ausgerüstet. Harry selbst hat das letzte halbe Jahrhundert im Kiez verbracht. »Dit is meene Kreuzung«, lässt er Florian wissen. Hat halt jeder gern etwas, das er sein Eigen nennen kann. Auf die Frage, ob er gestern zur selben Zeit auch auf seine Kreuzung aufgepasst habe, gibt er zur Antwort: »Jut möglich.« Ob sich Florian die Aufnahmen der Minicam ansehen könne? »Komm'n 'Se doch erst mal rin. Ick frier mir ja sonst noch de Bollen ab.«

Harrys Minicam ist mit Saugnapf an der Scheibe befestigt und macht ein schmatzendes Geräusch, als Harry sie löst. Er zeigt Florian, wie er zu den Aufnahmen von gestern kommt.

Drei Minuten später wählt Florian Frau von Engelbrechts Nummer, und die meldet sich wie immer mit »Engelbrecht«, als wüsste sie nicht, wer sie anruft, dabei hat sie es längst gesehen.

»Sie hatten recht«, sagt Florian.

»Womit?«

»Wir haben etwas übersehen.«

Harry sieht ihn von der Seite an.

»Schöneberg«, sagt Florian, »in die Keithstraße, LKA.«

12

Die vier PCs im Hinterzimmer des namenlosen Spätis in der Müllerstraße sind durch kunststoffbeschichtete Spanplatten voneinander getrennt. Die Kanten sind ermüdungsbrüchig, die Tastaturen von einer gelblichen Patina überzogen. Bei genauerer Betrachtung: Hier ist alles von einer gelblichen Patina überzogen. Die Kammer ist nicht größer als die Zelle, in der Lucky die letzten dreieinhalb Jahre verbracht hat, allerdings wurde hier bereits so viel geraucht, dass das Atmen selbst dann schmerzt, wenn man der Einzige im Raum ist. Lucky ist *nicht* der Einzige im Raum. Drei der vier Plätze sind besetzt, hinter jeder der dazugehörigen Trennwände steigt eine Rauchsäule auf.

»Die Zwei«, meinte der Typ, der, eingekeilt zwischen Jägermeister, Pringels und Chupa Chups, im Vorraum über seinem Smartphone kauert. Hätte er sich sparen können. »Die Zwei« ist der einzige freie Platz.

Lucky will die Handschuhe abstreifen, überlegt es sich aber anders. Wer weiß. Anschließend braucht er Minuten, um die Kappe des USB-Sticks zu entfernen und den passenden Anschluss zu finden. Danach zündet auch er sich eine Zigarette an. Die Energiesparbirne, die den Platz beleuchten soll, versucht in unregelmäßigen Abständen anzuspringen, scheitert, probiert es erneut. Wie eine Schmeißfliege, die durch eine Scheibe zu fliegen versucht. Die Pistole liegt schwer in seiner Manteltasche.

Zu Computern hatte Lucky noch nie ein gutes Verhältnis,

da konnte er sich noch so sehr abmühen. Die sprechen einfach nicht mit ihm. Im Knast gab es einen Typen, Serge, der hatte eine Playstation, auf der Lucky manchmal Fight Night gezockt hat. Konnte man ein paar Stunden mit rumbringen. Aber auch das hatte irgendwie nichts mit ihm zu tun.

Er klickt auf alle möglichen Symbole, einmal, zweimal, fünfmal. Der Bildschirm bevölkert sich mit einem Dutzend einander überlagernder Fenster, Lucky wird Dinge gefragt, deren Bedeutung er nicht kennt, er soll kryptische Buchstabenabfolgen akzeptieren oder ablehnen, klickt wahllos auf umrandete Felder, worauf sich wiederum neue Fenster öffnen, die ihn auffordern, fortzufahren oder abzubrechen. So müssen sich seine Gegner damals im Ring gefühlt haben: Wann immer einer glaubte, ihn festgenagelt zu haben, tauchte Lucky an anderer Stelle wieder auf. Und dann, wenn sie maximal angepisst waren und außerdem müde wurden – meist so ab Runde sechs –, stach Lucky zu. Es gab einige, die mehr Wucht hinter ihren Schlag legen konnten als er, aber schneller war keiner. Daher sein Spitzname, von Lucky Luke. Der Mann, der schneller boxte als sein Schatten.

Jetzt ist es Lucky, der maximal angepisst ist. Es gibt Fenster mit Symbolen und Bezeichnungen, andere mit arabischer Schrift, in einem sitzt eine blondierte Frau, die unter Garantie auf irgendwas drauf ist, Kaugummi kauend und im Slip vor einer Webcam und spielt desinteressiert an ihren Brustwarzen herum. Sieht aus wie live und als könnte sie ihn sehen.

Ein weiteres Fenster öffnet sich, in dem lediglich ein Ordner angezeigt wird: *life insurance.* Als Lucky den anklickt, sieht er sich plötzlich einer langen Spalte mit Minisymbolen gegenüber, 172 JPGs, darunter sieben Dateien, die auf das

Kürzel *.mov* enden. Videos. Die Fotos zeigen Frauen in Wohncontainern, Nino, wie er mit einem Typen redet, aus einem Auto heraus fotografiert, Schlepper, Ninos rechte Hand, wie er in einen geschlossenen LKW steigt, das Nummernschild. Außerdem fotografierte Listen: Daten, Namenskürzel, Beträge. Auf einer handgeschriebenen Liste steht oben nur *T.*, darunter sind acht Daten aufgeführt, hinter jedem davon eine Summe, bei der man auf jeden Fall zweimal hinschaut: *104.000,–, 128.000,–, 96.000,–, 153.000,–* … Lucky hat nur eine vage Ahnung, was diese Listen bedeuten, aber er spürt die Gefahr, die von ihnen ausgeht. Das sind keine Dokumente, die fotografiert werden wollen. Die erste Videodatei trägt den Namen *fuckunino_1702.mov*.

Ein Hotelzimmer. Lucky ist sich nicht sicher, aber es könnte die Suite sein, in der sie nach seinem Comeback-Fight hätten feiern sollen. Die Kamera scheint auf einem Tisch in der Ecke platziert zu sein, vielleicht in einer Handtasche. Der Blick geht quer durch den Raum und ins angrenzende Schlafzimmer, wo das Bett zu sehen ist. Eine Hand startet die Aufnahme – Fingernägel wie Elfenbein –, rückt die Kamera zurecht. Dann kommt die dazugehörige Frau ins Bild. Lucky weiß es sofort: Djamila. Dabei kann er sie nicht einmal von vorn sehen.

Sie trägt eine Art Seidenkimono, dessen Stoff so dünn ist, dass man die Spitze des schwarzen BHs, den sie darunter anhat, mühelos abmalen könnte. Außerdem einen schwarzen String – ebenfalls mit Spitze – und High Heels. In denen gleitet sie auf eine Weise durch den Raum, dass man zweifelt, ob ihre Füße den Boden berühren.

Lucky hätte keine Worte, um es zu beschreiben, aber er versteht: Djamila. Was Babsi meinte, als sie »ihre Haut« sagte. Es ist nicht nur die Haut, es ist die Art, wie sie sich bewegt. Als folgten ihre Hände, ihre Schultern, ihre Beine vorgezeichneten Linien. Wie tanzen. Lucky für seinen Teil stand schon immer mehr auf Fleisch und Blut, auf Frauen, die man anfassen konnte, ohne dass sie gleich blaue Flecke bekamen. Auf Yvonne. Aber er versteht, warum Männer tief in die Tasche griffen, um diese Djamila einfach nur anzuglotzen oder ihr dabei zuzusehen, wie sie sich einen Finger reinsteckte. Er fragt sich, weshalb er nichts hört, dann begreift er, dass er sich den Kopfhörer aufsetzen muss, der auf der Trennwand klemmt, löst mit einem Schlurfen die Ohrpolster vom Kunststoff und schließt sich mit Djamila in der Suite ein.

Ein Klopfen ist zu hören, ein Hämmern, besser gesagt, und wie jemand etwas durch die Tür ruft. Djamila dreht sich zur Kamera, lächelt probeweise, streicht sich die langen schwarzen Haare nach vorn, die ihr bis auf die Brüste reichen. Trotz des Edelnuttenoutfits haftet ihr etwas ganz und gar Ätherisches an. Sie beugt sich vor, blickt in die Kamera, die Augen so schwarz und glänzend wie die Acht beim Billard. Als wüsste sie Dinge, die andere nicht wussten. Als könnte sie einen besseren Menschen aus dir machen, dich heiligsprechen oder so ein Scheiß, beunruhigend.

Wieder hämmert es gegen die Tür. Djamila entschwindet kurz aus dem Blickfeld der Kamera, im nächsten Moment kommt ein Mann in den Raum gestampft und blickt sich um, als vermutete er einen Nebenbuhler hinter der Gardine. »Was fällt dir ein, Bitch?«, ruft Nino.

Wie üblich steht er unter Strom. Ist so bei Nino. Andere kommen so drauf, wenn sie gerade eine schlechte Line zu viel gezogen haben und außerdem beim Türsteher abgeblitzt sind. Das ist bei Nino nicht nötig. Der wacht morgens auf und rammt als Erstes seiner Kaffeemaschine ein

Fleischermesser durch den Filter, einfach weil ihm der Kaffee zu dünn ist. Klingt wie ein schlechter Witz, ist aber keiner. Wenn etwas nicht so läuft, wie Nino will, rastet er aus. Letztes Jahr – Lucky hat im Knast davon gelesen – hat er einem Kellner im »Westbank«, einem Nachtklub in der Kantstraße, das Jochbein und den Kiefer mit einem Schlagring zertrümmert, weil ihm der Champagner nicht kalt genug war.

»Du machst mich krank, Bitch!«, ruft er, denn er weiß, Djamila hat ihn absichtlich warten lassen, weshalb er sie jetzt gern auf nichts reduzieren, sie zerdrücken würde wie eine Fliege, der er vorher die Flügel ausgerissen hat. Aber mit Djamila geht das nicht.

Sie tritt ganz nah an ihn heran – in ihren High Heels überragt sie ihn um einige Zentimeter –, legt ihm die Hände auf den Kragen seines Ledermantels, lächelt. »Ich mach dich gesund«, entgegnet sie in einem Deutsch, das genauso jung und unverbraucht ist wie sie selbst.

»Krank bin ich mir lieber!«

Djamila lächelt, ihre Zähne sind makellos. Sie bringt das Kunststück fertig, Nino von oben herab und gleichzeitig devot anzusehen. Nino trägt eine Brille mit violett getönten Gläsern und Brillanten in den daumenbreiten Bügeln. Sein lodernd weißes Hemd hat einen Stehkragen, so kommt das ebenfalls mit Brillanten besetzte Kreuz auf seiner Brust besser zur Geltung.

Wie von Zauberhand öffnet sich Djamilas Kimono, ihre auf schwarzer Spitze gebetteten Brüste treten hervor, sie beugt ihren Kopf und saugt sich zärtlich an Ninos Lippen fest. Der greift mit beiden Händen nach ihrem Arsch und presst sie an sich.

»So eilig?«, haucht sie und bringt gerade so viel Abstand

zwischen sich und Nino, dass ihre Hand genug Platz hat, um seine Hose zu öffnen und hineinzugleiten.

»Uuuh!« Nino wirft den Kopf in den Nacken. »Du weißt, wie du deinen alten Herrn glücklich machst.«

»Ach ja?« Ihre Hand hat begonnen, sich in seiner Hose zu bewegen.

Nino schiebt den Ledermantel zurück und stemmt seine Hände in die Hüften. In einem Western bedeutet das: Als Nächstes werden die Colts gezogen. »Los, Baby, du weißt, was ich will.«

»Und du weißt, was *ich* will!«

»Nicht jetzt, Baby, nicht jetzt. Runter mit dir.«

Djamila gleitet an ihm herab wie eine Schlange, bis sie schließlich vor ihm kniet. Die Absätze ihrer High Heels stehen ab wie Antennen. Als sie seine Hose lockert, ploppt ihr Ninos Schwanz entgegen.

»Wann?«, fragt sie und lässt Nino zappeln, eine Hand an seinem Schwanz. Der zuckt vor ihrem Gesicht herum wie ein Fisch auf dem Trockenen.

»Nicht jetzt, hab ich gesagt.«

Quälend langsam schiebt sich Djamila seinen Schwanz in den Mund. Lucky denkt an Yvonne, wie sie gestern im Wagen saß und dass sie jetzt mit Marcello zusammen ist, diesem Manschettenknopfträger, und wie gern er sie vögeln, sie unter sich spüren würde. Oh Mann, er kriegt Yvonne einfach nicht aus dem System, die ist wie ein Virus.

Was sich da vor ihm auf dem Bildschirm abspielt, ist auf den ersten Blick nichts, was Lucky nicht schon in irgendeinem High-Class-Porno gesehen hätte. Und wäre es nicht Nino in seinem Matrix-Ledermantel, dem er dabei zusehen müsste, wüsste er das Schauspiel durchaus zu würdigen. Auf den zweiten Blick muss man sagen, dass Djamila sich ihrer selbst nach wie vor in jeder Sekunde so sicher ist, dass man sich fragt, woher sie das nimmt. Hätte sie gewollt, wäre Nino bereits nach drei Sekunden gekommen, ohne dass er die Sache irgendwie hätte hinauszögern können. Alle Macht konzentriert sich bei ihr.

Als es schließlich so weit ist, bäumt sich Ninos Körper auf, er gibt ein Grunzen von sich, wie Lucky es noch nie gehört hat, und stößt hart in ihren Mund. Es ist, als wäre er ein einziger großer Schluckauf. Djamila wirft einen kurzen Blick zur Seite, um sicherzugehen, dass sie gut im Bild ist, dann lässt sie ihn auf ihr Gesicht kommen.

Der Schluckauf ist noch nicht vorbei, da geschieht etwas ganz und gar Unerwartetes: Nino beginnt zu winseln. »Oh Baby«, ruft er, »oh Baby!« Wie ein angestochener Reifen sackt er in sich zusammen, fällt vor Djamila auf die Knie und heult ihr die Titten voll. »Oh Baby, was machst du mit mir? Oh Baby, oh Baby …«

Lucky schiebt sich überrascht vom Bildschirm zurück. Nino, Berlins schillernder Halbweltherrscher – heult los wie ein Baby, nur weil ihm einer geblasen wird?

Das Bild hat sich also verkehrt: Nino kniet vor Djamila und umklammert ihre Beine, sie steht über ihm, wischt sich mit dem Kragen ihres Kimonos sein Sperma aus dem Gesicht und blickt auf ihn herab. Lucky könnte es nicht in Worte fassen, aber er begreift, wie erniedrigend diese Situation für Nino sein muss. Der Typ ernährt sich von Macht. Und dann zu erleben, wie Djamila mehr Macht über ihn hat als er über sie, dass etwas in ihm genau das sucht – Unterwerfung –, da tilt der aus, logisch. Da kann er nur noch Verachtung für sich empfinden. Und losheulen.

Lucky zündet sich die nächste Zigarette an. Wenn jemand das auf Facebook oder wo auch immer posten würde, dann wäre Nino im Arsch. Das würde ihm das Genick brechen. Schlimmer als jeder Prozess und jede Albanergang. Der totale Gesichtsverlust.

»Hör zu.« Nino ist wieder auf den Beinen, wischt seine tränenverschmierte Sonnenbrille an Djamilas Kimono ab. »Ich hab da ein Ding am laufen – 'ne Wettgeschichte. Da springen zwei Mios für mich raus. Ich liebe dich, Baby, oh Gott, wie ich dich liebe!« Er will sie küssen, doch sie dreht den Kopf weg. »Du kriegst deinen Klub. Und wegen der Schauspielsache … Ich bin dran. Du musst einfach Geduld haben.«

Sie lächelt, erteilt ihm die Absolution. Dann legt sie ihre Lippen auf seine und saugt den letzten Rest Widerstand aus ihm heraus. Ihre Brustwarzen sind hart und reiben an seinem Ledermantel. »Lass mich nicht zu viel Geduld haben müssen«, flüstert sie gerade so laut, dass das Mikro sie versteht.

»Ich weiß, was du willst, okay? Und du bekommst es, wenn *ich* es sage.«

Sie legt ihm die Hand unters Kinn. »Warte nicht zu lange, Nino.«

Von einer Sekunde auf die andere schlägt Ninos Tonlage um. »Du bekommst deinen Schuppen – wenn – ich – es – sage!«

Ihre Hände schieben sich unter den Kragen seines Ledermantels. Die legt's drauf an, denkt Lucky, dann sagt sie: »Vergiss niemals: Ich weiß Dinge über dich. Dinge, von denen du nicht willst, dass andere sie wissen.«

Die Wucht, mit der Nino sie von sich stößt, reißt Djamila von den Beinen und lässt sie einen guten Meter über den Teppich rutschen. »Du drohst mir nicht! Niemand droht Nino! Niemand droht mir, und niemand lässt mich warten.«

Er stellt sich über sie, die Beine gespreizt, sein Schwanz hängt noch aus der Hose. »Ist das klar, Bitch!?«

Sie liegt vor ihm, die Knie angewinkelt, entblößt. Wie ein Opfer. Und doch hat ihre Haltung etwas Herausforderndes. »Nino, ich …«

»Halt's Maul!«

Lucky erwartet, dass er ihr einen Tritt verpasst, aber dann fummelt er an seinem Schwanz herum, und Djamila ruft: »Nicht, Nino, bitte …«, und er sagt nur: »Halt still, Bitch«, und sie tut es, hält still, während er ihr ins Gesicht pinkelt, auf den Körper, die Brüste, die Beine, abschüttelt, die Hose zuknöpft und geht.

Als Lucky auf dem Klapprad sitzt und sich mit klammen Fingern durch den Nebel in Richtung Zentrum schiebt, fragt er sich, ob er gerade den Moment gesehen hat, in dem Nino klar geworden ist, dass er Djamila loswerden, den Tumor aus sich herausschneiden musste. Djamila scheint sich der Gefahr bereits bewusst gewesen zu sein. Was ihr am Ende nichts genutzt hat. Später fragt Lucky sich, wo er eigentlich hinwill, doch da hat etwas in ihm längst die Richtung vorgegeben.

13

Er wartet neben dem Klingelkasten. Worauf, ist nicht ganz klar. Zweiundsiebzig Klingeln. Die von Sibel und Helmut würde er blind finden. Doch sie zu drücken bringt er nicht über sich. Dann käme Sibels Stimme aus der Gegensprechanlage, und er stünde da wie ein Holzklotz. Tausendfach hat er gegnerische Schläge geblockt, sich weggeduckt, ist ausgewichen. Vor Sibels Stimme aber kann er sich nicht schützen.

Er hat auch eingesteckt, so ist es nicht. Unterm Strich hat Lucky vermutlich mehr Treffer kassiert, als er ausgeteilt hat. Oft hat er sie sogar gesucht, konnte nicht genug davon bekommen. Aber wenn ein Kampf über zwölf Runden geht, ist es nicht entscheidend, wer mehr Treffer kassiert, sondern wer länger auf den Beinen bleibt. Die meisten Fights hat Lucky gewonnen, weil der Gegner vor ihm umgefallen ist. Vielleicht ist das auch schon das ganze Geheimnis – im Boxen wie im Leben. Auf den Beinen zu bleiben. Es mehr zu wollen als der andere.

Nach anderthalb Stockwerken löst sich die Mietskaserne im Nebel auf, dann stülpen sich nur noch vereinzelt bläulich flackernde Lichter aus dem Dunkel, da, wo die Fernseher den Nebel färben. Die Haustür öffnet sich. Das spitze Geräusch der Absätze verrät, dass eine Frau herauskommt. Sie bemerkt Lucky erst, als sie praktisch in ihn hineingelaufen ist, schreckt zusammen, macht einen Bogen und eilt davon.

»T-tschuldigung«, sagt Lucky und hat den Fuß in der Tür, bevor sie ins Schloss fallen kann.

Im Treppenhaus der altvertraute Geruch von Stein, Metall und Sprühfarbe. Irgendwo wird eine Wohnungstür zugeschlagen. Lucky spürt es mehr, als dass er es hört, aber der Wohnblock summt wie ein Bienenstock. Es ist einer dieser 60er-Jahre-Bauten, damals haben sie an allem gespart. Wenn du hier im Erdgeschoss einen Furz lässt, haben die im fünften Stock auch noch etwas davon. Die Wohnung von Sibel und Helmut ist im dritten. Auf dieser Etage brodelt und gärt es. Lucky wird von einer Erinnerung aus Knoblauch, Huhn und Kreuzkümmel umarmt. Die Schwaden wabern träge über den Gang.

Malchow – die Buchstaben sind blass und erhaben, weil sie mit einem dieser Etikettenprägegeräte, wie man sie vor dreißig Jahren hatte, in Klebefolie gestanzt worden sind. Lucky fährt mit dem Daumen darüber. Früher hat er das mit geschlossenen Augen gemacht und versucht, die Buchstaben zu ertasten. Das große M war einfach, l, c und h konnte er nur auseinanderhalten, weil er wusste, was da stand. Heute würde er blind nicht einmal das M richtig erraten, er hat einfach kein Gefühl mehr in den Fingern. Wie alt war er damals, zehn, zwölf? Die Klingel beinahe noch auf Augenhöhe. Und dann liegt plötzlich dein Leben hinter dir, und nur das Klingelschild hängt noch.

Als er unten sein Klapprad gegen den Kasten lehnte, hat er noch überlegt, was ihn hergeführt hat, warum er sich und Sibel das antun soll. Inzwischen weiß er es. *Das Leben, das du heute nicht lebst, wird für immer ungelebt bleiben*. Wie auch immer diese Sache hier ausgeht, am Ende wird er entweder im Knast sitzen oder tot in der Gosse liegen. Und beides wird okay sein auf seine Weise. Das letzte Jetzt hat eben keine Türen mehr, durch die du noch schlüpfen kannst. Irgendwann trittst du in ein Jetzt ein, siehst dich um und weißt: Das war's. Und das Einzige, was du noch tun kannst, ist, es anzunehmen. Lucky ist bereit. Aber vorher muss er Sibel sagen, dass er es nicht war, dass er Helmut nicht erschossen hat. Egal, wie seine Geschichte endet, sie wird nicht damit enden, dass Sibel in dem Glauben weiterlebt, er hätte ihren Mann erschossen.

Er hört Stimmen hinter der Tür. Sibel ist nicht allein. Sie hat Freunde, die ihr beistehen, ihre Schwester Yuksel, Nichten und Neffen. Sie wird nie allein sein, nie ohne Hilfe, nie ohne Zuspruch. Gut zu wissen. Macht es einfacher zu gehen. Lucky spürt eine Vibration, wie tief im Bauch eines riesigen Schiffes, fühlt die Lebenssäfte des Hauses in den Rohren zirkulieren, hält die Luft an und drückt den Klingelknopf.

Da ist ein Moment, als er Schritte im Flur hört: Was, wenn es gar nicht Sibel ist, die ihm die Tür öffnet? Was, wenn es Yuksel ist oder einer von Helmuts alten Freunden, die oft genug auch Luckys Wegbegleiter waren? Doch als sich die Tür öffnet, steht da nur Sibel, kleiner, als Lucky sie in Erinnerung hat, eingefallen irgendwie, und aus dem Wohnzimmer dringt Kindergeschrei. Der Geruch von Halva ist so intensiv, als hätte jemand den Flur mit Puderzucker bestreut.

Sibel ist ganz in Schwarz, auch ihr Kopftuch. Dabei war das nie ihre Farbe. Vielleicht wird sie es in Zukunft sein. Vielleicht trägt sie von jetzt an nur noch Schwarz. Lucky sieht sie in Jeans, dazu irgendetwas Leuchtendes, Türkis, Orange. Und ihre Kopftücher waren immer gemustert. Sie war keine von diesen türkischen Muttis, die mit ihren schwerfälligen Körpern durch das Viertel wankten und ausschließlich zum Einkaufen vor die Tür gingen. Auch wenn sie jetzt so aussieht, formlos und verhüllt. Und gläubig war sie auch nicht besonders. Das mit dem Kopftuch war nur, weil sie fand, ohne fehle ihr etwas.

»Alo?«, sagt sie.

Lucky braucht einen Moment, um zu begreifen, dass Helmut ihn belogen hat. Sibel sehe nicht mehr so gut, hat er gesagt. Aber das stimmt nicht. Sibel ist praktisch blind, denn da, wo sie hinblickt und hinspricht, steht niemand. Lucky schnürt es den Brustkorb zusammen, ein Schmerz wie nach einem Körpertreffer, wenn deine Atmung aussetzt und du sekundenlang nicht weißt, wo du überhaupt getroffen wurdest, ob dein Herz noch schlägt und ob du nicht im nächsten Moment ohnmächtig in die Seile kippen wirst.

»Hallo?«, wiederholt Sibel, auf Deutsch diesmal.

Er will etwas sagen, sie in den Arm nehmen – sich von ihr in den Arm nehmen lassen, besser gesagt, wie sie es immer gemacht hat –, aber es kommt nichts heraus, nicht einmal schlucken kann er, und bewegen kann er sich schon gar nicht, die Arme wie mit Blei ausgegossen, und wirklich: Er atmet nicht einmal mehr. Und dann merkt Sibel, dass sie in die falsche Richtung spricht, ihr Kopf wendet sich Lucky zu, eine halbe Ewigkeit lang starrt sie exakt in seine Richtung, während im Wohnzimmer jemand die Kinder zur Ordnung ruft, und dann sagt sie:

»Lucky?«

Er steht da und weiß nicht, wie er je wieder einen Schritt tun, einen Fuß vor den anderen setzen soll.

»Lucky, bist du das?«

Er sieht ihre Hand auf sich zukommen, will zurückweichen und kann nicht, und dann berühren ihre Finger seine Wange, und seine Hackfresse schrumpelt zu etwas zusammen, das aussieht, als hätte man es ganz unten aus dem Container gezogen, Tränen laufen ihm über die Wange und über Sibels Finger und bis hinunter zu ihrem Handgelenk mit den vielen schmalen Armreifen. Er will ihr sagen, dass er es nicht war und wie leid ihm alles tut – ihre scheiß Krankheit, die so harmlos klingt, MS, wie dieser Ausflugsdampfer, MS *Europa* oder wie der heißt – und dass er sein Leben geben würde, wenn sie dadurch Helmut zurückhaben und wieder sehen und mit ihm nach Istanbul fahren und den Sonnenuntergang über dem Bosporus betrachten könnte. Und das ist verdammt noch mal kein Spruch, wirklich, jetzt, auf der Stelle, würde er dankbar abtreten, wenn für Sibel irgendetwas dadurch gewonnen wäre.

Leben heißt leiden, hat Mongo gesagt, und fuck, er hatte recht. Ohne Leiden ist dieses Leben nicht zu haben, aber ganz ehrlich, manchmal dreht dir das Leben die Arme auf den Rücken, und dann ist es unmöglich, damit seinen Frieden zu schließen, das Leid anzunehmen und es zu umarmen.

»Ich weiß, dass du es nicht warst«, sagt Sibel, und Lucky stirbt tatsächlich, hier, auf der Schwelle zu der Drei-Zimmer-Sozialbauwohnung mit der Klospülung, in der ein Dinosaurier haust, und der Küche, in der sich alle Gewürze des Orients tummeln, weshalb Lucky sich dort immer zu Hause fühlen wird, auch wenn er nie in seinem Leben auch nur den Bosporus gesehen hat, geschweige denn auf die andere Seite übergesetzt wäre.

»Bist du deshalb gekommen?«

Lucky nickt und weiß nicht, wie er aus diesem Jetzt je wieder herauskommen soll, stirbt, aber Yuksel hat eben schon auf Türkisch aus der Küche gerufen, ob alles in Ordnung sei, und weil ihre Schwester die Antwort schuldig bleibt, kommt Yuksel selbst an die Tür, sieht den in Tränen aufgelösten Lucky und ist sprachlos, und in diesem Moment öffnet sich endlich die Pforte in das nächste Jetzt, und Lucky nimmt Sibels Hand von seiner Wange, zieht die Tür zum Treppenhaus auf, läuft die Stufen ins Parterre hinunter, steigt auf sein Klapprad und strampelt in den Nebel hinein und davon.

Manchmal hilft es ja, wenn dir feuchtkalte Luft ins Gesicht weht. Ist nicht, wie wenn dir jemand nach Runde neun Ammoniak unter die Nase hält – das ist noch einmal eine ganz andere Nummer. Da hast du für einen Moment das Gefühl, dir wird der Schädel ausgeblasen. Aber auch frische Luft macht dich wach, und du kannst klarer denken.

Das Ergebnis ist, dass, als Lucky beim Huxleys ankommt, wo gleich die Berlin Fightnight steigen und Helmuts gut geschultes Nachwuchstalent gegen Marcellos Polenböller antreten wird, er als Erstes seinen Drahtesel in den Fahrradständer vor dem Bauhaus schiebt.

Er geht hinein, sucht sich eine Regalschlampe mit Kittel und sagt: »Ka-abelbinder.«

Eingeschüchtert geht sie den Gang hinunter und führt ihn ans entsprechende Regal. Wortlos steckt Lucky zwei der dicksten Kabelbinder ein, die der Baumarkt zu bieten hat.

Die Verkäuferin versucht sich an einem Scherz: »Da können Sie einen kleinen Elefanten dran aufhängen.«

»G-gut«, erwidert Lucky.

Der Securitykläffer neben dem Ausgang macht einen Schritt auf ihn zu, als er jedoch sieht, wie Lucky sich an der Kassenschlange vorbeischiebt und dabei noch ein Snickers abgreift, überlegt er es sich anders und zieht es vor, so zu tun, als bemerkte er ihn nicht. Körpersprache. Du kannst sie nicht wirklich vortäuschen, kannst sie nicht lernen, wie du das Einmaleins lernst. Es hilft allerdings, sich ihrer bewusst zu sein.

Helmut war ein heimlicher Meister darin, Körpersprache zu lesen. Wie er in vielen Dingen ein heimlicher Meister war. Vor dem ersten Gong, wenn die Boxer einander im Ring gegenübertraten, wusste er bereits, wer den Fight für sich entscheiden würde. Er lag fast immer richtig. Bei Pferden war es genauso. Wenn sie vor dem Rennen im Kreis geführt wurden, strich er nacheinander diejenigen aus dem Programmheft, von denen er überzeugt war, dass sie nicht gewinnen würden: zu nervös, nicht bei sich, kein guter Gang, Schmerzen in der Schulter, Angst. Lucky sah nichts davon. Wenn nur noch zwei oder drei Namen übrig waren, platzierte Helmut seine Wette. Du könntest vom Wetten leben, hatte Lucky ihm einmal gesagt. Da war er sechzehn oder siebzehn gewesen. Ich bin Boxtrainer, hatte Helmut geantwortet.

Vor dem Huxleys herrscht mächtig Andrang. Die halbe Stadt will plötzlich den Fight sehen. Dabei ist es nicht einmal ein Titelkampf. Dass der Trainer des einen Boxers gestern erschossen wurde – und zwar ausgerechnet von Lucky, seinem ehemaligen Schützling –, macht aus dem Abend heute ein schicksalhaftes Versprechen. Da geht es um mehr. Marcello wird sich in die Eier beißen. Hätte er das vorhergesehen, hätte er die Fight Night in der Max-Schmeling-Halle steigen lassen und dreimal so viele Karten verkaufen können.

Lucky bleibt auf Abstand und sucht sich einen Platz auf dem Rasenstück, von wo aus er die Eingänge und das Polizeiaufgebot im Blick hat. Er will sich den Fight ansehen, nur gibt es ein paar wesentliche Dinge, die er dabei beachten muss, zum Beispiel, dass er keine Eintrittskarte besitzt, kein Geld hat, dass sich in seiner Manteltasche eine Pistole befindet und dass spätestens seit heute Morgen ein neongelbes Tattoo auf seiner Stirn prangt: *Ich habe meinen Trainer er-*

schossen, wählen Sie 110! Er lehnt an einem Baum, ein Schatten unter Schatten, raucht eine, isst sein Snickers, zündet sich noch eine an.

»Lucky – bist du das?«

Schwer zu sagen, wie man so jemanden nicht bemerken kann. Der Mann besitzt eine Gravitation, dass du mit geschlossenen Augen merkst, wo er steht. War schon immer so.

»T-tonne?«

»Hab mich also doch nicht verguckt«, antwortet Tonne.

Er zieht eine Camel-Packung aus der Jackentasche und zündet sich ebenfalls eine an, blickt gemeinsam mit Lucky zum nebelverschleierten Eingang hinüber, zu den Bullenwannen in der Zufahrt.

»Hab gehört, die haben was gegen dich«, sagt Tonne.

Hübsche Formulierung. Tonnes Uniform weist ihn als Securitymitarbeiter aus. Er ist in Ordnung. Früher war er ein berüchtigter Straßenschläger, aufgewachsen im Wedding, afrikanisches Viertel. Später hat er seinen Drang domestiziert und in manövrierbares Fahrwasser gelenkt. Etwa die Hälfte seines Lebens hat er bei Taykan verbracht, dem Studio hinter dem Gesundbrunnen – eine Art Sammelbecken für die ganz Verrückten, MMA-Spinner, die nur dann richtig aufwachen, wenn sie in einen Käfig gesperrt werden und es um Leben und Tod geht. Seinen Namen hat Tonne übrigens nicht bekommen, weil er wie eine geformt ist, sondern weil er bei einem Test mal tausend Kilo Schlagkraft hinter seine rechte Faust gebracht haben soll. Ab und zu hat er für Lucky als Bodyguard gearbeitet – war ihm auf Dauer aber zu dröge.

Wie bei den meisten Menschen von überschaubarer Intelligenz ist für Tonne Loyalität ein Wert an sich. Da geht es um Zugehörigkeit. Ein Typ wie Tonne hält zu dir, selbst wenn du ihn nicht gut behandelst. Und Lucky hat ihn immer gut behandelt. Tonne hätte auch, anders als Marcello, niemals hinter seinem Rücken etwas mit Yvonne angefangen.

»Ich w-war's nicht«, sagt Lucky.

»Klar nich.«

Sie treten ihre Zigaretten aus und stehen noch eine Weile unter dem Baum, die Hände in den Taschen. Dann knistert das Funkgerät an Tonnes Gürtel, jemand fragt, wo er sei, er sagt: »Vorne«, und die Stimme sagt: »Ich brauch dich hinten«, worauf Tonne antwortet: »Komme.«

»Ich muss«, sagt Tonne.

Mit dem Kinn deutet Lucky zum Huxleys hinüber, dessen vernebelte Fassade verheißungsvoll im Glanz flammender Spots erstrahlt. »H-hast du da was mit zu tun?«

»Wieso – willst du rein?«

»Würd mir gern den F-fight anseh'n.«

»Seiteneingang, zehn Minuten«, sagt Tonne und stampft über die Grünfläche davon, wobei er mit jedem Schritt das Erdreich verdichtet.

Lucky meidet den Platz vor dem Haupteingang, hält sich im Halbdunkel. Als die Absperrgitter vor dem Seiteneingang aus dem Nebel auftauchen, stehen da nur zwei Typen in Securityoutfits und vertreten sich die Beine. Auf dem VIP-Parkplatz stehen unter anderen ein silbergrauer Maserati und ein dunkelblauer Bentley. Marcello und Nino, garantiert.

Lucky schwillt der Hals beim Anblick der geleckten Motorhauben. Was ein gutes Gefühl ist. Verdrängt die Schwermut. Trauer macht dich fertig, die reißt dir den Arsch auf und zieht dir die Energie ab. Da ist Hass deutlich besser, der ist wie frisch gezapftes Kerosin. Sorry, Mongo.

Lucky wartet, bis sich die Tür öffnet und Tonne herauskommt. Als er ans Absperrgitter tritt, wendet sich ihm einer von den Securitytypen zu, aber bevor der den Mund aufmacht, sagt Tonne: »Is okay, gehört zu mir«, schiebt sich zwischen Lucky und die Securitymitarbeiter und schleust ihn in die Halle. Er führt ihn die Tribünengasse entlang, bis der Ring und die Lichter ins Blickfeld kommen und die Aufregung und der Biergeruch die Halle füllen. Beim Anblick der von bunten Spots erleuchteten Arena, der Seile und des Richtertischs, wird Lucky von einem Wehmutssog erfasst. Hier ist er das letzte Mal in den Ring gestiegen – um in seiner eigenen Scham zu ersaufen. Oder um es mit Abt Mongo zu sagen: Er hatte sich selbst aus den Augen verloren. Es stimmt, was Babsi gesagt hat. Lucky wollte nie etwas anderes sein als Boxer, hatte immer nur den nächsten Fight vor Augen gehabt. Und jetzt hat er nichts mehr.

Tonne hält eine eingeschweißte Karte mit Halsband in der Hand. »Häng dir die um. Wenn dir jemand dämlich kommt, zeigst du ihm einfach den Ausweis. Am besten, du bleibst hier stehen.«

»D-danke.«

»Kein Ding.«

14

Als er Yvonne und Marcello in der ersten Reihe entdeckt, hört Lucky seinen Kiefer knacken. Von seiner Warte im Halbschatten der Tribünengasse aus sieht er sie seitlich von hinten. Was sonst noch so los ist in der Halle, entzieht sich seiner Wahrnehmung. Sein Nacken ist ein Nadelkissen, die Hände stecken zu Fäusten geballt in den Jackentaschen, die Pistole erscheint ihm wie ein Griff zum Festhalten.

Gerade will er nur eins, nämlich sich auf Marcello stürzen und sich selbst sämtliche Finger dabei brechen, wenn er dem Promoter den Schädel einschlägt. Anschließend würde er gern dasselbe mit Nino machen, der schon wieder aussieht wie ein mit Lametta behängter Weihnachtsbaum, an jedem Finger einen Ring, dazu eine Uhr, bei der man vor lauter Edelsteinen die Zeiger nicht erkennt. Keine zehn Meter trennen Lucky von Berlins Zuhälterkönig. Und natürlich ist auch Schlepper da, Ninos getreuer Ausputzer, dessen Hals wie ein tätowierter Nashornarsch aussieht. Seinen Spitznamen verdankt Schlepper übrigens der Geschichte, er habe mal im Suff gewettet, dass er den Auflieger eines Sattelzugs für einen Wohncontainer mit dem Nacken stützen könne. Hat der dann auch gemacht. Hat sich hingestellt wie ein Sumoringer, und sechs Mann haben mit hervortretenden Adern den Auflieger auf seinen Nacken gewuchtet. Anschließend hat er sich als Trophäe eine Sattelkupplung auf den Nacken tätowieren lassen.

Marcellos Gesicht wird von einem einzelnen Scheinwerfer mit Licht übergossen. Eine Kamera ist auf ihn gerichtet, Pro7 ist da. Die Stimme der blondierten Reporterin zwitschert aus den Lautsprechern an der Hallendecke. Lucky versteht kein Wort, und Marcellos Antworten gehen ihm ebenfalls am Arsch vorbei. Der Typ hat schon immer schlauer getan, als er ist. Und daran wird sich auch nichts mehr ändern, schlauer wird der nicht mehr. Lucky sieht Marcellos perfekt gescheitelte Haare, den modischen Fünftagebart – die Kanten wie mit dem Lineal gezogen –, und dann sieht er Yvonne. Sie sieht einfach nur hammer aus, besser noch als damals, strahlt eine natürliche Überlegenheit aus, die sie nicht besaß, solange sie mit Lucky verheiratet war. Oder aber er sieht es erst jetzt, da sie im Rampenlicht sitzt und dieses schwarze Kleid trägt, dessen Stoff gerade dünn genug ist, um die Umrisse ihres BHs erahnen zu lassen. Sexy, aber null nuttig. Nicht länger seine Liga. Ihre Ohrringe sind mittelgroß, beinahe dezent, aber Lucky schätzt, dass da an jedem Ohr eine kleine Eigentumswohnung baumelt.

Eine Mischung aus Hymne und Türken-Rap dröhnt durch die Halle, plötzlich wird Lucky selbst von einem Scheinwerfer geblendet, und als er sich reflexartig umdreht und zurückweicht, sieht er die Silhouette eines Boxers auf sich zukommen, der nur einen Betreuer bei sich hat, keinen Trainer, weshalb es nur Alex sein kann, der bis gestern von Helmut trainiert wurde und der jetzt niemanden mehr hat. Die Stimme des Ringsprechers legt sich über die Musik und kündigt ihn an. Lucky zieht die Kapuze in die Stirn und versucht, sich unsichtbar zu machen, der Boxer und sein Betreuer aber sind so fokussiert, dass sie über einen im Weg liegenden Tiger steigen würden, ohne ihn zu bemerken. Sie halten sich im Schatten, ein Typ mit Kamera auf der Schulter richtet sein Objektiv in den Gang. Der Sprecher macht eine dramatische Pause, bevor er ausruft: »Aleeeex Čer-ny!«

Alex und sein Betreuer setzen sich in Bewegung, gehen an Lucky vorbei und werden weiter vorn von einem halben Dutzend Scheinwerferkegeln empfangen. Alex' Anzug – silber und schwarz – läuft an ihm herab, als wäre er flüssig. Und dann, wie abgesprochen, erheben sich die Zuschauer von ihren Sitzen, die gesamte Arena, Nino und Marcello verstehen einen Moment lang gar nicht, was passiert – dass es eine Verneigung vor Helmut ist –, bis sie schließlich und viel zu spät ebenfalls aufstehen, und die Halle jubelt Alex zu, aber eben auch Helmut, und im Huxleys ist niemand mehr, dem es nicht kalt den Rücken runterläuft, selbst denen, die keine Ahnung haben, was hier vor sich geht.

Als Alex zwischen den Seilen hindurchsteigt, trifft es Lucky wie ein Nierenschlag. Er befühlt seinen Handrücken, vergewissert sich: Mit dieser Hand wird er nie wieder in den Ring steigen, nicht als Boxer jedenfalls. Er versucht, sich ein Leben ohne das alles vorzustellen – ohne Kampf und ohne Schmerz – und weiß nicht, wie das jemals gehen soll.

Hakan, der Boxer aus Marcellos Lager, ist in der gegenüberliegenden Ecke in den Ring gestiegen. Als er seinen Umhang abstreift, enthüllt er einen perfekt trainierten Körper. Der Typ sieht aus wie gephotoshoppt. Aber er ist jung, Gesicht und Körper passen nicht zusammen. Und er ist irritiert, weil die Zuschauer beim Walk-In seines Gegners so einen Aufriss veranstaltet, bei seinem aber nur verhalten geklatscht haben. Er kapiert nicht, dass es um Helmut geht, dass da gestern eine Institution ermordet wurde und dass die Menschen, die von Helmuts Tod am meisten profitieren, in der ersten Reihe sitzen.

Hakan selbst findet, er ist der Größte, und solche Menschen haben ja generell Schwierigkeiten zu verstehen, weshalb alle anderen das nicht zwingend genauso sehen. Aber er will sich nichts anmerken lassen, tänzelt durch den Ring, während Alex in seiner Ecke die Schultern kreisen lässt, schlägt ein Dutzend unsichtbare Gegner nieder. Der hat keine Ahnung, was gleich auf ihn zukommt, denkt Lucky.

Als der Gong ertönt und die beiden einander zu beschnuppern anfangen, erkennt Lucky bei Alex nach wenigen Sekunden die Handschrift seines Trainers. Die Beine. Helmut hatte recht, natürlich: starke Beine. Und schnell. Dieser Alex ist fast so schnell wie Lucky in seinen besten Zeiten. Lucky erinnert sich. Beinahe ist er verrückt geworden damals. Wenn du unbedingt losprügeln willst, dann drehst du irgendwann durch, wenn du wochenlang nur Springseil springen und auf den Ballen im Dreieck hüpfen darfst. Aber Helmut ließ nicht locker. Der Schlag beginnt im Fuß – das war sein Mantra. Und: Disziplin ist Teil des Talents. Das mit der Disziplin, meinte Helmut, war für gewöhnlich das größte Problem. Sieh dich mal um im Kiez: jede Menge Wut, so viel Antrieb, so viel Energie, die man nutzen könnte. Aber keine Disziplin. Bei Lucky war das anders. Der brauchte keine Disziplin. Der stürzte sich auf das Training, als gäbe es nach einer Million Schläge noch immer etwas Neues zu entdecken.

Jetzt zeigt sich, dass Alex dieselbe Schule durchlaufen hat. Hakan der Hüne, im vollen Bewusstsein seiner physischen Übermacht, weiß: Wenn es ihm gelingt, seine Gerade, auf die er offenbar besonders stolz ist, nur einmal präzise unterzubringen, dann kann das kampfentscheidend sein. Nur steht Alex nie da, wo Hakan hinschlägt. Bei Alex einen Distanztreffer zu landen, hatte Helmut gesagt, sei schwerer, als mit der Hand einen Fisch zu fangen. Diese Erfahrung muss Hakan jetzt machen. Und er versteht es nicht. Mit so einem Gegner hatte er es noch nie zu tun. Das kommt davon, wenn man bei der Vorbereitung immer nur Mülltonnen als Sparringspartner vorgesetzt bekommt.

Nach zwei Runden ist Hakan so frustriert, dass er zu Beginn der dritten wie ein Stier aus seiner Ecke stürmt – was ein ganz passendes Bild ist, denn im Vergleich zu ihm sieht Alex aus wie der Torero, der ihn mühelos ins Leere laufen lässt. Alex lauert, außer Hakan merkt das jeder in der Halle, und dann, bei der vierten ungestümen Attacke seines Gegenübers, schlägt er zu – exakt in dem Moment, da Lucky es auch getan hätte.

Als Hakan sich die erste Links-rechts-Kombination mit anschließendem Uppercut einfängt, weiß er nicht einmal, aus welcher Richtung sie gekommen ist. Lucky sieht, was anschließend geschieht, bevor es tatsächlich passiert, denn er weiß, wie Hakan reagieren wird, und Alex weiß es ebenfalls, denn als Hakan durch die Wucht seiner eigenen blinden Geraden für einen Sekundenbruchteil die Balance verliert, trifft ihn zweimal Alex' Führhand, Hakan will abtauchen und beugt sich praktisch in Alex' Aufwärtshaken hinein, ein weiterer Sekundenbruchteil ohne Balance, Alex' Schlaghand trifft ihn mit voller Wucht unterhalb des linken Rippenbogens, und im nächsten Augenblick liegt Hakan auf dem Rücken, die Arme ausgebreitet.

»Milzriss«, denkt Lucky sofort, und da ist er offenbar nicht der Einzige, denn während der Ringrichter Hakan noch auszählt, ist der Arzt bereits im Ring, bereitet die Infusion vor, und eine Trage wird durch die Seile gereicht. In der Halle brandet Applaus auf, allerdings hätte man lieber einen spannenderen Fight gesehen. Bei einem K. o. nach zweieinhalb Runden fühlt man sich um sein Geld betrogen.

Lucky blickt zur ersten Reihe hinüber. Das Bild kommt ihm bekannt vor: Marcello rückt seine Manschettenknöpfe zurecht, zieht die Ärmel seines Jacketts straff und blickt zu Boden. Genau wie bei Luckys Comeback-Fight vor dreieinhalb Jahren. Das bedeutet, Marcello hat ein schlechtes Gewissen, immerhin. Hakan ist gerade verfüttert worden, und der Einzige, der keine Ahnung davon hat, ist Hakan selbst. Auch das kommt Lucky bekannt vor. Nino sieht derweil so zufrieden aus, wie man nach einem guten Deal aussieht. Der Typ hat kein Gewissen. Nino gewinnt immer, egal, wie der Kampf ausgeht.

Ein Securitymann mit Walkie-Talkie am Ohr kommt in die Gasse, wundert sich über den Mann in Trainingsanzug und Kaschmirmantel, erkennt ihn aber am Ausweis als einen der Seinen.

»Wir brauchen draußen jemanden, der den Krankenwagen einweist. Beeilung.«

Lucky läuft nach draußen – der Nebel ist so dicht, dass man noch nicht einmal die Parkplatzabsperrung sehen kann – und schiebt zwei Gitter zur Seite. Beinahe zeitgleich tastet sich der Krankenwagen heran. Lucky winkt ihn durch. Es ist ihm selbst unklar, weshalb er danach nicht einfach auf sein Rad steigt und abhaut, schließlich ist unter den tausend Zuschauern im Huxleys wahrscheinlich niemand, der sein Gesicht nicht kennt. Doch etwas gibt ihm das Gefühl, hier noch nicht fertig zu sein.

Die Trage mit Hakan wird herausgefahren, der bei Bewusstsein ist, aber nur Tierlaute von sich gibt. Der Arzt läuft nebenher, die Infusionsflasche in der erhobenen Hand, außerdem eine junge Frau in schwarzen High Heels und mit jeder Menge Schminke, die gerade verläuft. Der Arzt weist den Fahrer an, Hakan ins Urban-Krankenhaus zu bringen, und gibt dem Sanitäter eine erste Diagnose: zwei gebrochene Rippen, Verdacht auf Milzriss und Lungenperforation.

»Und wer sind Sie?«, fragt der maximal gelangweilte Fahrer die weinende Frau.

»Die Freundin«, bringt sie hervor.

Er öffnet die Beifahrertür: »Immer rinn in die jute Stube.«

Die Frau ist derart benommen, dass sie sich bei dem Versuch, mit ihren High Heels auf den Sitz zu klettern, beinahe den Knöchel bricht. Dann sind alle verstaut, Lucky schließt die Hecktüren, der Fahrer steigt ein, und der Wagen schleicht davon.

Lucky steht unschlüssig auf dem VIP-Parkplatz, als die Türen des Seiteneingangs sich erneut öffnen, Nino, Schlepper, Marcello und Yvonne herauskommen und zu ihren Autos gehen, ohne ihn zur Kenntnis zu nehmen.

»Sah nicht gut aus«, sagt Marcello, während seine Silhouette im Nebel verschwindet.

»Sieht nie gut aus, wenn du in der Dritten k. o. gehst.«

»Ich meine seine Verletzung.«

»Berufsrisiko.« Ninos Stimme hat immer etwas Krächzendes, eine heisere Ratte. »Freu dich lieber. Dieser Alex ist eine Aktie. Und demnächst ist er deine Aktie – zusammen mit ein paar anderen.«

»Täusch dich nicht. Die Alte wird nicht so ohne Weiteres verkaufen.«

»Sie wird, verlass dich drauf.« Türen werden entriegelt und geöffnet. »Gib mir eine Viertelstunde mit ihr, und die unterschreibt alles, was du ihr unter die Nase hältst. Den Rest besprechen wir in einer halben Stunde in meinem Büro.«

Die Türen des Bentleys werden geschlossen, Scheinwerfer flammen auf. Der Wagen rauscht aus seiner Lücke und muss gleich darauf eine Vollbremsung machen, weil plötzlich ein Typ mit Kapuze und Kaschmirmantel auf dem Parkplatz steht. Ein Fenster gleitet in die Tür.

Ninos krächzende Stimme ruft: »Willst du erlöst werden, oder was?«

Lucky lässt den Wagen passieren, für einen Sekundenbruchteil treffen sich Schleppers und seine Blicke, es ist unklar, ob Schlepper ihn erkennt, dann sind da nur noch verlöschende Rücklichter im Nebel.

»Ich will nach Hause«, hört Lucky Yvonnes Stimme.

»Aber warum denn?«

»Ich sitze nicht in Ninos scheiß Puff rum, während ihr hinter verschlossenen Türen eure Geschäfte besprecht.«

»Du bist sauer.« Marcello.

»Fahr mich einfach nach Hause.«

»Auf mich?«

»Fahr mich einfach nur nach Hause.«

15

Als Florian das Büro seiner Chefin betritt, ist ihr Rock derselbe wie vorhin, auf ihrer Bluse jedoch sprießen üppige Blumen. Wann bitte ist das passiert? Noch vor einer Stunde trug sie eine silberne Strickjacke, und die Bluse darunter war einfarbig, jetzt ist von der Strickjacke nichts mehr zu sehen, und Frau von Engelbrecht hat sich in eine Frühlingsbotin verwandelt – im November. Die muss doch hier irgendwo gehangen haben, diese Bluse. Da ist nicht eine Falte drin. Aber in Frau von Engelbrechts Büro gibt es weder einen Kleiderschrank noch einen Kleiderständer. Also was? Hat sie die Bluse gekauft, während Florian in Neukölln war? Es riecht auch gut, versöhnlich.

»Sie können die Tür wieder schließen«, sagt Frau von Engelbrecht. Die weiß genau, was los ist.

Florian tut es, anschließend steht er etwas verloren im Büro seiner Chefin und scheint vergessen zu haben, was ihn hergeführt hat.

»Ich bin gespannt.« Mit der Nasenspitze deutet Frau von Engelbrecht auf den Laptop unter seinem Arm. »Kommen Sie.«

Sie hat bereits einen zweiten Stuhl hinter ihren Schreibtisch gezogen, auf dem Florian jetzt Platz nimmt, direkt neben seiner Kollegin. Sein Blick fällt auf ihre nylonbestrumpften Knie, die unter dem Rocksaum hervorragen. Schöne Knie. Ein Gedanke, der ihn zusätzlich irritiert. Seit wann macht er sich Gedanken darüber, ob Knie schön sind oder nicht? Knie sind Knie. Dann bemerkt er es. Der angenehme Geruch – das ist sie. Und kein bisschen aufdringlich.

»Herr Siebold?«

Florian klappt den Laptop auf und kramt die SD-Karte, die er sich von Taxikutscher Harry hat geben lassen, aus seinem Portemonnaie.

Okay, erste Erkenntnis: Nur weil eine in der Dämmerung gefilmte Straßenkreuzung auf dem vier mal sechs Zentimeter großen Display einer Minicam einigermaßen gut zu erkennen ist, muss das für einen 13-Zoll-Monitor nicht auch gelten. Die Aufnahme des Taxifahrers präsentiert sich als ziemlicher Pixelsalat, immerhin ist der Eingang des Dartbrunnens zu erkennen, der halb erleuchtete Schriftzug über der Tür, die beiden Männer am Bistrotisch, von denen es sich bei dem linken um den ehemaligen Boxprofi Stefano Ferrante handelt, beim rechten um Helmut Malchow.

Frau von Engelbrecht wölbt eine Braue.

»Gleich«, sagt Florian.

Wie aufs Stichwort beugt sich Ferrante zu seiner Fußfessel herab, und von rechts kommt eine Gestalt ins Bild, schwarz, mit Bomberjacke möglicherweise, Handschuhe, kleiner als Helmut, aber ebenso bullig. Der Mann trägt eine schwarze Mütze und scheint einfach an den beiden vorbei- und um die Ecke zu gehen, er bleibt nicht einmal richtig stehen. In dem Moment jedoch, da er um die Ecke verschwindet, hängt Helmut mit dem Gesicht nach unten über dem Bistrotisch, und der sich aufrichtende Ferrante steht da wie vom Blitz getroffen.

Florian und Frau von Engelbrecht sehen einander an. Ihre Gesichter trennt kein halber Meter. Wenn Florian sich jetzt vorbeugte, würden sich automatisch ihre Lippen berühren.

Er neigt seinen Oberkörper in ihre Richtung, nur wenige Zentimeter, als hätte das Büro Schlagseite bekommen, und als er im Begriff ist, die Augen zu schließen, Puls bei hundertvierzig, hört er seine Chefin sagen: »Das würde ich mir wirklich gern noch einmal ansehen.«

In Gedanken schlägt Florian sich mit voller Wucht gegen die Stirn: Alter, jetzt straff dich mal!

Sie sehen sich die Aufnahme noch einige Male an. Leider dreht der Mann mit der Bomberjacke der Kamera zu keinem Zeitpunkt das Gesicht zu. Er macht eine Bewegung, hält kurz inne, doch die Schusshand ist ebenfalls verdeckt. Im Nacken, zwischen Mütze und Jackenkragen, ist ein schwarzer Fleck zu sehen, vielleicht nur ein Schatten, vielleicht ein Fliegenschiss auf dem Kameraobjektiv, vielleicht aber auch ein Tattoo.

»Können Sie das schärfer machen?«

»Leider nein. Ich kann es den Kollegen von der Technik geben, aber ich fürchte, mehr ist aus der Aufnahme nicht rauszuholen.«

In vorauseilendem Gehorsam will Florian aufstehen, doch Frau von Engelbrecht hält ihn am Arm zurück. »Später. Lassen Sie uns lieber nachdenken.«

Florian setzt sich. Und denkt. Für Momente wie diesen wollte er Kriminalkommissar werden: Zusammenhänge verstehen, Dinge erkennen, die anderen verborgen bleiben.

»Was immer Sie haben – legen Sie los«, fordert ihn Frau von Engelbrecht auf.

Okay, denkt Florian, okay. Dann legt er los. »Weder Ferrante noch der mutmaßliche Schütze können erwartet haben, dass die Tat gefilmt werden würde. Das bedeutet, die Aufnahme zeigt uns keine Inszenierung.«

»Weiter.«

»Das wiederum bedeutet, Ferrante ist nicht der Täter. Wir sind hinter dem Falschen her.«

»Weiter.«

»Wir wissen, dass Ferrante eine Waffe besitzt. Wenn es sich dabei um die Tatwaffe handelt, müsste der Schütze sie am Tatort zurückgelassen haben.«

»Mal sehen«, hakt die Kommissarin ein. »Der Betreiber des Dartbrunnens hat ausgesagt, dass er, als er aus der Kneipe kam, eine Pistole auf Ferrantes Tasche hat liegen sehen.«

Florian erweckt den Laptop wieder zum Leben. Gemeinsam studieren sie ein weiteres Mal die Aufnahme. Da ist eine Bewegung, eher noch der Ansatz einer Bewegung. Lässt der Mann mit der Bomberjacke im Vorbeigehen die Waffe fallen? Vielleicht, vielleicht auch nicht.

»Lassen wir die Waffe für den Moment außen vor«, sagt Frau von Engelbrecht. »Der Mann mit der Bomberjacke – der Mörder: Freund oder Feind?«

Es ist klar, dass Frau von Engelbrecht die Antwort bereits kennt. Prüfungssituation. Sie will es von ihm hören.

»Feind.«

Sie steht auf, tritt ans Fenster, verschränkt die Arme vor der Brust. Plötzlich erstarrt die Luft.

»Warum Feind?«, fragt Frau von Engelbrecht das Fenster.

»Freund ergibt keinen Sinn. Dann hätte Ferrante die Tat ebenso gut selbst verüben können. Als Helmut Malchow erschossen wurde, trug Ferrante noch die Fußfessel. Selbst ohne Zeugen und ohne Aufnahme wüssten wir, dass er sich zum Tatzeitpunkt am Tatort aufhielt. Und dass ein Dritter die Tat begehen sollte, um absichtlich den Verdacht auf Ferrante zu lenken, ergibt keinen Sinn.«

Frau von Engelbrecht wendet Florian den Kopf zu. In

Gedanken ist sie bereits weiter, hat die Kette bis zu Ende gedacht. Und was immer sie dort erblickt – am Ende der Kette –, macht, dass sie einen tragischen Zug um die Augen bekommt.

»Weiter«, sagt sie.

»Vielmehr ist anzunehmen, dass der Täter von der Fußfessel wusste und davon ausging, dass Ferrante so oder so mit dem Mord in Verbindung gebracht werden würde. Er nutzt also die Gelegenheit, als Ferrante abgelenkt ist, erschießt Malchow, lässt im Vorbeigehen die Waffe fallen und entkommt unerkannt.«

»Woher wusste der Täter, dass er Ferrante dort finden würde?«

»Entweder er hat Zugriff auf die Daten der Fußfessel, oder er hat ihm aufgelauert. Oder er wusste, dass Ferrante als Erstes Malchow aufsuchen würde, und ist ihm nach der Entlassung gefolgt.«

»Weiter.«

»Ferrante ist so geschockt, dass er gar nichts kapiert – bis die Gäste aus dem Dartbrunnen kommen, für die die Sache klar ist. Genau wie für uns. Damit scheint der Täter gerechnet zu haben. Bleibt die Frage, warum Ferrante in Panik verfallen ist. Er hat die Waffe nicht abgefeuert, keine Fingerabdrücke, keine Schmauchspuren …«

»Motiv?«

»Offenbar hat es jemand sehr eilig damit, Ferrante wieder hinter Gitter zu bringen. Kaum ist er ein paar Stunden in Freiheit, schon versucht jemand, ihm einen Mord anzuhängen. Die Tat war also ziemlich sicher geplant. Zwei Fliegen mit einer Klappe vermutlich. Eine unliebsame Person aus dem Weg räumen und dabei den Verdacht auf Ferrante lenken.«

»Warum so eilig?«

»Angst. Jemand fürchtet, Ferrante könne ihm gefährlich werden. Eine alte Rechnung.« Florian kommt eine Idee. »Eifersucht? Er hat ein großes Risiko auf sich genommen, um seine Ex-Frau zu treffen – die sich damals so schnell von ihm abgewandt hat und jetzt mit diesem Boxpromoter verheiratet ist …«

»… der damals Ferrantes Comeback-Kampf organisiert hat.«

Frau von Engelbrecht stellt sich vor ihren eigenen Schreibtisch und blickt ihren Kollegen an. Der sieht nur Blumenwiese und atmet ihren Duft ein. Gott, sieht sie traurig aus. Ganz besonders traurig wirkt sie, weil sie versucht, sich nichts anmerken zu lassen. Sie wartet. Bis er von selbst darauf kommt. Und das tut er:

»Oh mein Gott.« Er blickt zu ihr auf. Die Verehrung, die er seiner Vorgesetzten entgegenbringt, erhöht ihn selbst. Frau von Engelbrecht macht ihn besser, schlauer. In ihrer Gegenwart kommt ihm alles intensiver vor, wacher, konzentrierter. »Ferrante war es nicht«, sagt er ohne jeden Zweifel, er weiß es einfach. »Die Frau im Hotelzimmer. Entweder Ferrante ist damals nach allen Regeln der Kunst verarscht worden, oder es war ein Deal, und er hat die Tote auf seine Kappe genommen. In jedem Fall schuldet ihm jemand etwas. Das erklärt auch seine Panik, als die Polizei aufgetaucht ist: Er hat schon einmal unschuldig eingesessen.« Und jetzt begreift Florian auch, weshalb Frau von Engelbrecht so traurig aussieht. »Sie haben damals einen Fehler gemacht.« Sie hätten ihren Zweifeln mehr Raum geben müssen. Und jetzt fühlen Sie sich schuldig. Darf ich Sie trösten?

Frau von Engelbrecht stützt sich mit beiden Händen auf dem Tisch ab. Ihre Bluse gibt den Blick auf einen Teil ihres

BHs frei. Als Florians Blick kurz in ihren Ausschnitt rutscht, tut sie gar nichts, bleibt einfach so stehen.

»Pressekonferenz«, sagt sie. »In einer Stunde will ich alles hierhaben: Zeitung, Fernsehen, alles. Und in der Zwischenzeit setzen Sie sich bitte mit jemandem aus der KTU zusammen und holen uns das brauchbarste Standbild aus den Aufnahmen heraus, das herauszubekommen ist.«

»Geht klar.« Florian klappt seinen Laptop zu und steht auf.

»Danke.« Frau von Engelbrecht kehrt hinter ihren Schreibtisch zurück. »Und, Florian ...«

Er dreht sich zu ihr um. Hat sie ihn wirklich gerade beim Vornamen genannt?

»... Gute Arbeit ...«

Für Florian war das LKA 1 von Beginn an ein Provisorium. Er kennt es nicht anders. Kollegen, die länger hier sind als er – also alle –, haben ihm gesagt, das sei seit Jahren so. Da, wo du tags zuvor noch auf Toilette gegangen bist, sitzen plötzlich zwei Sekretärinnen hinter ihren Schreibtischen, ganze Abteilungen verschwinden über Nacht, ohne dass jemand zu sagen wüsste, wohin. Mit den Durchwahlnummern verhält es sich ähnlich. Entweder es nimmt jemand deinen Anruf entgegen, der garantiert nicht derjenige ist, den du unter der entsprechenden Durchwahl zu erreichen hoffst – das ist der günstige Fall –, oder aber es geht erst gar niemand ran, und du bildest dir ein, mit deinem Anruf in einem der dunklen Räume am Ende eines der endlosen Flure im Keller gelandet zu sein. Es kommt auch vor, dass sich gar nichts tut. Stille. Dann horchst du in die Leitung und fragst dich, ob dein Anruf gerade ins Weltall geschickt wird und du zwei bis drei Lichtjahre warten musst, bevor er auf etwas trifft. Sogar eine Apotheke hatte Florian schon am Apparat – bei einer internen Durchwahl. Wie das geht, konnten ihm nicht einmal die Teckis erklären.

Interessanterweise blieb das Büro von Frau von Engelbrecht von diesen Wirren unberührt. Als würde das gesamte LKA um sie herum saniert. Ihr Büro ist unverändert, ihre Durchwahl ebenfalls. Und als alle anderen auf dem Flur wegen Renovierungsarbeiten ihre Zimmer räumen mussten, wurde vor ihrer Tür eine Rigipsschleuse gebaut und zusätzlich mit Folienbahnen abgeklebt, damit sich kein Staub in ihr Büro verirrte.

Es ist also wenig überraschend, dass Florian, den USB-Stick mit dem Täterfoto in der Hand, fünf Minuten vor Beginn der Konferenz noch immer den richtigen Raum nicht gefunden hat. Natürlich könnte er Frau von Engelbrecht auf ihrem Handy anrufen und sie fragen, aber diese Blöße wird er sich nicht geben, da beißt er sich lieber die Zunge ab. Immerhin hat er herausgefunden, dass er sich im richtigen Flügel befindet, jetzt muss er nur noch ins Erdgeschoss runter und …

Erleichtert zieht Florian die mit dem handgeschriebenen *Presse*-Zettel bezeichnete Tür auf. Und sieht ein abgedecktes Klavier und zwei Männer auf Klappleitern, die sich an den Deckenplatten zu schaffen machen. Wie kommt ein Klavier ins LKA?

»Hier bist du!«

Florian wirbelt herum und sieht sich mit dem bekannten Gesicht einer jungen Kollegin konfrontiert, Tina oder Steffi oder so.

»Ich hab schon versucht, dich auf dem Handy zu erreichen.«

Florian erinnert sich, den Flugmodus aktiviert zu haben,

um sich vor Muriels WhatsApp-Attacken in Sicherheit zu bringen.

»Die Engelbrecht hat mich losgeschickt, dich zu suchen«, erklärt die Kollegin. »Wir warten schon auf dich.«

Florian würde dem Impuls, sich bei seiner Chefin zu entschuldigen, gern widerstehen, doch es gelingt ihm nicht.

»Tut mir leid.«

Sie stehen einander gegenüber. Der holzvertäfelte Raum hat zwei Türen. Eine führt in den Flur, die andere in den Saal mit den Pressevertretern. Gemurmel dringt herein. Das Interesse ist enorm, die gesamte Stadt nimmt Anteil. Der Fall »Lucky« ist der beste Aufmacher seit Langem, besser noch als ein Terroranschlag. Der bleibt ja selbst dann abstrakt, wenn er sich direkt an der nächsten Straßenecke abspielt – man versteht nie, was die Täter antreibt. Bei Ferrante ist das anders. Der ist so menschlich. Lucky ist ein Berliner Kiezkind, wie es sie eigentlich gar nicht mehr gibt: hat eine Menge Scheiße gefressen, kommt aus der Gosse, ein Kämpfer. Und irgendwie ist er immer Kiezkind geblieben. Einem wie Lucky möchte man alles verzeihen. Selbst die, die ihn für schuldig halten, hoffen, dass er davonkommt.

Frau von Engelbrecht hat schon wieder ein neues Outfit an. Blumenbluse ade. Graues Kostüm, weiße Bluse, Absatzschuhe, schmale Goldkette. *Business at its best*. Außer Atem reicht Florian ihr den USB-Stick mit dem bearbeiteten Foto, doch statt des Sticks nimmt Frau von Engelbrecht gleich seine ganze Hand zwischen ihre.

»Das macht doch nichts«, sagt sie, und die Ruhe legt sich um seinen Hals wie ein Kaschmirschal. »Sind Sie bereit?«

»Wofür jetzt?«

»Ich möchte Sie mit auf dem Podium haben.«

Als Frau von Engelbrecht vor die Mikrofone tritt, bemerkt Florian, der sich im Hintergrund hält, zufriedene Gesichter bei den Vorgesetzten. Seine Chefin ist alles andere als beliebt, doch ihr Auftreten ist souverän, makellos, vollendet, ihre Stimme angemessen ernst. Sie ist geeignet, das Image der Kripo zu heben, landesweit, vielleicht sogar bundesweit. Noch nie hat Florian sie so warm erlebt.

Sie bedankt sich bei allen, die so zeitnah reagieren konnten, spricht von neuen Erkenntnissen und davon, dass sie sich von der Presse Hilfe erhoffe, bevor ein vermeidbares Unglück geschehe. Auf der Leinwand hinter ihr wird das Bild des mutmaßlichen Täters präsentiert: bulliger Kopf, bulliger Körper, Bomberjacke, möglicherweise ein Tattoo im Nacken. Allein in Neukölln laufen von der Sorte zweitausend Typen herum, im Wedding sieht es ähnlich aus.

Dieses Foto – wiewohl nicht besonders aussagekräftig – sei derzeit leider der einzige Anknüpfungspunkt, führt Frau von Engelbrecht aus. Es sei davon auszugehen, dass dieser dringend tatverdächtige Mann sowohl zu Stefano Ferrante als auch zu Helmut Malchow in irgendeiner Beziehung stehe.

Florian, der vom Flugmodus in den Rund-um-die-Uhr-Modus zurückgekehrt ist, spürt diverse Vibrationen in der Hosentasche. Er tritt einen weiteren Schritt zurück und checkt unauffällig die eingegangenen Nachrichten. Zweimal hat seine Chefin ihn anzurufen versucht, außerdem hat sie eine SMS geschickt. *Es wäre schön, ich könnte der Presse zu Beginn der Konferenz ein Täterfoto präsentieren.* Außerdem eine WhatsApp-Message, Foto inklusive. Muriel, welche Überraschung. Noch überraschender: Sie hat ein Selfie mitgeschickt. Übertriebener Schmollmund, frisch ondulierte Haare, zu viel Schminke – meine Güte, das halbe

Foto besteht aus Lippenstift – *ready for party*. Die Textmessage lautet: *Ich warte, aber nicht mehr lange.* Und in diesem Moment wird ihr angezeigt, dass Florian sie gelesen hat.

Er blickt auf und sieht, was sonst niemand im Saal sehen kann, weil das Podium Frau von Engelbrechts Beine vor den Blicken schützt: wie sie mit dem rechten Fuß über die linke Wade reibt. Von der Hüfte aufwärts ist sie die Ruhe selbst, das einzige Zeichen ihrer Nervosität offenbart sich ausschließlich ihm.

Wir versuchen hier, einen Mord aufzuklären, tippt Florian, zögert, schickt die Message ab. Täuscht er sich, oder macht sich Muriel verdächtig, indem sie so insistiert? Wo sie doch sonst, wenn sie mit ihrer Peergroup unterwegs ist, eher weniger Wert auf seine Anwesenheit legt. Baut sie sich gerade ein moralisches Hintertürchen, indem sie darauf drängt, dass er mitkommt? Nach dem Motto: Ich hab ihm x-mal gesagt, er soll mitkommen, aber er wollte ja unbedingt diesen Mord aufklären. Mit anderen Worten: Sollte die arme Muriel den Avancen von Bakr irgendwann nicht mehr standhalten können, trägt ganz klar Florian die Schuld.

Florian wartet im Besprechungsraum auf seine Chefin, während ihm diese Gedanken durch den Kopf gehen. Frau von Engelbrecht ist noch im Saal und nimmt die warmen Worte ihrer Vorgesetzten entgegen. Die Konferenz ist beendet. Erneut vibriert Florians Smartphone. Und natürlich erscheint genau in dem Moment Frau von Engelbrecht in der Tür, da er sich Muriels Message reinzieht.

Last chance … Keine lustigen Emojis mehr, keine sexy Selfies, keine neckischen Spielchen. Last chance.

»Entschuldigung.« Er wiegt sein Smartphone in der Hand,

weiß nicht, was er tun soll, und blickt zu Frau von Engelbrecht auf. »Kinderkram«, erklärt er.

Frau von Engelbrecht bedenkt Florian mit einem Blick, der alles bedeuten kann: Geht mich nichts an. Ich war auch mal jung. Oder aber: Wenn's Kinderkram ist, warum spielst du das Spiel dann mit? Warum nicht ins Erwachsenenlager wechseln?

Ich schalte mein Handy jetzt aus. Viel Spaß.

Er aktiviert den Flugmodus.

»Sie waren …«, er sucht nach einer angemessenen Formulierung für Frau von Engelbrechts Auftritt, »… echt gut.«

Sie überlegt einen Moment. »Im Grunde ist es ganz einfach: Die Bürger haben den sehr verständlichen Wunsch, dass da jemand ist, der sich kümmert, der die Diagnose kennt, der weiß, was zu tun ist, und die Verantwortung übernimmt. Wenn es Ihnen gelingt, das Gefühl zu vermitteln, Sie wären dieser Jemand, dann sind alle dankbar.«

»Klingt berechnend.«

»Es ist vor allem menschlich.« Ihr Blick richtet sich nach innen. »Nach meiner Erfahrung erlebt jeder früher oder später Situationen, in denen er sich jemanden wünscht, der ihm die Verantwortung abnimmt, in dessen Hände er sich begeben und dem er vertrauen kann.«

»Und wie vermittelt man dieses Gefühl?«

»Stellen Sie sich einfach vor, Sie wären ein genialer Arzt, würden einen Tumor entfernen, und danach wäre alles gut.«

Florian lässt sein Handy in die Hosentasche gleiten. »Was machen wir jetzt?«

»Nun, die einzigen Menschen, von denen wir sicher wissen, dass Ferrante sie nach seiner Entlassung aufgesucht hat, sind sein ehemaliger Trainer und seine Ex-Frau.«

»Ich wüsste gern, wie sie reagiert, wenn wir ihr das Täterfoto unter die Nase halten«, überlegt Florian.

»Ich auch.« Frau von Engelbrecht streift sich ihren Babykamelhaarmantel über. Sie deutet ein Lächeln an. »Aber vorher gehen wir etwas essen.«

16

Bis Lucky mit seinem Klapprad von Neukölln nach Charlottenburg gefahren ist, sind seine Finger klamm, die Zehen taub, und jeder Tritt in die Pedale geht mit einem Stich im Knie einher. Wie ein alter Mann steigt er ab, lehnt das Rad gegen die Fassade und lässt die Fingerknöchel knacken. Dann zieht er die Tür des Bürger-Eck auf.

Die Kneipe ist so alt wie das Haus, in dem sie residiert. Zum Beweis hängt eine gerahmte Zeichnung an der Wand, von Zille. Der Pinselheinrich persönlich hat 1908 mit einigen flüchtig hingeworfenen Kohlestrichen die Atmosphäre festgehalten. Viel verändert hat sich seither nicht. Der Tresen ist derselbe geblieben, die Wandvertäfelung ebenfalls, selbst die Haltung der drei einsamen Gestalten an der Theke unterscheidet sich nur unwesentlich von denen auf der Zeichnung. Einzig der Flatscreen über der Theke – den gab es damals nicht.

Babsi ist nicht wiederzuerkennen. Ihre Traurigkeit und ihr verkümmertes Selbstwertgefühl haben sich in einen toten Winkel ihrer Seele verkrochen und einer aufrechten, attraktiven Frau Platz gemacht. Die sechs Meter hinter dem Tresen sind ihr Reich, ihre Bühne. Hier wird sie gesehen, hier blüht sie auf. Selbst einfache Handgriffe zeugen von einer Selbstsicherheit, die ihr sonst völlig abgeht. Trotz der leichten Schwellung ihrer linken Gesichtshälfte hat sie die Haare hochgesteckt, fast schon ist es ein Statement – na und, kann jeder sehen –, eine Strähne fällt ihr in den Nacken, außerdem trägt sie ein eng sitzendes Shirt mit einladendem Dekolleté. Zwei der drei Männer an der Theke haben nur Augen für sie und dieses Dekolleté, der Dritte nur für sein Bier.

In dem Moment, da Lucky die Kneipe betritt, erstarrt Babsi in der Bewegung. Wie im Film. Als hätte sie es sich abgeschaut. Ihre Augen blicken alarmiert: Die suchen dich doch überall! Sie möchte Lucky beschützen, wollte sie immer schon, vor den anderen, der Welt – und vor sich selbst. Ihn retten. Das ist das Ding bei Lucky: Er trägt diesen selbstzerstörerischen Virus mit sich herum, und Frauen wie Babsi ernähren sich von Selbstaufopferung. In Babsis Vorstellung ist Lucky die Wüste und sie das Wasser, in Wahrheit ist es umgekehrt. Es gibt Paare, die das ein Leben lang zusammenhält.

Lucky weiß sofort, dass sich hier alles entscheiden wird – in dieser aus der Zeit gefallenen Kneipe, die zwei Weltkriege erlebt hat und das Wissen um ungezählte Schicksale hütet. Hier, das merkt er beim Hereinkommen, wird sich auch sein eigenes Schicksal erfüllen. Er spürt dem Gewicht der Pistole in seiner Manteltasche nach. Bis jetzt hat ihn ihre Gegenwart eher nervös gemacht – ein Fremdkörper –, inzwischen geht etwas Beruhigendes von ihr aus. Unverrückbar. Verlässlich.

Ohne dass jemand Notiz von ihm nähme, setzt Lucky sich neben den Typen, der über seinem halb leeren Bierglas meditiert. Der Mann selbst bemerkt Lucky erst, als Babsi sagt: »Willst 'n Bier?«, und er sich fragt, weshalb er schon wieder ein frisches wollen soll, wo doch seins noch halb voll ist. Dann erst checkt er, dass da jemand neben ihm sitzt, und er zuckt kurz zusammen.

»G-gerne«, antwortet Lucky.

Aus dem Augenwinkel schielt der Typ, der übrigens Stefan heißt, zu Lucky hinüber. Er fragt sich, seit wann der wohl neben ihm sitzt, ob der schon länger da ist und vielleicht schon mit ihm geredet hat, nur dass er selbst es mal wieder nicht mitgeschnitten hat. Ist ja immer eher unangenehm – wenn du einen was fragst, und dann merkst du an der Reaktion, dass du das schon gefragt *hast*. Passiert Stefan häufiger mal.

Wie mit der Zeitung neulich. Wann war das? Gestern oder so. Muss Monatsanfang gewesen sein, da ist immer noch Geld für Zeitung über. Jedenfalls ist Stefan runter und hat sich beim Edeka an der Ecke eine BZ und eine Schachtel Marlboro gekauft, und als er hochkam, lagen die BZ und die Zichten schon auf dem Küchentisch. Les ich die BZ eben zweimal, hat er sich gedacht und gelacht. Musst du mit Humor nehmen so was, weil, wenn du den verlierst, dann kannst du dich gleich einbuddeln.

Kommt natürlich von der Sauferei, da gibt's nichts zu beschönigen, weiß er selber. Aber da kommt er jetzt auch nicht mehr weg von, muss man sich nichts vormachen. Im Grunde funktioniert das mit der Sauferei ja auch ganz gut, schließlich trinkt er, um zu vergessen, die Gedanken nicht mehr so wichtig zu nehmen. Nur dass du dann eben auch Zeug vergisst, das du eigentlich behalten wolltest.

Die meiste Zeit hat er es ganz gut im Griff: das erste Bier nicht vor mittags und dann immer schön sachte, gut einteilen, harte Sachen überhaupt erst nach acht. Nur heute nicht, heute hat er's nicht im Griff, weil, heute will er's gar nicht im Griff haben, da hat er sich schon mittags den ersten Futschi gegönnt. Heute ist nämlich der 14. November. Da ist ihm glatt die Zeitung aus der Hand gefallen, als er das gesehen hat. Momentchen mal. Das mit der BZ muss *heute* gewesen sein! Auf der, die auf dem Tisch lag, hat er das Datum gelesen, und die andere ist ihm dann aus der Hand gefallen. Da war dann auch vorübergehend Schluss mit Humor.

»P-prost.«

Der Typ neben Stefan hält ihm sein frisch gezapftes Bier zum Anstoßen hin, und dann sieht Stefan, dass auch er ein frisches vor sich hat. Und einen Kurzen. Dabei war sein altes eben noch halb voll. Na ja, er wird's schon getrunken haben, die Babsi stellt ihm ja nicht einfach so ein neues hin, ohne zu fragen. Ist gut, wenn's frisch ist. Geht runter wie nix.

Sitzt bestimmt schon länger da, der Typ. Komischer Aufzug. Und ein Gesicht wie eine gammelige Aubergine. Würde Stefan nicht mit rumlaufen wollen, so einem Glitzertrainingsanzug. Andererseits: Was geht's ihn an? Jeder nach seiner Fasson, wie der alte Dings gesagt hat, der mit den Lockenwicklern.

»Prost.«

Sie stoßen an.

»Ganz schön k-krass draußen.«

Entweder der Typ stottert, oder Stefan hört ihn nicht richtig. Beides grundsätzlich möglich. »Hm-m.«

»Der N-nebel.«

Stefan erinnert sich: »Stimmt. Der ist ganz schön dicht.«

»Genau w-wie du.«

Sie lachen und stoßen erneut an. Ist wie mit der Zeitung heute Morgen: musst du mit Humor nehmen. »Is richtig«, sagt Stefan. »Aber …« Er trinkt das halbe Bier in einem Zug. »… gibt 'n Grund.«

»'N Grund g-gibt's immer.«

»Is richtig, Aber heute gibt's einen, der zählt.«

Lucky sieht ihn an.

Stefan wartet – einen Tick zu lange. Die Wehmut kommt wie eine schwarze Spinne die Speiseröhre hinaufgekrochen. Mit dem Schnaps spült er sie in seine Eingeweide zurück.

Er stößt auf. »Hochzeitstach.«

»Gl-lückwunsch.«

»Silberhochzeit.«

»Du hast heute S-silberhochzeit?«

»Is richtig.«

Sie trinken.

»Und deine F-frau?«

»Hat sich scheiden lassen.«

»Du bist gesch-schieden und feierst Silberh-hochzeit?«

»Is ja nicht hier – Iris. Kann ich feiern, wie ich will.«

Sie trinken, bis die Gläser leer sind.

Stefan sagt: »Vor fünfundzwanzig Jahren geheiratet, vor zweiundzwanzig geschieden.«

Lucky blickt zum Flatscreen empor. Auf der Stadtautobahn hat es ordentlich gekracht. Sie zeigen Bergungsfahrzeuge, von denen wenig mehr zu erkennen ist als die Einsatzlichter. Der Rest ist Nebel – als wäre der Fernseher defekt.

»K-kenn ich«, sagt Lucky.

Stefan versucht, ihn scharf zu stellen. In seinen Tränensäcken könnte man Fische züchten, so groß sind die. Wie Euter.

»Scheidung«, erklärt Lucky.

»Is richtig.«

Lucky sieht, wie Babsi ihnen neue Biere zapft, und gibt ihr unauffällig ein Zeichen. Erst versteht sie nicht – wie sie das alles nicht versteht, was hier in den letzten fünfzehn Minuten vor sich geht –, schließlich aber weiß sie Luckys Zeichen zu deuten und füllt nur Stefans Schnapsglas mit Hochprozentigem, Luckys dagegen mit Wasser. Nüchtern bleiben.

»Meine ist jetzt mit meinem Manager verh-heiratet. Ex-Manager.«

»Ex-Frau und Ex-Manager«, versichert sich Stefan.

»Korrekt.«

»Wozu brauchst'n du 'n Manager?«

»K-kampfsport. Ist aber nicht mehr.«

Zum Beweis zeigt Lucky seinen Handrücken vor.

Stefan pfeift anerkennend durch die Zähne. »Manager sind eh alle Fotzen«, stellt er mit lahmer Zunge fest, wobei unklar ist, ob seine Wortwahl nicht der Tatsache geschuldet ist, dass er heute so viel an Iris denken muss. Apropos: »Meine hat 'n Autoverkäufer geheiratet. Aus Duisburg.«

»Vor zweiundzwanzig Jahren.«

»Is richtig. Ist dann auch sofort schwanger geworden – Iris.« Stefan kann kaum noch die Augen offen halten. »Zwei Kinder, die sind jetzt auch schon erwachsen. In Duisburg, Alter. Wer geht denn freiwillig nach Duisburg?«

Babsi tauscht die leeren Biergläser gegen volle aus, stellt die Schnapsgläser daneben. Stefan bekommt seins erst im zweiten Anlauf zu fassen. Sie stoßen an.

»Ich bin übrigens der Stefan«, lallt Stefan. »Hab ich das schon gesagt?«

»G-glaub nicht. Stefano.«

»Nee, Stefan.«

»Ich m-mein mich. *Ich* heiß S-Stefano.«

»Is ja 'n Ding.«

Sie trinken.

»Was is'n das – Stefano? Griechisch, oder was?«

»Italienisch.«

»Is richtig.«

Nach diesen Worten sinkt Stefan vorübergehend in das Silberhochzeitsschweigen zurück, aus dem er hervorgekommen ist. Lucky hat derweil eine Begegnung der besonderen Art: Er sieht das Schwarz-Weiß-Foto, das sie bei seiner Festnahme von ihm gemacht haben und das damals durch sämtliche Zeitungen ging. Es schwebt über ihm auf dem Flatscreen. Sein Gesicht sah nach dem Fight einigermaßen ramponiert aus, der Grund aber, weshalb es Lucky bis heute einen Stich versetzt, ist, dass er sich beim Anblick sofort wieder fühlt wie nach dem Kampf: dumm und verarscht. Ein naives Kind, eingenäht in ein schlecht sitzendes Boxerkostüm. Er hasst dieses Foto – wie er sich selbst hasst für das, was er damals getan hat.

Zuerst denkt Lucky, dass es nur wieder eine Suchmeldung ist und sie die Bevölkerung um Mithilfe bitten, und er wundert sich ein bisschen, wie gleichgültig ihm das ist – selbst als Stefan neben ihm ebenfalls zum Flatscreen emporblickt. Unterdessen ist eine Frau zu sehen, die in ein Dutzend Mikrofone gleichzeitig spricht und irgendwie unglücklich wirkt – als hätte man ihr Kind entführt oder so. Lucky kann nicht hören, was sie sagt, und weiß auch nicht, ob das noch mit ihm zu tun hat oder die längst über etwas anderes berichten, aber dann wird ihm klar, dass ihm dieser unglückliche Blick schon begegnet ist, und er erkennt die Kommissarin wieder, die ihn damals befragt hat. Irgendeine Adelstussi mit »von« im Namen. Wollte lauter Sachen wissen, auf die er keine Antworten hatte.

Am unteren Bildrand wird ein Text eingeblendet, und wenn Lucky den richtig versteht, geht es um neue Erkenntnisse, aber plötzlich ist gar nicht mehr wichtig, was da steht, denn jetzt wird ein sehr unscharfes Bild von einem Typen mit Bomberjacke eingeblendet, der offenbar tatverdächtig ist. Viel zu sehen ist darauf nicht – der Eingang zum Dartbrunnen und zwei Männer, Lucky und, halb verdeckt, Helmut –, aber man sieht einen Stiernacken und etwas, das ein Tattoo sein könnte, und das, zusammen mit den Klamotten und der Haltung dieses Typen, sagt Lucky, dass er diesen Nacken heute schon einmal gesehen hat.

»Irgendwie kommst du mir bekannt vor«, quatscht Stefan von der Seite rein.

Klar, denkt Lucky, du hast mich ja auch vor fünf Sekunden im Fernsehen gesehen. »Gl-laub nich.«

»Als würde ich dich kennen. Ist wie … Deschawü, oder was.«

»Nicht, dass ich w-wüsste.«

»Echt nicht? Klingelt da nichts bei dir, wenn du mich siehst? Ich sah anders aus früher …«

Lucky blickt ihn an: »Gibt sowieso keine Brücke, die die Vergang-genheit mit der Gege-gegenwart verbindet. Das denken wir bloß immer – dass es so ist. Ist aber nicht. Die Vergangenheit existiert nicht mehr.«

Stefan sieht ziemlich verloren aus.

»Soll heißen, dass deine Frau nicht zu dir zur-rückkommt«, erklärt Lucky. »Dass sie weg ist. Da kannst du bis zur goldenen H-hochzeit hier sitzen. Ändert nichts.«

Stefan hat Tränen in den Augen. »Is richtig.«

Er könnte aus der Deckung kommen, überlegt Lucky, während er über dem Pissoir steht und seinen Urinstrahl betrachtet. Zu der Kommissarin mit dem »von« im Namen gehen und sich stellen, wo sie doch jetzt einen neuen Verdächtigen haben. Und vielleicht würde sich alles aufklären – dass Lucky es nicht gewesen ist, weder der Mord an Helmut noch der an dieser Djamila. Und vielleicht würde die Kommissarin sogar den Richtigen festnehmen, schließlich weiß Lucky, wer der Mörder ist, und er ist sicher, dass es in beiden Fällen derselbe war. Mit Beweisen ist es allerdings so eine Sache. Manchmal hast du die richtigen, und der Täter läuft trotzdem frei herum, und manchmal hast du welche, die wie die richtigen aussehen, und sie sperren den Falschen ein.

Und eins ist ohnehin klar: Egal, wie es kommt – immer vorausgesetzt, Lucky stellt sich tatsächlich der Polizei –, die Geschichte ist danach für ihn noch nicht erledigt. Es ist, wie Helmut gesagt hat, Lucky ist ein Risiko, eine Bedrohung. Nino und Marcello können sich erst sicher fühlen, wenn er wieder im Knast sitzt oder, noch besser, mit dem Gesicht nach unten in der Spree treibt. Denn freiwillig werden sie ihm sein Geld nicht geben. Und noch ein Gedanke, der wichtigste von allen: Gesetzt den Fall, sie verhaften zur Abwechslung mal den Richtigen, kann Lucky dann Frieden schließen mit seiner Vergangenheit, kann er sie dann loslassen, endgültig, und seinen scheiß Schmerz umarmen?

Vor seiner Entlassung meinte Mongo zu ihm, dass »jetzt« immer der beste Moment sei, um dem Leben eine neue Richtung zu geben. Und wenn du das letzte und das vorletzte Jetzt verpasst hast, macht das nichts. Du kannst an jeder beliebigen Stelle einen Cut machen. Aber du kannst ihn nur jetzt machen. Komplex, aber irgendwie auch logisch. Mongo meinte außerdem, dass vielen Menschen dieser Schnitt nur deshalb so schwerfalle, weil sie in der Vorstellung lebten, dass jeder Moment ihres Lebens eine Fortsetzung des vorherigen sei, als wären sie darin gefangen oder so. Aber jeder Moment sei neu, und wer das einmal verinnerlicht habe, der habe seine Ich-Bezogenheit irgendwie überwunden und sei zum Leben erwacht. So hat er sich ausgedrückt: zum Leben erwachen, hat er gesagt. Lucky betrachtet sein Spiegelbild.

Sieht so einer aus, der zum Leben erwacht ist? Er ist nicht länger der Typ auf dem Schwarz-Weiß-Foto, so viel sieht er. Aber wer ist er dann?

Etwas tropft von seinen Fingern, also zieht er sich ein paar von diesen grünen Papierhandtüchern aus dem Spender und trocknet sich die Hand ab, und erst als er die Handtücher in den an der Wand befestigten Drahtkorb fallen lässt, sieht er, wie blutig sie sind. Zwei Knöchel seiner Führhand sind aufgerissen. Auf der Suche nach einer Erklärung stellt er fest, dass der Spiegel über dem Waschbecken gesprungen und sein Spiegelbild von zahllosen Rissen durchzogen ist – dass er ihn eingeschlagen hat, ohne sich dessen bewusst zu sein –, und er spürt den Schmerz, den er so lange vermisst hat.

Er schlägt noch einmal zu, richtig diesmal, eine saubere Gerade. Scherben fliegen durch den Raum, und mit einem Klirren rieseln die Reste des Spiegels ins Waschbecken und auf den Boden. Es knirscht unter den Schuhsohlen. Der Schmerz kommt langsam, aber als er da ist, ist er eine Welle der Erleichterung, ein Aderlass, der den Frust der letzten Tage aus seinem Körper spült. Lucky ist wach jetzt, richtig wach. Wenn sie ihn aus dem Weg haben wollen, müssen sie ihn auf einer Bahre aus dem Ring tragen. Es kommt nicht darauf an, wer mehr Treffer kassiert, es kommt darauf an, wer länger stehen bleibt. Jetzt, Lucky. Jetzt ist immer der beste Moment. Und der einzig mögliche.

Als er in den Gastraum zurückkehrt, ist Stefan über seinem Bierglas eingeschlafen. Lucky hat sich eine Handvoll der grünen Tücher um die Finger gewickelt und den Handschuh drübergezogen. Doch es muss auf der Toilette noch etwas anderes mit ihm geschehen sein, denn als Babsi ihn sieht, fragt sie nicht, ob er noch ein Bier möchte, sondern: »Was hast du vor?!«

Mit dem Kinn deutet Lucky auf den schlafenden Stefan: »Wenn er aufw-wacht, sag ihm, ich bin-n noch auf Klo.«

»Wo willst du hin?«

Lucky möchte ihr sagen, dass es ihm leidtut, dass er sie nie gesehen hat, damals. Doch das würde nichts besser machen, vielleicht nur schlimmer. Außerdem existiert die Vergangenheit nicht mehr – ganz egal, wie viel du über sie nachdenkst oder wie sehr du unter ihr leidest.

»Bin gleich w-wieder da.«

17

Aus Richtung der nahen Autobahn ist ein vielstimmiger Chor aus Martinshörnern zu vernehmen. Morgen wird in der Zeitung zu lesen sein, dass sich auf dem Stadtring die größte Massenkarambolage der Berliner Stadtgeschichte zugetragen hat. Hundertdreizehn Fahrzeuge schiebt es da gerade ineinander. Doch es wird nur drei Verletzte geben, keine Toten. Die gibt es in dieser Nacht anderswo.

Der Nebel hat sich noch einmal verdichtet. Alles beginnt erst zu existieren, wenn man praktisch dagegengerannt ist. Kaum einer traut sich noch auf die Straße, die Autos tasten sich im Gänsefüßchentempo über den Asphalt. Lucky könnte, ohne es zu wissen, auf einem einsamen Kanaldeckel im Weltall schweben, umgeben von zweitausend Lichtjahren leerem Raum. Etwas Ähnliches hat er schon einmal erlebt – als Helmut mit ihm Höhentraining in den französischen Alpen gemacht hat. Da sind sie auf dreitausend Meter durch den Nebel gejoggt, ohne bis zur nächsten Markierung sehen zu können, und dann riss einmal kurz die Nebeldecke auf – wie ein Augenzwinkern –, und Lucky sah, dass es direkt neben ihm tausend Meter senkrecht in die Tiefe ging. Danach hatte er ständig das Gefühl, sein Gleichgewicht halten zu müssen. Vorher nicht. Manchmal fühlst du dich sicherer, wenn du keine Ahnung hast, was um dich herum ist.

Sein Fahrrad unter dem Arm, rutscht er das nasse Gras hinunter, steigt über die S-Bahn-Gleise und arbeitet sich auf der anderen Seite die Böschung wieder hinauf. Dann steht er vor der graffitibesprühten Betonmauer, die den Außenbereich des Garten Eden vor unliebsamen Blicken schützt. Niemand soll sehen, wer sich hier im Sommer in den Whirlpools tummelt oder sich an der frischen Luft einen blasen lässt. Ebenso wenig möchten die Herrschaften gefilmt werden, weshalb es in diesem Bereich auch keine Kameras gibt. Das jedenfalls war der Stand vor dreieinhalb Jahren, und Lucky wüsste nicht, weshalb sich daran etwas geändert haben sollte.

Er lehnt das Klapprad gegen die Mauer, steigt auf den Sattel, schwingt sich über die Kante und landet mit einem sanften Rascheln in einem Beet aus feinem Kies. Natürlich ist der Außenbereich geschlossen und winterfest verschnürt. Die Whirlpools sind abgedeckt, die Bar ist verrammelt. Jenseits der Mauer zu seiner Linken befindet sich der Parkplatz für solche Gäste, die den Garten Eden durch den Hintereingang betreten dürfen. Solche wie Marcello. Auf diesem VIP-Parkplatz gab es, wenn Lucky sich richtig erinnert, zwei Kameras: eine über der Schranke an der Einfahrt und eine über dem Hintereingang. Keine an der Mauer, hinter der er sich gerade befindet. Er steigt auf einen vollgeregneten Standaschenbecher, in dem drei aufgequollene Zigarettenstummel treiben, zieht sich auf die Mauer und setzt zum Sprung an, als er hört, wie sich mit einem elektronischen Klicken die stählerne Hintertür öffnet.

»Wollen die mich verarschen?«, hört Lucky eine Stimme. Marcello. Keine fünf Meter von ihm entfernt. »Ich kann nicht mal sehen, wo mein Wagen steht.«

»Wirst ihn schon finden«, antwortet Nino.

Lucky sitzt auf der Mauer und lauscht dem Geräusch der Schritte, die auf ihn zusteuern. Direkt unter ihm wird ein Wagen entriegelt, eine Tür geöffnet.

»Hab ihn!«, ruft Marcello.

Nino ist offenbar bei der Tür stehen geblieben. »Schön für dich. Fahr vorsichtig. Und scheiß dir nicht in die Hose. Um alles andere kümmere ich mich.«

Die Tür des Wagens schließt sich, 420 PS werden aus dem Schlaf geweckt. Zwei Lichter stochern im Nebel, der Wagen schleicht vom Parkplatz und verlässt mit einem Testosterongrollen das Gelände.

»Wieso steigt jemand, der sich ständig einkackt, ins Boxgeschäft ein?«, fragt Nino mit seiner heiseren Piepsstimme.

Im ersten Moment denkt Lucky, Nino redet mit ihm und weiß, dass er auf der Mauer sitzt. Dann aber antwortet Schlepper mit seinem gelangweilten Bariton: »Weil er keine Fantasie hat?«

»Nicht schlecht, Großer.« Lucky hört ein Rascheln. »Gib mal Feuer.«

Zwei Züge lang passiert gar nichts, außer dass jenseits der Mauer eine S-Bahn durch die Nacht rauscht.

»Bist du dir sicher«, fragt Nino, »dass es Lucky war, den du vorhin gesehen hast?«

Lucky erinnert sich an den Moment, als Schlepper und Nino ihn beinahe überfahren hätten und dann an ihm vorbei vom Parkplatz des Huxleys gerollt sind.

»Denke schon«, antwortet Schlepper gedehnt. Und dann: »Nervös?«

»Nicht im Mindesten, Großer. Wir warten einfach, bis sie ihn einkassiert haben. Kann nicht lange dauern.«

Offenbar ist die Information, dass inzwischen ein anderer gesucht wird, noch nicht bis zu Nino und Schlepper vorgedrungen. Lucky überlegt, ob das gut für ihn ist oder schlecht oder keins von beidem, und beschließt, dass es keine Rolle spielt.

»Ich geh mal rein und schick die Hälfte der Mädels nach Hause«, sagt Nino. »Bei dem Wetter sitzen die Freier lieber vor der Glotze und wichsen sich einen.« Lucky hört, wie eine Zigarette ausgetreten wird. »Du bleibst hier. Kannst schon mal den Wagen klarmachen.«

»Doch nervös?«, fragt Schlepper.

»Reine Vorsichtsmaßnahme. Geh mir nicht auf die Eier.«

Auf dem Tastaturfeld neben der Stahltür wird eine Kombination eingegeben, Sesam öffnet sich, und Lucky nutzt die Gelegenheit, sich möglichst geräuschlos an der Mauer herabgleiten zu lassen. Die Tür schließt sich beinahe im selben Augenblick, in dem Luckys Füße den Boden berühren. Aber eben nur beinahe.

»Hallo?«, fragt Schlepper.

Lucky spürt, wie Schlepper seine Ohren justiert, und regt sich keinen Millimeter. Irgendwann zieht Schlepper eine Zigarette aus der Packung und gibt sich Feuer. Schritte auf dem Asphalt, einer, noch einer. Auf Lucky zu. Der tastet nach seiner Pistole, entriegelt sie unhörbar in der Manteltasche, zieht sie heraus und hält sie auf Kopfhöhe von sich gestreckt. Mit jedem Schritt von Schlepper korrigiert Lucky die Richtung um ein paar Zentimeter. Bereits die Mündung steckt so tief im Nebel, dass sie nicht mehr zu sehen ist, und so kommt es, dass Lucky die bemützte Stirn von Schlepper zuerst an der Mündung seiner Pistole spürt, bevor er sie sieht. Das nennt man dann wohl »ins offene Messer gelaufen«.

Sehr langsam nimmt Schlepper seine Zigarette aus dem Mund. Der Typ hat tatsächlich einen Schädel wie eine Kanonenkugel. Eine Kanonenkugel mit Mütze. »Keine gute Idee, Lucky.«

»Nimm die H-hände da hin, wo ich sie sehen kann.«

Schlepper nimmt die Hände nirgendwohin.

Um seiner Forderung Nachdruck zu verleihen, bohrt Lucky den Lauf in Schleppers Stirn. »Die ist echt«, unterstreicht er.

Langsam bewegt Schlepper seine Hände in Luckys Blickfeld, er zieht an seiner Zigarette, bläst den Rauch aus. »Klar ist die echt. Damit hast du ja schließlich auch Helmut umgelegt.«

»Das w-warst du.«

»Wie kommst du denn auf das schmale Brett?«

»Gibt 'n-ne Aufn-nahme. Die suchen jetzt nach einem m-mit Bom-mberjacke und Tattoo im Nacken.«

»Und warum laufe ich dann noch frei rum?«

»Ist unsch-scharf. Die wissen nicht, dass du's bist. Ich sch-schon.«

Damit scheint ein vorläufiger Schlusspunkt erreicht zu sein. Allerdings können sie schlecht so stehen bleiben, und da von Lucky nichts weiter kommt, zieht Schlepper noch einmal an seiner Zigarette und sagt:

»Ist echt keine gute Idee, Lucky. Nimm die lieber runter. Du bist keiner, der andere umlegt.«

»Du hast H-helmut erschossen. *Das* war keine gu-ute Idee.«

»Und wie geht's jetzt weiter?«

»M-mütze und Jacke.«

»Du willst meine Mütze und meine Jacke?«

»L-laber nich rum.«

Schlepper zieht sich die Mütze vom Kopf und gibt sie Lucky, der sie aufsetzt und sich in die Stirn zieht. Anschließend reicht Schlepper ihm die Jacke. Lucky wiegt sie in der Hand. Eine Pistole ist da nicht drin. Ein Messer vielleicht oder ein Schlagring. Aber keine Pistole. Das bedeutet, sie ist im Wagen. Schlepper kutschiert Nino nicht durch die Gegend, ohne eine Pistole in Reichweite zu haben.

Lucky hält die Jacke am ausgestreckten Arm: »Autosch-schlüssel.«

Schlepper fummelt den Autoschlüssel aus der Tasche.

»Wo ist der W-Wagen?«

»Du stehst davor.«

»Aufm-machen.«

Schlepper entriegelt den Bentley.

»Einsteigen. Sch-schlüssel aufs Dach. Hände ans Lenkr-rad.«

Schlepper legt den Schlüssel auf das Autodach, zieht die Tür auf, setzt sich hinter das Steuer.

»Hände durchs-s Lenkrad.«

Er streckt die rechte Hand durch die obere, die linke durch die untere Hälfte. Lucky legt die Bomberjacke über die Tür und zieht die Kabelbinder aus der Manteltasche, die er vorhin im Bauhaus hat mitgehen lassen.

»Ü-über Kreuz«, befiehlt er.

»Was soll'n das geben?«

Statt zu antworten, klopft Lucky ihm freundschaftlich mit dem Pistolengriff gegen die Schläfe, ein kleiner Cut nur, drei Stiche, keine große Sache. Schlepper gibt ein Geräusch von sich, als wäre er gerade widerwillig geweckt worden, führt aber seine Hände über Kreuz und durch die Lenkradöffnungen.

Lucky bohrt ihm die Mündung des Laufs in den frischen Cut. Da bekommt sogar einer wie Schlepper schlechte Laune. »Stillhalten«, mahnt er, führt mit der freien Hand den Kabelbinder um Schleppers rechtes Handgelenk und das Lenkrad, fädelt das Ende ein und zieht so fest zu, dass Schleppers Hand augenblicklich anzuschwellen beginnt. Anschließend macht er dasselbe mit der linken Hand. Danach ist Schlepper praktisch bewegungsunfähig.

»Keine gute Idee, Lucky«, sagt der nur.

»Da kannst du einen kleinen Elef-fanten dran aufh-hängen.« Lucky wischt den Pistolenlauf an Schleppers Ärmel sauber, tastet das Türfach ab, checkt den Fußraum und findet Schleppers Pistole schließlich unter dem Fahrersitz. Jetzt hat er zwei. Die darf er nicht verwechseln.

»Du solltest mich lieber umlegen«, rät Schlepper. »Sonst finden sie dich morgen mit einem Loch in der Stirn im Halensee. Wärst nicht der Erste.«

»Ich ü-überleg's mir«, erwidert Lucky, als hätte Schlepper ihm ein Angebot gemacht.

Er legt den Kaschmirmantel auf die Haube, streift sich die Bomberjacke über und zieht die Mütze noch etwas tiefer in die Stirn. Wenn er den Kopf gesenkt hält, sollte die Kamera über der Hintertür nicht mehr sehen als einen gedrungenen Körper in Jacke und Mütze. Schlepper. Der sieht ihn an, während das Blut aus seiner Schläfe tritt und am Ohr vorbei die Wange hinabläuft.

»Bis dahin kannst du ü-überlegen, ob du wirklich einverstanden bist mit dem Leben, das du führst.«

Auf den ersten Blick scheinen Luckys Worte bei Schlepper nicht mehr auszulösen als der Flügelschlag einer Libelle. Aber auch der kann Gewaltiges bewirken. Dauert halt seine Zeit.

»V-vielleicht erkennst du ja, wie die Dinge w-wirklich sind«, ergänzt er.

»Soll heißen?«

»Bis jetzt hast du immer nur f-fremden Herren gedient. Das m-musst du aber nicht. Du kannst an jeder Stelle einen Sch-schnitt machen. Aber es geht immer nur jetzt.«

»Fick dich, Lucky.«

»Ich brauch die Zahlen für den Türö-öffner. Ich kann dir

noch ’n-n Loch in die S-stirn hauen. Oder auch zwei oder d-drei. Aber o-ohne wär für mich auch okay.«

»Eins, zwei, sieben, vier, Raute«, antwortet Schlepper.

»R-raute ist keine Zahl.«

»Raute – Mann, bist du jenseits –, Raute ist die Taste rechts unten.«

»Wenn’s nicht s-stimmt, komm ich wieder und schieß dir ’n-n Loch in die Stirn. So wie du’s bei H-helmut gemacht hast.«

»Fick dich schon wieder.«

Lucky schließt die Tür, verriegelt den Wagen, steckt Schleppers Schlüssel und seine Pistole ein. Den Kaschmirmantel lässt er auf dem Dach liegen. Er versucht, sich zu erinnern: Hinter der Tür führt eine kleine Treppe hoch, zweiter Stock, keine Kameras und wahrscheinlich auch sonst niemand. Wer hier verkehrt, geht nur Nino etwas an. Oben bis zum Ende des Flurs, eine Tür zum Vorzimmer, dann noch eine, und man befindet sich in der Schaltzentrale von Ninos Reich.

Er hält den Kopf gesenkt, zieht die Handschuhe straff und gibt den Code ein: eins, zwei, sieben, vier und die Taste rechts unten. Mit einem satten Klicken wird die Stahltür entriegelt.

Geblümte Tapeten, goldene Rosen auf bordeauxrotem Grund, verborgenes Licht, schwere Vorhänge. Es riecht nach etwas, das etwas anderes überdecken soll – orientalisch und ein bisschen nach Babypuder. Dicker Teppich auf den Stufen, wie in einem Nobelhotel. Lautlos steigt Lucky zu Ninos Privatgemächern empor, geht an einem halben Dutzend Türen vorbei – irgendwo wird gefickt – und bleibt vor Ninos Büro stehen. Noch ein Tastaturfeld, das eine Eingabe erfordert. Das hatte Lucky nicht auf dem Schirm. Er macht auf blöd und gibt dieselbe Zahlenkombination wie für die Hintertür ein. Klack. Willkommen bei Berlins Zuhälterkönig. Lucky entsichert die Pistole und zieht die Tür auf.

Im Vorzimmer zwei Schreibtische, Computer, Telefone. Hier wird nicht gefickt, hier werden Zahlen addiert. Es ist niemand da, die Tastaturen sind sorgsam abgedeckt. Feierabend. Die Tür zu Ninos Büro ist halb geöffnet, durch den Spalt sieht Lucky zwei englische Sessel und einen Snookertisch, über dem eine mit Troddeln gesäumte Lampe hängt.

Nino hat die Tür gehen hören, denn er ruft aus seinem Büro: »Ich hab dir doch gesagt, du sollst unten auf mich warten!«

Lucky könnte kehrtmachen. Aus seinem Jetzt führen zwei Türen heraus, die eine liegt vor ihm, die andere hat er im Rücken. Hinter beiden liegt unbekanntes Terrain. Er betritt Ninos Büro, die Zentrale der Macht, sieht ihn an seiner persönlichen Glitzerbar stehen, einen Whisky in der Hand, und richtet die Pistole aus Ninos Wagen auf dessen Kopf.

18

»Ich bin n-nicht Schlepper«, sagt Lucky.

Nino, ganz Mann von Welt, schwenkt seinen Tumbler und betrachtet, wie die bernsteinfarbene Flüssigkeit träge am Glas herabläuft. Auf dieser Welt gibt es nur wenige Menschen, die auf sich selbst so steil gehen wie er.

»Wo hast du ihn gelassen?«

»W-wartet unten, wie du ges-sagt hast.«

»Habt ihr Strip-Poker gespielt, oder warum hast du seine Jacke an? Von der trennt er sich sonst nie.«

»Hab sie mir ausgel-lieh'n«, sagt Lucky. »Wegen der K-kamera.«

Er bemerkt den zusammengerollten Hunderter auf der Bar, das zweite Glas, die weißen Krümel auf dem polierten Mahagoni. Eine feingliedrige, barbusige Jugendstilschönheit aus Messing steht auf dem Tresen und hält eine blaue Kristallschale in die Höhe. In der liegen kleine blaue Bonbons – Belohnungen wie beim Zahnarzt –, nur dass es bei Nino keine Bonbons, sondern Viagratabletten sind. Die gibt es hier in jedem Zimmer.

Nino nippt an seinem Whiskey. »Ich habe erwartet, dass du kommst.«

»Hätte ich an deiner Stelle auch gem-macht.«

Nino kommt um die Bar herum und steuert seelenruhig seinen Schreibtisch an, doch Lucky schneidet ihm den Weg ab. Er hält die Pistole schräg, Arm ausgestreckt, wie irgendein West-Coast-Gangsta-Rapper. Als würde er jeden Tag so etwas machen. Ninos Hände sind die Ruhe selbst, er blickt direkt in den Lauf.

»Da r-rüber.« Gemeint sind die Sessel.

Nino geht am Snookertisch vorbei, setzt sich und stellt das Glas ab. Angst scheint er keine zu haben, aber es kotzt ihn an, dass Lucky ihm sagt, was er zu tun hat. Einer wie Nino lässt sich keine Anweisungen geben. Und jetzt muss er auch noch mit ansehen, wie Lucky, der eindeutig in seinem Leben ein paar Kopftreffer zu viel kassiert hat, sich an *seiner* Bar *seinen* Lieblingswhisky einschenkt.

Lucky kommt durch das Zimmer, die Pistole in der Linken, in der Rechten den Whiskey.

»Genieß ihn«, rät Nino. »Ich zahl 280 Euro die Flasche – und das ist ein Freundschaftspreis.«

»Du hast F-freunde?« Lucky lässt den Satz sacken, trinkt einen Schluck. 280 Euro die Flasche und schmeckt nach Erde. »Ich mag eigen-ntlich keinen Whiskey.«

Ninos linke Hand beginnt, sein Knie zu kneten. Sein Geduldsfaden wickelt sich gerade ab, und zwar in atemberaubender Geschwindigkeit. Und das Koks, das er sich mit Marcello reingezogen hat, ist nicht dazu angetan, die Sache zu entschleunigen. Gutes Zeug, beste Ware. Dreht allerdings die Schlagzahl eher nach oben als nach unten.

»Was willst du?«, fragt Nino.

Lucky trinkt den Tumbler aus, wiegt ihn in der Hand. Die Wärme breitet sich in seinem Körper aus, als hätte er eine kleine Sonne verschluckt. »Sch-schönes Glas.«

»Ja, Lucky, ich schenk es dir, okay? Jetzt sag mir, was du willst. Geld?«

»D-danke.« Lucky steckt den Tumbler in die Jackentasche, blickt auf Nino herab.

Der will sich eigentlich zurückhalten, aber er macht ein

Gesicht, das klar und deutlich sagt: Geh mir nicht auf die Eier, Lucky! Geduld hat noch nie zu seinen Stärken gehört. Ist bei Cholerikern ja allgemein so. Da liegt die Frustrationsschwelle nur ganz knapp über der Nulllinie.

»Schl-lepper hat Helmut ersch-schossen.«

»Bist du deshalb gekommen – um *mir* zu sagen, wie das mit Helmut gelaufen ist?«

»Das war nicht Schl-leppers Idee. Das war deine.«

»Was soll das, Lucky? Natürlich war es nicht Schleppers Idee. Schlepper hat noch nie in seinem Leben eine *eigene* Idee gehabt. Deshalb ist er so wertvoll für mich. Schlepper musst du nichts erklären, und er stellt auch keine bescheuerten Fragen. Er macht, was ich ihm sage, und alle sind glücklich.«

»Warum?«

»Helmut – meinst du das? Warum Helmut?« Nino kann sich nur noch schwer im Zaum halten, da brechen gerade sämtliche Dämme weg. Sein Hals schwillt – im Wortsinn –, drückt gegen den Stehkragen seines steif gebügelten Hemds. »Ich sag dir, warum: weil er noch nie etwas anderes war als Sand im Getriebe. Wir haben ihm Angebote gemacht – gute Angebote –, ich schwör's dir. Wir hätten alle profitieren können, auch er. Aber er wollte seine Boxer partout nicht von Marcello vermarkten lassen. So etwas ist heutzutage einfach kein Businessmodell mehr.«

»Er wollte keinem-m fremden Herrn dienen.«

Nino greift sich den Tumbler, dreht ihn zwischen den Händen. Lucky bringt ihn derart auf die Palme – da gibt es keine Worte für.

»Auf jeden Fall hat er sich sein Grab selbst geschaufelt, das kannst du mir glauben.«

»Er war mein F-freund.«

»Glückwunsch! Du hattest einen Freund, das ist wunderbar. Kannst du jetzt mit dieser SENTIMENTALEN WICHSEREI aufhören?« Nino trinkt einen Schluck und schüttelt sich. Nicht einmal mehr sein Lieblingswhisky schmeckt ihm. »Werd erwachsen, Lucky! Wir alle haben Freunde. Und hin und wieder müssen wir uns von einem trennen.« Daran, wie sich das Glas anfühlt, spürt Nino, dass seine Handflächen zu schwitzen beginnen. Lucky muss dringend mit seinem Gequatsche aufhören, sonst nimmt das alles kein glückliches Ende hier. Und wenn es etwas gibt, das Nino auf keinen Fall gebrauchen kann, ist es eine Leiche in seinem Büro.

»Beg-gierden sind der Beginn allen Übels«, hört er Lucky sagen.

»Was?«, fragt Nino.

»Beg-gierden sind der Beginn allen Übels«, wiederholt Lucky. Als hätte es Nino tatsächlich nicht verstanden. »Helm-mut wollte sich nicht kaufen lassen, also hast du ihn um-mbringen lassen. Gier. Aus Habg-gier.« Luckys Pistole zeigt in alle möglichen Richtungen, während er nachdenkt. »Das Pro-oblem mit den Begierden – so, wie ich das sehe –, das Problem mit denen ist: Selbst wenn du's weißt, h-hilft's dir nicht wirklich, weil's nicht w-wirklich was ändert. Deine Beg-gierden werden ja nicht weniger. Ist wie mit den Zi-igaretten. Die machen ja auch nicht weniger Krebs, nur weil du weißt, dass sie unges-sund sind.«

Nino stellt sein Glas ab und presst die Finger gegen die Schläfen. »Hör zu, Lucky. Ich hab keine Ahnung, was du da FÜR EINEN SCHEISS absonderst. Ich weiß nur: Jeder hat seinen Preis.«

»Helmut nicht.«

»Du hörst mir nicht zu. HÖR MIR ZU! Ich habe nicht gesagt, dass jeder käuflich ist. Ich hab gesagt, JEDER HAT SEI-

NEN PREIS. Helmuts Preis war, dass er mit dem Leben bezahlt hat. Das ist der Preis, den Idioten zahlen. Und du solltest nicht denselben Fehler machen.«

»Du redest, als hättest du die Kn-narre in der Hand.«

»Ich sage nur: Mach nicht denselben Fehler.«

»Mach ich nicht. Ich hab m-meinen Preis.«

»Du willst Geld?«

»Nur was mir zus-steht.«

Geld – Geld ist gut. Geld ist sicheres Fahrwasser für Nino. Da lässt sich drüber reden. Über Geld lässt sich immer reden. Geld kann man transferieren, stapeln, ausgeben, bunkern, verbrennen. Und ein Stapel Scheine, der vor dir auf dem Tisch liegt, den du anfassen, zählen und einstecken kannst, der die Leerstelle in deinem Koffer füllt – der hat heilende Wirkung.

»Klar willst du Geld, Lucky. Versteht sich doch von selbst.« Nino lehnt sich zurück, versucht sich an einem versöhnlichen Tonfall, was nur sehr eingeschränkt möglich ist, wenn du wie ein Staubsauger klingst, dessen Beutel zu voll ist. »Hör zu, ich mach dir ein Angebot. Ich geb dir deine Kohle, mach dich zum Teilhaber an Helmuts Boxklub und stell dich als Trainer ein. Wie klingt das für dich?«

»Du bie-ietest mir an, mir mein Geld zu geben?«

»Du kannst von Glück sagen, dass ich es so lange für dich aufbewahrt habe! Das hätten nicht viele getan.«

»Aber du hast mich doch überh-haupt erst in den Knast gebracht.«

Nino spürt, wie sich dieses Gespräch zu seinen Gunsten neigt, physisch, plötzlich rollen die Dinge auf ihn zu. Er lehnt sich vor, signalisiert Entgegenkommen. Das mit Brillanten besetzte Kreuz an seiner Halskette schwingt vor und zurück. Von unten herauf blickt er zu Lucky empor.

»Ich weiß, Lucky. Und das tut mir auch leid, ehrlich – die Geschichte mit Djamila. Aber die Fotze hat mich beklaut.«

»Und desh-halb hast du sie umle-egen lassen.«

»Herrgott, Lucky, so läuft das in my line of business. Wenn du versuchst, schlauer zu sein als der Boss, wirst du entweder selbst der Boss, oder der Boss sorgt dafür, dass du ihm nicht noch einmal ans Bein pisst. So sind die Regeln. Das war schon immer so und wird sich auch nie ändern. Sie hat mich beklaut, okay, hat versucht, mich zu erpressen. Wer so etwas macht, der muss mit Konsequenzen rechnen.«

»Auf m-meine Kosten.«

»Du nimmst das alles viel zu persönlich«, erklärt Nino. »Damals sind einfach ein paar Dinge zusammengekommen. Es gab Entscheidungen zu treffen, und ich habe sie getroffen. Es gibt immer welche, die in so einer Situation profitieren, und andere, die draufzahlen. Das ist ganz normal und hat nichts mit dir zu tun – ist nichts Persönliches. Das musst du verstehen.«

»Ich hab drei-ei-einhalb Jahre einges-sessen. Kannst ja mal vers-suchen, das *nicht* persönlich zu nehmen.«

»Ich weiß, Lucky, ich weiß.« Nino spürt wieder den Jähzorn in sich aufwallen. Ist wie ein Wespenstich – plötzlich ist das Gift überall. Sie müssen dringend aufs Geld zurückkommen, sonst fliegt ihnen hier gleich alles um die Ohren. Nino versucht sich an maximaler Betroffenheit: »Es soll nicht zu deinem Schaden gewesen sein. Dafür sorge ich, versprochen.«

»Hat Marcello davon gew-wusst?«

»Die Djamila-Sache? Bist du verrückt? Mit Marcello kannst du so etwas nicht durchziehen, der ist wie ein Leibnitz-Keks. Sobald du den ein bisschen härter anfasst, bröckelt der auseinander. Ich hab es ihm erst gesagt, als nichts mehr zu drehen war. Sonst hätte der sich noch vor laufender Kamera eingepisst. Am Ende war er mir aber dankbar, das kann ich dir sagen. Und wie dankbar! Der hatte so einen Schiss vor dir – wie du reagieren würdest, wenn die Sache mit Yvonne auffliegt. Der war ja völlig verrückt nach ihr, hat mir die ganze Zeit was vorgeheult, dass er ohne sie nicht mehr leben kann. Dem hab ich echt einen Gefallen getan, damals. Und dir auch, wenn ich es mir recht überlege.«

»Mir?«

»Yvonne? Ich bitte dich: Vor Frauen muss man sich generell in Acht nehmen, die saugen dich aus, verstehst du? Und das ist okay, so läuft es eben. Aber Frauen mit Ambitionen – die um *jeden* Preis nach oben wollen, aber außer einem geilen Arsch und gemachten Titten nichts haben, was sie dahin bringen könnte ... Sobald die einen sehen, von dem sie glauben, dass sie sich durch ihn auf die nächste Stufe ficken können, hält die nichts mehr.«

Lucky lässt die Pistole sinken. »Yvonne hat mich geliebt.«

»Sie hatte dich an den Eiern, kleiner Unterschied. Sei froh, dass du sie los bist.«

Lucky scheint zu überlegen, wie es jetzt weitergehen soll. Nino will auf das Geld zurückkommen und ihm ein Angebot unterbreiten, als Lucky die Zähne doch noch auseinanderbekommt:

»Es war nicht, weil sie dich bekl-laut hat.«

Nino reibt sich den Nacken: »Wovon redest du jetzt schon wieder?«

»Diese Dja-amila-Nutte. Die hast du nicht um-mgelegt, weil sie dich beklaut hat.«

»Nein?«

»Du hast ge-eheult, Mann. Ich hab's gesehen – auf 'nem Video.«

»Was?«

»Als Dja-amila dir einen geblasen hat. Da hast du losgeheult. Wie 'n Baby. Und dann hast du ihr ins Gesicht gepisst. Weil du's nicht ertr-ragen konntest, dass sie stärker war als du – also em-motional gesehen jetzt.«

Die Ohnmacht elektrisiert Nino bis in die Haarspitzen. Er braucht etwas, irgendetwas, eine Option. Doch das Einzige in Reichweite sind die Queues auf dem Snookertisch. Und die Sig Sauer in seinem Tresor. Eben noch dachte er, die Dinge würden auf ihn zurollen, und er müsste nur warten, bis alles an seinem Platz wäre. Jetzt verliert er die Kontrolle, und alles strebt von ihm weg. Zum Kotzen ist das.

»Du hast mich ver-raten«, sagt Lucky.

Der Typ kapiert echt gar nichts.

»Lass uns überlegen, wie ich es wiedergutmachen kann, okay?«, schlägt Nino vor. Vor lauter Adrenalin ist sein Blick ganz glasig.

»Bin ganz O-ohr.«

»Weißt du, was wir machen?« Nino sieht Lucky an, als wäre soeben die geilste Idee der Weltgeschichte durch die Tür gekommen. »Ich geb dir dein Geld – und zwar verzinst. Das ist nur fair. Du hast drei Jahre eingesessen, also bekommst du dein Geld für drei Jahre verzinst.«

»Dreiei-einhalb.«

»Dreieinhalb, fair enough.« Geld, Geld ist gut. Stapeln, schieben, Leerstellen füllen. »Also: Ich schulde dir eine Mio. Das ist eine Menge Kohle, Lucky. Ich hoffe, du weißt zu schätzen, was ich für dich getan ha…«

»Zwei Millionen, sechshu-underttausend.«

»Äh … Nichts für ungut, Lucky, aber so schnell wird die

Wiese nicht grün. Schau mal …« Nino redet mit ihm wie mit einem Dreijährigen, anders geht es nicht. »Du hast mir damals zweihunderttausend gegeben, und ich h…«

»Eins zu drei-eizehn.«

»QUATSCH MIR NICHT STÄNDIG REIN! Ich versuch, dir was zu erklären, okay? Also …«

»Eins zu dreizehn – die Quo-oten. Du hast damals gesagt, die Quoten wären eins zu acht, aber in W-wirklichkeit waren sie eins zu drei-eizehn. Macht zwei Millionen sechshu-undert-tausend. Ohne Zinsen. Ich hab's ausgerechnet. Du hast mich damals schon angelogen.«

»Ich habe keine Ahnung, wer dir diesen Floh ins Ohr gesetzt hat, aber das ist Bullshit, klar? Zweieinhalb Millionen – haben die dir ins HIRN GEKACKT, oder was? Wo soll ich denn zweieinhalb Millionen hernehmen?«

»Zwei Millionen sechshu-undert-tausend.«

»Ist mir so was von EGAL! Ich hab keine zweieinhalb Millionen und schon gar keine zwei Millionen sechshu-u-u-undert-t-t-t-tausend! Und wenn, würde ich sie dir ganz sicher nicht geben, CAPICE!«

»Wie v-viel hast du?«

»Du meinst, jetzt, hier?«

»Jetzt ist gut.«

»Zweihundert Riesen – wenn's hochkommt.«

Lucky deutet mit der Pistole zum Safe hinüber. »Aufmmachen.«

Nino rührt sich nicht. In seinem Tresor liegen ungefähr 850 000 Euro in bar, dazu vier Goldbarren. Aber an die denkt er nicht. Er denkt an die Sig Sauer, die mit zwei Tapestreifen an der Unterseite des Mittelfachs klebt. Wenn er den Safe aufmacht, gibt's ein Blutvergießen, das ist so sicher wie das Amen in der Kirche.

»M-mach schon.«

Nino reibt sich mit den Händen über die Oberschenkel, tut so, als kapitulierte er. »Ganz, wie du willst.«

Der Tresor – ein brusthohes, schwarzes, auf Hochglanz poliertes Stahlmonstrum mit goldenem Drehgriff befindet sich an der Stirnseite des Snookertischs. Nino findet ihn schön, wie Kunst. Deshalb hat er ihn auch so prominent platziert. Ein Einrichtungsgegenstand, der echt was hermacht, der etwas aussagt. Andere Leute stellen sich einen Flügel ins Wohnzimmer und haben keinen Schimmer davon, wo auf der Tastatur das C zu finden ist. Da ist Nino anders. Wo bei seinem Tresor das C zu finden ist, weiß er sehr genau.

Er stellt den Tumbler auf dem Tresor ab, fühlt das kühle Metall unter seinen Fingern. Letzten Sommer fiel für zwei Tage die Klimaanlage aus. Da waren es über vierzig Grad hier drin, nicht zum Aushalten. Der Tresor war trotzdem kühl. Den bringt nichts aus der Ruhe. Nino dreht an den Zahlenrädern, legt seine Hände um den Drehgriff, schiebt die Bolzen zurück und will die Tür zu sich heranziehen, als er den Lauf von Luckys Pistole im Nacken spürt.

»Aufm-machen. Nicht reingreifen.«

Sehr langsam zieht Nino die Tür auf. Dann stehen sie gemeinsam vor dem geöffneten Tresor.

»Zweihu-undert-t-tausend, hm?«

Nino erspart ihnen eine Erwiderung. Sind keine zweihunderttausend, sind mehr, deutlich mehr. Ist offensichtlich.

»Ich brauch was zum R-reintun.«

Eine Sekunde, denkt Nino, *eine* unachtsame Sekunde, und ich schieß dir eine Kugel durchs Herz und anschließend durch jedes Organ in deinem Körper. »Sorry, Lucky, aber die IKEA-Tüten sind gerade aus.«

Lucky drückt ihm den Lauf in den Nacken, während er sich im Raum umsieht. An der anderen Stirnseite gibt es einen künstlichen Kamin mit blauer Marmoreinfassung und Feuer auf Knopfdruck. An dessen Seite lehnt etwas, das Lucky zweimal ansehen muss, bevor er begreift, was es ist.

»Hol mal die G-golftasche. Und lass die Sch-schläger drüben.«

Nino zieht praktisch einen Feuerschweif hinter sich her, während er am Snookertisch vorbei zur gegenüberliegenden Seite stampft. Einen nach dem anderen zieht er die Schläger aus der Tasche und lehnt sie gegen den Kamin. Lucky tastet hinter den Geldstapeln und dem Gold nach einem Versteck, findet nichts, beugt sich herab, inspiziert den Innenraum und entdeckt die Sig Sauer. Er sieht Ninos Bewegung vor sich: Er würde sie mit der Rechten greifen, sie während der Linksdrehung entsichern und schießen.

Die Golftasche landet vor dem Tresor auf dem Boden. »Bitte sehr«, zirpt Nino.

»Sch-schönes Leder.«

»Ist aus Walpimmel, kriegst du kaum noch, weil sie's verboten haben. Demnächst werden sie einem verbieten, im Stehen zu pinkeln. Von mir aus kannst du sie behalten, ich hab noch eine.«

»Danke. Hast heute deine S-spendierhosen an, was?« Lucky tritt einen Schritt zurück, die Beine in Schrittstellung, die perfekte Entfernung für einen Cross mit der Rechten. Die Linke mit der Pistole ist auf Ninos Kopf gerichtet. »Das Gold zu-uerst.«

Das Gold liegt ganz unten. Nino setzt ein Knie auf den Boden, nimmt die Barren, einen nach dem anderen, schiebt sie in die Golftasche. Lucky zieht den Handschuh straff. Er hat nur Augen für Ninos rechte Hand.

»Du solltest mir wirklich dankbar sein«, sagt Nino, »wegen Yvonne. Eine Schlampe wie die willst du ficken, aber du willst sie nicht zur Frau haben. Marcello war nicht der Einzige, der sie gefickt hat, weißt du. Ich habe sie auch gefickt.« Er hält inne, wendet Lucky seinen Kopf zu, grinst. Zwei seiner Zähne sind goldbeschlagen. »In der Nacht nach deinem Comeback-Fight haben wir sie sogar beide gefickt, gleichzeitig. Die ist auf ihre Kosten gekommen, kann ich dir sagen.«

Aus dem Augenwinkel sieht Lucky, wie sich Ninos rechte Hand langsam ins Fach vortastet. Er selbst lässt die Pistole sinken, eine Einladung. Im nächsten Augenblick setzt Nino zur Drehung an, doch bevor er seinen Arm herumreißen und die Sig Sauer auf Lucky richten kann, trifft ihn Luckys Rechte am Kinn, sein Kopf wird nach hinten gerissen und schlägt mit einem dumpfen Knacken gegen die Tresortür. Einer der goldbeschlagenen Zähne landet anderthalb Meter entfernt auf dem Boden und klickert über das Parkett. Anschließend lehnt Nino am Tresor, als wär es ein Sofa. Sein Kiefer ist verschoben, Lucky hat ihn brechen spüren. Von irgendwoher läuft Blut seinen Hals hinab.

Ninos Blick irrt umher, dann findet er Lucky. »Wie bescheuert kann man sein?« Er spricht, ohne seinen Kiefer zu bewegen. Auch aus seinem Mund quillt Blut. »Glaubst du im Ernst, du kommst damit durch? Du bist so was von fällig. Ich hab's dir gesagt, Lucky: Mach nicht denselben Fehler wie Helmut!«

»Keine Sorge. M-mach ich nicht.«

Lucky richtet die Waffe aus Ninos Wagen auf ihn. Nino rührt sich nicht. Sein Blick allerdings verändert sich. Hochmut. Die Möglichkeit, dass Lucky tatsächlich abdrücken könnte, erscheint ihm absurd, undenkbar.

»Lass den Quatsch.« Noch mehr Blut quillt aus seinem Mund, was dafür spricht, dass sich der gebrochene Kieferknochen in die Mundhöhle gebohrt hat. »Nimm die Kohle, verschwinde, und wir sind quitt. Das da« – gemeint ist die Pistole – »ist nicht deine Liga, das ist was für die großen Jungs.«

Lucky antwortet nicht.

Nino hat noch immer die Sig Sauer in den Fingern. »Nimm die Kohle, und hau ab – irgendwohin, wo ich keine Lust habe, dir zu folgen. Was willst du sonst machen – mich erschießen?«

»W-weiß noch nicht.«

Nino bringt ein Lachen zustande. Da läuft wirklich viel Blut aus ihm heraus. »Du bist ja noch bescheuerter, als ich dachte, dass du bescheuert bist!«, hustet er.

Lucky scheint mit den Gedanken woanders zu sein.

»HEY! LUCKY!« Vor Schmerzen führt Nino eine Hand an den Kiefer. »Du kannst mich nicht erschießen!«

»W-warum nicht?«

»Weil ich *ich* bin, Mann!«

»Das mit dem Ich ist ü-überschätzt, glaub ich.«

»Wie bitte?!«

»Das mit dem Ich ist ü-überschätzt. Du musst den Tod nicht fürchten.«

»Was haben die im Knast mit dir gemacht – Weichspüler in die Birne gekippt?«

Lucky beugt sich zu Nino herab und setzt ihm die Pistole an die Schläfe, ziemlich genau an die Stelle, die Schlepper bei Helmut getroffen hat. »Wer w-wird um dich trauern?«

»Was?«

»Wenn ich dich jetzt ersch-schieße – wer trauert dann um dich?«

Nino sieht ihn an, benommen, einen Film vor Augen, spuckt Blut.

»S-siehst du«, sagt Lucky.

Der Knall ist dumpf und weniger laut, als Lucky gedacht hätte. Die Wirkung jedoch ist durchschlagend. Da, wo die Kugel aus dem Kopf austritt, reißt sie ein Stück Knochen von der Größe einer Briefmarke mit. Lucky findet es zwischen zwei Bündeln, als er das Geld in die Golftasche stopft. Einige Scheine sind mit Blut und Hirnmasse verschmiert. Er nimmt das Knochenstück zwischen Daumen und Zeigefinger. Wenn man nicht weiß, was es ist, kommt man nicht so ohne Weiteres darauf. Könnte alles Mögliche sein.

Wieder auf dem Parkplatz, eingehüllt in Nacht und Nebel, hört Lucky ein leises rhythmisches Quietschen. Als würde jemand im Auto eine Nummer schieben. Er tastet sich vor, bis er neben Ninos Wagen steht. Schlepper versucht, seine Hände zu befreien, das ganze Auto wackelt.

Lucky öffnet die Tür: »Hab doch ges-sagt: Da kannst du einen Elef-fanten dran aufhängen.«

»Erschießt du mich jetzt?«, knurrt Schlepper.

»Hast du n-nachgedacht?«

»Worüber?«

»Dass du einem f-fremden Herrn dienst.«

»Ich erwürg dich mit bloßen Händen.«

»Den gibt's nämlich jetzt nicht mehr.«

Schlepper erstarrt. »Nino ist tot?«

»Geht eigentlich nicht – tot und sein. Entweder du existierst, oder du existierst nicht. Wenn du tot bist, kann-nst du nicht mehr sein.«

Schlepper muss es aussprechen, um es zu begreifen: »Du hast Nino umgelegt.«

»Jedenf-falls existiert er nicht mehr.«

Lucky zieht den Tumbler aus der Tasche, streift Jacke und Mütze ab, legt beides über Schlepper hinweg auf den Beifahrersitz. Anschließend steckt er den Schlüssel ins Zündschloss und zieht den Kaschmirmantel an.

Dann steckt er den Tumbler wieder ein. »Ich l-lass dich noch 'n-n bisschen nachdenken«, sagt er und schließt die Tür.

19

Yvonne und Marcello streiten sich in einem Dezibelbereich, der zumindest Yvonnes Worte mühelos durch die Terrassentür nach draußen trägt.

»Du schnallst es nicht, oder?«, keift sie.

Wenn Yvonne und Lucky sich stritten, flogen auch die Fetzen. Einmal richtig in Fahrt, war sie nicht mehr aufzuhalten, dann veränderte sich sogar ihr Gesicht, und ihre Oberlippe schob sich zurück. Lucky musste immer an einen Fuchs denken, an Tollwut, als zöge sie die Lefzen hoch.

»Er benutzt dich!«

Sie trägt noch immer das verführerisch züchtige Kleid, das sie im Huxleys anhatte, allerdings hat sie Strümpfe und Schuhe ausgezogen.

Marcellos Hände schließen sich um einen unsichtbaren Hals. »Und *ich* benutze *ihn!*«, ruft er.

Sein Jackett liegt über der Sofalehne. Er bekommt einen Bauch, wie Lucky auffällt. Das Hemd wölbt sich über dem Gürtel. Kein Wunder. Marcello hatte immer schon einen schlechten Muskeltonus, zu wenig Spannung, wie ein Schwamm, porös. Und trotzdem konnte Yvonne es gar nicht abwarten, mit ihm in die Kiste zu steigen und sich von ihm vor den Altar führen zu lassen.

»*Du* benutzt *ihn?*« Sie entblößt ihr Zahnfleisch. Tollwut, aber so was von. »Oh ja! Und wie du ihn benutzt! Du benutzt ihn, wie ein Hund sein Herrchen benutzt, wenn er ihm die Zeitung vor die Füße legt!«

»Was soll das denn bedeuten?« Inzwischen ist auch Marcellos Stimme gut zu vernehmen.

»Was das bedeutet?! Dass du ihm auf allen vieren Stöckchen apportieren würdest, wenn er dir dafür den Kopf tätschelt.«

Marcello reibt sich hektisch die Nase, während er den Teppich abschreitet, als wäre der sein Käfig. Lucky weiß nicht, was Nino und er sich vorhin reingezogen haben, aber es war eindeutig zu viel. Marcello ist komplett verstrahlt.

Unvermittelt baut er sich vor Yvonne auf, hebt seine Arme wie ein Bär, brüllt »AAAAHH!« und knallt ihr eine.

Yvonne fängt gekonnt den Sturz ab, eine Schrecksekunde verstreicht, dann noch eine. Und jetzt passiert es tatsächlich: Sie springt ihn an, umklammert Marcello mit allen vieren und beißt ihm in den Hals. Fast ist Lucky ein bisschen neidisch, als er das sieht. So weit hat er sie nie gebracht. Marcello schreit auf und versucht, sie von sich zu stoßen, doch sie klammert sich mit aller Macht an ihn, er verliert das Gleichgewicht, rudert mit einem Arm – ein Vogel mit nur einem Flügel –, und gemeinsam krachen sie in den gläsernen Couchtisch.

Lucky, die schwere Golftasche auf der Schulter, weicht zwei Schritte zurück, und das entscheidet irgendwie alles, denn den Bewegungsmeldern ist der Nebel völlig gleichgültig, die sind mit einem Infrarotsensor ausgestattet, und deshalb flammen schlagartig die Leuchten über der Terrasse auf, sobald er in ihren Radius gerät.

Yvonne und Marcello setzen sich auf und schauen simultan über die Sofalehne. Es kommt schon mal vor, dass nachts überraschend die Halos angehen – wenn ein Fuchs sich dem Haus nähert oder ein Wildschwein sich in den Garten verirrt. Diesmal aber fühlt es sich anders an, bedrohlicher.

Marcello steht auf, richtet seinen Hosenbund, tritt an die Terrassentür heran, kneift die Augen zusammen und sieht, wie sich sehr langsam aus dem Nebel heraus die Mündung einer Pistole auf sein Gesicht zubewegt. Die Pistole wird von einer behandschuhten Hand gehalten, der ein Arm folgt, an dem wiederum Lucky hängt. Marcello ist zu keiner Regung fähig. Kampf, Flucht, Starre – das sind die drei Möglichkeiten, die Mutter Natur für solche Situationen vorgesehen hat. Bei Marcello ist es Starre.

Lucky klopft mit der Mündung gegen die Scheibe. »Mach m-mal auf!«

Die warme Luft entweicht in einem Schwall und verwirbelt den Nebel über der Terrasse. Lucky tritt über die Schwelle, schließt die Tür hinter sich und stellt die Golftasche ab. Er hat nachgedacht auf dem Weg, sorgfältig nachgedacht. Jetzt muss er zehn Dinge gleichzeitig auf dem Schirm haben, und das ist nicht seine Paradedisziplin.

»Lucky?« Yvonnes Stimmbänder sind auf Maximalspannung. »Was machst *du* denn hier?!«

»A-atme erst mal«, rät Lucky.

»Du darfst gar nicht hier sein!«

»Atmen.«

»Oh mein Gott – ich blute!«

Tatsächlich hat sich Yvonne, als der Tisch zu Bruch ging, eine Scherbe in den Oberarm gedrückt, von der ein gutes Stück jetzt durch den Stoff ihres Kleides ragt. »Oh mein Gott!«, wiederholt sie. »Oh mein GOTT!«

Der Druck aus ihrem Streit mit Marcello ist schlagartig entwichen und hat einer diffusen Panik Platz gemacht.

Marcello will seiner Herzensdame zu Hilfe eilen, sieht sich aber mit Luckys Pistole konfrontiert. »S-setz dich erst mal.«

Widerstrebend setzt sich Marcello auf die Récamiere.

»Lucky!«, ruft Yvonne, die noch immer ganz in Anspruch genommen ist von dem Fremdkörper in ihrem Arm.

Kann man mal sehen: Wenn es darum geht, an wessen Seite sie sich am liebsten in der Öffentlichkeit präsentiert, da ist der maßgeschneiderte Marcello die erste Wahl, aber wenn ihr eine Scherbe im Arm steckt, dann ruft sie nach Lucky.

»L-lass mal sehen.«

Lucky greift nach ihrem Arm und dreht ihn über Kopf. Marcello wird ganz blass, als er die Scherbe sieht, er muss sich abstützen, um nicht von der Kante zu kippen, Muschi durch und durch.

»Halt mal die L-luft an«, sagt Lucky und zieht Yvonne die Scherbe aus dem Arm, die tatsächlich die Größe einer Eiswaffel hat.

Da ist dieser Moment – als er Yvonne den Arm nach oben dreht und sie ihn unter ihrer perfekt rasierten Achsel hindurch ansieht: Hilf mir, Lucky, bitte, ich brauche dich! Maximale Wehmut steigt da in ihm auf, die kann er kaum niederringen. Dabei wusste er, dass es so kommen würde, hat damit gerechnet.

Yvonne, die unentschlossen ist, ob sie schreien oder in Ohnmacht fallen soll, tut es ihrem Mann nach und entscheidet sich für Starre.

»Drei S-stiche«, befindet Lucky, »max.«

»Ich brauche sofort einen Krankenwagen!«

Der kommt später sowieso, denkt Lucky. »Jetzt erst mal nich«, er nimmt ihre freie Hand und führt sie um den verletzten Arm. »Hier, drück mal zu.«

Yvonne quiekt: »Mit *meinen* Fingern?«

»H-hast du noch andere?«

Die beiden sitzen vor Lucky – zwei reuige Sünder –, Marcello noch immer ganz blass. Lucky muss seine Gedanken ordnen, was nicht so einfach ist, weil ständig etwas seine Konzentration ablenkt. Der Geruch zum Beispiel. Es riecht gut. Teuer. Lucky könnte nicht sagen, wonach, aber es erinnert ihn an den Geschmack von Blutorange. Als Helmut ihn noch trainierte, da hat er jeden Tag frischen Blutorangensaft getrunken, vom Ätna. Helmut schwor auf Blutorangen vom Ätna, irgendwas mit Flavonoiden.

Auch Yvonne lenkt ihn ab. Die bemerkt gerade, wie ihr Blut den Sofabezug besudelt, Wildleder, Farbe *Tausendundeine Nacht,* mit anderen Worten: hellbeige. Blutflecken lassen da sogar den Fachmann verzweifeln.

»Das geht alles ins Sofa!«

In ihrem Gesicht manifestiert sich das gesamte Leiden der Menschheit seit dem Sündenfall, und sofort kocht bei Lucky wieder die Wehmut hoch, und er wünscht sich, sie anzufassen, ihren Arsch, die Titten, und – Herrgott, ja! – in ihr zu kommen. Früher, wenn sie sich stritten, hatten sie danach oft Sex, da sind sie abgegangen wie auf Droge, richtig geil war das. Lucky muss den Gedanken daran abschütteln, physisch, wie ein nasser Hund.

Er konzentriert sich auf Marcello, das hilft. Und jetzt weiß er auch wieder, was er als Nächstes tun wollte. Mit der freien Hand tastet er in der Hosentasche nach den drei blauen Tabletten, die er aus der Schale der Jugendstilschönheit nahm, bevor er Ninos Büro verließ.

»N-nimm die mal.« Er hält sie Marcello hin.

»Wie meinst du das?«

»Schlucken«, präzisiert Lucky.

Marcello zögert, blickt zwischen den Tabletten und Lucky hin und her. »Was ist das?«

»Belohnung. Wie beim A-arzt.«

»Hör mal, Lucky, das sind keine Bonbons, das …«

»War 'n Scherz.« Lucky setzt ihm die Pistole auf die Stirn, mittig zwischen die Augen. »Schlucken.«

»Alle drei?«

»Sicher ist s-sicher.«

»Hör mal, Lucky: Ich weiß nicht, was d…«

Der Druck auf seiner Stirn lässt Marcello verstummen. Eine nach der anderen pflückt er die Viagras von dem schwarzen Handschuh und würgt sie hinunter. Nachdem das passiert ist, blicken Yvonne und er wortlos zu Lucky auf.

»Du hast gew-wusst, dass er Helmut uml-legen lassen würde.« Lucky formuliert es nicht einmal als Frage.

Marcello merkt: Es geht ans Eingemachte. Er ist immer noch voll auf Koks und Whisky und wer weiß, was noch, aber das läuft gerade alles ins Leere, wie wenn man 400 PS unter der Haube hat, das Gaspedal durchdrückt, aber keinen Gang drinhat.

»Ich wollte das nicht«, setzt Marcello zu einer Erklärung an, aber weiter kommt er nicht, denn in diesem Moment wird Lucky klar, dass es ihn nicht interessiert, was Marcello zu sagen hat, weshalb er ihm eine sanfte Gerade verpasst, die zwar keinen größeren Schaden anrichtet, ihm aber vorerst die Luft aus den Segeln nimmt.

»Nino und du – ihr habt mich verraten.«

Marcello sagt lieber nichts, Yvonne schließt sich an.

»Du hattest schon die ganze Zeit was mit Yv-vonne am Laufen, da hast du gedacht, du kannst mich loswerden, wenn ihr mir den Mord an dieser Djamila anhängt. Und die Wettkohle habt ihr auch einges-sackt.«

»Hör mal, Lucky«, setzt Marcello zum zweiten Mal an,

aber weiter kommt er auch diesmal nicht, denn der Lauf der Pistole bohrt sich in seine Stirn.

»Hör auf mit dieser Hör-mal-Lucky-Scheiße. Du hast sie nicht umgebracht, aber du wusstest, dass Nino dahintersteckt.«

Marcello hat begriffen, dass Schweigen für den Moment die klügere Wahl ist. Unterdessen bekommt Yvonne ein deutliches Gefühl dafür, dass die Schnittwunde in ihrem Arm möglicherweise nicht das drängendste Problem im Raum ist.

»S-stimmt's?«, fragt Lucky.

»Soll ich jetzt was sagen, oder soll ich nichts sagen?«, fragt Marcello.

»Ja oder n-nein.«

»Ja.« Marcello kneift die Augen zusammen und hebt die Arme. »Aber Nino hat's mir erst gesagt, als nichts mehr zu drehen war. Da war sie schon tot, Mann.«

»Aber ges-sagt hast du nichts.«

»Was hätte ich denn sagen sollen – dass Nino dahintersteckte? Da hätten wir uns doch nur zusammen in die Scheiße geritten.«

»Also habt ihr lieber mich in die Sch-scheiße geritten.«

Marcello zieht nur die Schultern hoch. Antwort überflüssig.

Yvonne ist aus ihrer Trance erwacht. Sie wendet sich ihrem Mann zu: »Das war Nino? Und du hast mir nichts gesagt?«

»Können wir das später klären?«, erwidert Marcello.

»Du hast mich die ganze Zeit in dem Glauben gelassen, Lucky hätte in seinem Hotelzimmer eine Orgie gefeiert, und in Wirklichkeit steckte Nino dahinter?« Sie wendet sich Lucky zu, hält ihren Arm umklammert, versucht zu retten, was noch zu retten ist: »Lucky, das wusste ich nicht!«

»Aber geglaubt hast du's – dass ich's war.«

»Die Beweise …«

»Dass ich dir gesagt hab – dass ich's n-nicht war, das war nicht genug. Du wolltest mir nicht glauben. Du wolltest glauben, dass ich's gewesen bin. Weil du in W-wirklichkeit schon längst mit M-marcello zusammen warst. Und deshalb hast du bei der Scheidung auch gesagt, dass ich dich geschlagen hab und bedroht, häusliche Gew-walt und der ganze Scheiß.«

Lucky spürt, wie ihm die Handschuhe eng werden. Das macht das Adrenalin. Nur Yvonne bringt es fertig, so eine Reaktion bei ihm auszulösen. Sonst niemand.

»Lucky!« Sie streckt ihren verletzten Arm nach ihm aus. »Ich schwör's dir, ich hatte keine Ahnung davon. Ich hab dir nicht vertraut, das stimmt. Es stimmt alles, was du sagst. Aber wenn ich gewusst hätte, dass du es nicht warst – das hätte ich nicht mitgemacht. Ich wollte mich von dir trennen, ja, und mit Marcello zusammen sein, aber ich hätte nicht zugesehen, wie sie dich unschuldig ins Gefängnis stecken, ich schwöre es dir!«

Ganz schön viel Geschwöre, findet Lucky. »So, wie ich das sehe, hast du mich betro-ogen, Marcello hat dich betrogen, und Nino hat Marcello betrogen. Ist wie 'ne S-spirale. Aber man kann immer einen Sch-schnitt machen.«

Yvonne und Marcello machen vor allem alarmierte Gesichter. Spätestens jetzt geht ihnen auf, dass Lucky sich etwas zurechtgelegt hat. Und das macht Marcello mehr Angst als alles andere: dass Lucky tatsächlich einen Plan verfolgen könnte. Einer wie Lucky sollte keinen Plan haben dürfen. Da kann nichts Gutes bei herauskommen.

»Mit den Quo-oten, das hast du auch gewusst«, sagt er zu Marcello. »Dass sie eins zu dreizehn waren und nicht eins zu a-acht.«

Ja oder nein.

»Stimmt.«

»Dann schuldest du mir jetzt eine Mill-lion dreihundert-t-tausend.«

Hat Marcello natürlich nur in Immobilien. »Was ist mit Ninos Anteil?«

Lucky deutet mit der Pistole zur Golftasche hinüber. »Hab ich.«

»Nino hat dir einfach so eins Komma drei Millionen Euro gegeben?«

»E-einfach so nicht.«

»Hör mal, Lucky, ich weiß nicht, was du vorhast, aber mit der Nummer kommst du niemals durch. Wenn Nino dich in die Finger kriegt, dreht er dir den Hals um, ich mein's nur gut mit dir ...«

»Kann er nicht mehr – mich in die F-finger kriegen.«

Wie bei Schlepper dauert es auch bei Marcello einige Sekunden, bis die Information richtig eingesickert ist. »Nino ist tot!?«

»Geht eigentlich n-nicht. Das hab ich Schlepper schon erklärt. Entweder du bist, oder du bist nicht.«

»Du hast ihn umgebracht?«

»Jedenf-falls gibt es Nino nicht mehr, denn es exis-stiert immer nur das Jetzt.«

»Hast du Schlepper auch umgelegt?«

»Nicht, dass ich w-wüsste.«

»Du hast Nino umgebracht und Schlepper am Leben gelassen? Du bist tot, Mann, du weißt es nur noch nicht.«

»Schlepper hat immer nur f-fremden Herren gedient.

Jetzt kann er sich überlegen, ob er einverstanden ist mit dem Leben, das er führt. Und j-jetzt hätte ich gerne mein Geld. Eine M-million reicht mir.«

Vor lauter Adrenalin und Drogen und Alkohol beginnen Marcellos Mundwinkel zu zucken. Der ganze Typ ist ein unterirdisches Beben. »Wo soll ich denn eine Million hernehmen?«

»Safe?«, schlägt Lucky vor.

»Bist du verrückt geworden? Ich hab doch keine Million im Safe!« Dasselbe hat Nino auch gesagt. Und dann war es doch eine ganze Menge. »Lass mal nachs-sehen.«

Es kommt Bewegung in das Trio. Marcello steht auf, öffnet eine makellos restaurierte Altbau-Doppelflügeltür und geht voran ins Arbeitszimmer. Parkett knarzt. Ein sehr großer Perserteppich bedeckt einen wesentlichen Teil des Bodens. Marcellos Tresor duckt sich an der Wand hinter dem Schreibtisch mit den gedrechselten Füßen. Er ist etwa halb so groß wie Ninos. Wenn jetzt noch halb so viel Geld drin ist, gibt Lucky sich zufrieden.

Anders als bei Ninos benötigt man für diesen Safe zwei Schlüssel. Der eine befindet sich an Marcellos Schlüsselbund, der andere versteckt sich in einem Geheimfach im Schreibtisch. Als Marcello die umständliche Prozedur beendet hat und die Tür aufzieht, kommen dahinter drei Leitz-Ordner mit Dokumenten zum Vorschein sowie vier ziemlich vereinsamt aussehende Hunderterbündel mit grünen Banderolen: vierzigtausend Euro.

»Ist das eine M-million?«

»Bist du blind?«

Lucky setzt Marcello die Pistole an die Schläfe, dieselbe Stelle wie bei Nino. »Weil, wenn's keine M-million ist, dann reicht's nicht.«

»Lucky, nicht!«, schreit Yvonne. Und dann: »Sag's ihm, Marcello.«

Marcellos Kiefer mahlen. Lucky hört seine Zähne knirschen. »Sag mir w-was, Marcello?«

»Es gibt noch einen Safe – oben.«

Yvonne geht vor, samt Prada-Täschchen, dahinter Marcello, dahinter Lucky, die Golftasche aus Walpimmel über der Schulter und die Pistole aus Ninos Wagen auf Marcellos Kopf gerichtet. Die andere ist in der Manteltasche. Als sie die Treppe emporsteigen, sieht Lucky, wie Yvonnes Hüften sich wiegen und wie ihr Arsch wackelt, und er erinnert sich, wie ihr Arsch für ihn gewackelt hat, unter dem Negligé – während sie in der Morgensonne auf den Gendarmenmarkt hinabblickte. Manchmal hat sie auch gar nicht richtig damit gewackelt, sondern hat nur die Pobacken angespannt und wieder locker gelassen und angespannt und wieder locker gelassen, das sah dann aus, als würde sie sich unter ihrem Negligé massieren.

Der zweite Tresor befindet sich im Schlafzimmer, genauer: im Ankleidezimmer, hinter einem Dutzend identisch aussehender Anzüge. Drei Zahlenräder. Als sich die Tür öffnet, kommt Geld zum Vorschein, gebündelt, alles gebrauchte Scheine. Lucky wird es später zählen und feststellen, dass es zweihundertachtzigtausend sind. Jetzt aber muss er erst einmal nachdenken. Sobald man Geld in der Hand hat, macht man Fehler.

»Ich brauch 'ne Tasche, wo das r-reinpasst.«

Marcello zieht eine Schiebetür auf und nimmt eine von einem halben Dutzend in Folie eingepackten Tragetaschen heraus. Auf den Seiten ist der Schriftzug seiner Firma aufgedruckt, Berlin Boxpromotion, die beiden Bs hervorgehoben, rechts und links zwei goldene Boxhandschuhe. Ein Werbeartikel, aber für zweihundertachtzigtausend Euro wie gemacht.

Lucky lässt den Promoter das Geld aus dem Tresor in die Tasche stopfen. Yvonne steht daneben, hält sich den Arm und presst ihre aufgespritzten Lippen aufeinander.

Marcello will ihm die prall gefüllte Tasche reichen, aber Lucky sagt nur: »Ins Schlafzimmer.«

Dann stehen sie zu dritt vor dem Kingsize-Boxspringbett.

»Nimm die Golfta-asche, und kipp sie aus«, sagt Lucky.

Marcello nimmt das schwere Lederding und dreht es kopfüber. Die Scheine fallen zu Boden, die Barren schlagen dumpf auf dem Teppichboden auf.

»Das G-gold in die Tasche«, sagt Lucky.

Marcello räumt die Goldbarren in die Promotiontasche, anschließend verstreut er auf Luckys Geheiß die Scheine aus Ninos Tresor im Schlafzimmer. Es soll so aussehen, als hätte er vor lauter Freude die Scheine in die Luft geworfen. Das mit Blut und Hirnmasse verschmierte Knochenstück landet zu Yvonnes Füßen.

»Was ist das?«

»Ist v-von Nino.«

Zweimal unterdrückt Yvonne einen Würgereiz, beim dritten Mal übergibt sie sich auf den Hochflorteppich. Ein fischig-saurer Geruch breitet sich aus, Kaviar und Schampus in Magensäure.

»Und wie geht's jetzt weiter?«, will Marcello wissen.

Lucky deutet mit der Pistole auf Marcellos Schritt. »Passiert da schon was?«

Marcello kann nicht glauben, dass Lucky gerade keine anderen Sorgen hat als die Frage, ob das Viagra bereits anschlägt. »Bis jetzt noch nicht.«

»Dann s-setzt euch so lange aufs Bett und haltet die F-fresse, ich muss nachdenken.«

Während Yvonne und Marcello auf der Bettkante sitzen und darauf warten, dass das Viagra wirkt, vergewissert sich Lucky, dass er nichts vergessen hat: Die Waffe, mit der er Nino erschossen hat, befindet sich in seiner Hand. Das Geld aus Ninos Tresor liegt in Marcellos Schlafzimmer verteilt, Marcellos Fingerabdrücke sind auf Ninos Golftasche. Bis hierhin stimmt alles. Allerdings läuft ihm langsam die Zeit davon.

»Was is'n-n jetzt?«

Marcello greift sich in den Schritt, zieht die Schultern hoch. »Denke, schon.«

»A-also los.« Lucky deutet mit der Pistole auf Marcellos Schritt, anschließend auf Yvonne.

»Ich soll mit Yvonne schlafen – jetzt?«

»Gibt immer nur das J-jetzt.«

»Hör mal, Lucky, ich weiß nicht, was du damit bezwecken willst, aber das ist keine gute Idee.«

»Hab ich heute schon m-mal gehört.«

»Ohne mich!«, sagt Yvonne.

»Bist doch s-sonst nicht so.« Marcello und Yvonne blicken zu ihm auf. »Keine Angst, ich will's nicht zu dritt machen. Bin ja nicht N-nino.«

Die Gesichter der beiden sind ein Bild gewordenes Schuldeingeständnis.

»Wie stellst du dir das denn vor?«, fragt Marcello.

»Ich glaub, auf dem B-boden ist gut. Fick sie auf dem Boden.«

20

Marcello vögelt die auf dem Teppich liegende Yvonne, die ihre Beine spreizt und nicht richtig weiß, was sie sonst noch machen soll, ob sie stöhnen oder ihre Hüfte bewegen oder welche Stellung sie einnehmen soll. Lucky hat ihr lediglich gesagt, dass sie ihr Kleid anbehalten und Marcello ihr den String runterreißen soll, und jetzt steht er über den beiden und beobachtet, wie sich Yvonnes Brustwarzen in den Stoff drücken.

Der Promoter müht sich ab, das Gesicht verzerrt, die Augen geschlossen. Er versucht, sich einzubilden, Lucky stände nicht vor ihm und richtete eine Pistole auf ihn. Sein Schwanz ist nicht das Problem – nach drei Viagra steht der wie eine Straßenlaterne –, aber wie soll dir einer abgehen, wenn du Koks, Viagra und Alkohol im Blut hast und der Ex-Mann deiner Frau mit einer Pistole vor dir steht.

Lucky könnte nicht beschreiben, was in ihm vorgeht, während er Yvonne dabei zusieht, wie sie sich von einem anderen vögeln lässt, von Marcello. Aber es macht etwas mit ihm, denn irgendwann blickt sie irritiert zu ihm auf, und Lucky merkt, wie ihm Tränen über die Wange laufen und dass er den Arm mit der Waffe hat sinken lassen. Vielleicht ist es gut so, denkt er, macht das Loslassen einfacher. Und Loslassen ist wichtig, sonst kommt deine Seele nie zur Ruhe. Das Problem ist das ewige Habenwollen, hat Mongo gesagt. Du musst das Habenwollen loslassen. Loslassen sei wie Heimkommen, zu sich.

»Mach ich's gut so?«, fragt Yvonne, und Lucky glaubt, Sorge aus ihrer Stimme zu hören, Fürsorge, ihren Wunsch, ihn glücklich zu machen.

Mit dem Handrücken verschmiert Lucky die Tränen auf seinem Gesicht und bringt die Pistole wieder auf Anschlag: »M-mach mal hin jetzt!«

Marcello kneift die Augen zusammen, Schweiß auf der Stirn, stößt fester und schneller, verzieht den Mund, schließlich krümmt sich sein Rücken, er bäumt sich auf, macht ein Geräusch wie nach einem Leberhaken – ein Geräusch, das eher nach innen geht als nach außen –, erschlafft und stützt sich schwer auf den Armen ab.

Mit glasigen Augen blickt er zu Lucky auf, der mit einer beiläufigen Daumenbewegung die Pistole entsichert. Durch Marcellos Hemd hindurch glaubt Lucky dessen Herz schlagen zu sehen, 150 pro Minute, am Hals sieht man es auch.

»Wenn du es an-n-nimmst, ist es halb so wild.«

»Aber das ist doch ...«

Als der Schlagbolzen auf das Zündhütchen trifft, das Pulver explodiert und fünfhundert Nanosekunden später die Kugel im Freiflug und mit Überschallgeschwindigkeit aus dem Pistolenlauf getrieben wird, herrschen in dem Knall, der sich um Lucky herum ausbreitet, eine vollkommene Stille und Reglosigkeit, und Lucky schwebt in einem Vakuum, könnte sich darin bewegen, während alles andere unbewegt bliebe.

Drei Sekunden später ist der Schall verschwunden und mit ihm das Vakuum, Marcello liegt auf Yvonne und regt sich nicht, und Yvonne schreit wie am Spieß und in einer Tonlage, die auf den Hörnerv trifft wie ein Zahnarztbohrer. Sie japst und schnappt nach Luft und weiß nicht, was sie tun soll, denn sie erträgt nicht, dass dieser leblose Körper auf ihr liegt, aber anfassen kann sie ihn auch nicht.

»Schieb ihn runter«, sagt Lucky, doch Yvonne hört ihn gar nicht, die wird gleich ohnmächtig, so wie sie hyperventiliert, zu viel Sauerstoff bei zu wenig Bewegung, dazu dieses Gekreische – bestimmt hat sie schon Sternchen vor Augen, ihr Blick flattert umher, und ihre Oberschenkel zittern.

Lucky greift nach Marcellos Schulter, die warm, aber ohne jede Spannung ist, dreht ihn auf den Rücken und von Yvonne herunter. Es gibt ein schmatzendes Geräusch, als Marcellos Schwanz aus ihrer Muschi flutscht. Wo noch vor ein paar Sekunden sein Herz schlug, ist jetzt ein Loch in seinem Hemd und ein roter Fleck drum herum.

»Halt mal die Luft an«, sagt er und gibt Yvonne eine Ohrfeige, einen Klaps eher, aber für den Moment setzt ihr Geschrei aus, und sie schiebt sich langsam ihr Kleid über die Beine.

Lucky nimmt die Pistole, legt Marcellos Finger darum, verteilt seine Fingerabdrücke auf ihr.

»Nein, Lucky, bitte!«, kreischt Yvonne.

»Sei doch mal still!«

Lucky verteilt also Marcellos Fingerabdrücke auf der Waffe, anschließend greift er sie zwischen Daumen und Zeigefinger am Lauf. Yvonnes Gesicht ist ein einziges, entsetztes Fragezeichen.

»Wo hast'n dein Te-elefon?«

Statt einer Antwort reißt Yvonne nur weiter die Augen auf.

»Dein Telefon!«

Sie schnieft und deutet auf ihre Handtasche.

Lucky nimmt das Prada-Täschchen vom Bett und reicht es ihr. Yvonne setzt sich auf, zieht ihr Smartphone heraus.

»Nicht bewegen.« Lucky nimmt die Tasche mit dem Geld und den Goldbarren, stellt sie im Flur auf den Treppenabsatz, kehrt ins Schlafzimmer zurück und lässt die Tür gerade so weit geöffnet, dass er durchschlüpfen kann, ohne sie bewegen zu müssen. Er hat die ganze Zeit über Handschuhe getragen, Fingerabdrücke kann er keine hinterlassen haben. Falls er etwas Entscheidendes vergessen hat, ist es jetzt zu spät.

Yvonne zittert am ganzen Körper und ist kaum ansprechbar. Lucky gibt ihr einen weiteren Klaps. »Ist w-wichtig jetzt«, sagt er.

Sie sieht ihn an, zittert. Wird nicht einfach.

»Du r-rufst jetzt die Polizei.«

Lucky fragt sich, ob ihr überhaupt klar ist, wer da neben ihr hockt, und versucht es mit einer weiteren Ohrfeige.

»Eins, eins, n-null.«

Hat sie verstanden.

»Dann sagst du, dass sie kommen sollen und wo du w-wohnst.«

Sie nickt, in Zeitlupe zwar, aber sie nickt.

»Nur, dass s-sie kommen sollen und wo du w-wohnst. Keine Namen.« Lucky denkt noch mal nach. »Und: ›Hilfe‹.«

Yvonne schluckt, immerhin haben ihre Augen ihn scharf gestellt.

Lucky richtet die Pistole auf sie, nickt in Richtung des Smartphones.

Yvonne wählt, drückt sich mit zitternden Fingern das Handy aufs Ohr, wartet den Verbindungsaufbau ab und ruft: »Ja, hier! Hilfe! Schnell, Sie müssen ganz schnell kommen! Königsallee sechz…«

Luckys Uppercut schleudert ihren Kopf in den Nacken, irgendwo knackt es – der Kiefer wahrscheinlich, aber sicher ist er nicht –, Yvonnes Oberkörper rollt sich bewusstlos auf dem Teppich aus, einen Arm über dem Kopf, wie schlafend, gebettet auf Hundert-Euro-Scheinen. Das Smartphone klatscht gegen die Wand und plumpst zu Boden.

»Hallo?«, hört er eine weibliche Stimme. »Hallo, sind Sie noch dran?«

Er legt Yvonnes Finger um die Pistole und gibt einen Schuss in das geöffnete Ankleidezimmer ab, wo die Kugel zwischen Marcellos Anzügen in der Wand verschwindet.

»Hallo? Hallo!«

Lucky lässt Yvonnes leblose Hand samt Pistole auf den Boden fallen, steht auf und verlässt geräuschlos das Zimmer. »Hallo?«, hört er Yvonnes Smartphone noch einmal in seinem Rücken, dann schultert er die Tasche, geht die teppichbelegten Stufen hinab, atmet ein letztes Mal den Geruch nach Blutorange ein, zieht die Tür hinter sich zu und steigt auf sein Klapprad.

Noch immer ist der Nebel wie Zuckerwatte, aber an manchen Stellen beißt der Wind erste Löcher hinein. Lucky fährt vor bis zur Wallotstraße und wartet hinter einem Trafokasten. Keine fünf Minuten später rasen zwei Streifenwagen mit Blaulicht und Martinshorn an ihm vorbei.

Er radelt in entgegengesetzter Richtung die Caspar-Theyß-Straße entlang, hält neben einem Baucontainer, steckt die Pistole in seine Trainingsjacke und schiebt den Kaschmirmantel und die Handschuhe durch den Schlitz. Anschließend überquert er den Stadtring, auf dem nach beendeter Massenkarambolage das blanke Chaos herrscht und Dutzende Einsatzwagen umeinanderwuseln, und lässt sich die Paulsborner hinunterrollen. In der Westfälischen angekommen, schiebt er sein Rad in eine Hauseinfahrt, geht vor bis zur nächsten Ecke und zieht die Tür auf.

Das Bürger-Eck hat sich überraschend gefüllt. Eine Gruppe Sauftouristen – Männer in den Dreißigern, alle in Anzug – stehen laut redend vor der Theke, zwei Hipster, die offenbar dasselbe Lifestylemagazin abonniert haben, thronen wie stolze Adler auf ihren Barhockern. Vor ein paar Jahren wäre das noch undenkbar gewesen, aber neuerdings sind authentische Eckkneipen wieder angesagt, gibt ja nicht mehr so viele, und seit das Bürger-Eck in einem Altberliner Kneipenführer als Hotspot gelistet wurde, hat man plötzlich Sauftouristen im Laden und muss sich von bärtigen Männern in Holzfällerhemden Fragen nach Craft Beer stellen lassen, auf Englisch, versteht sich.

Babsi hat alle Hände voll zu tun, aus ihrer Hochsteckfrisur haben sich zwei weitere Strähnen gelöst, und ihre Haut hat einen seidigen Schimmer angenommen. Als sie Lucky sieht, wie er sich in seinem Glitzertrainingsanzug unauffällig an den Touris vorbei auf das Ende der Theke zubewegt, schwappt die Erleichterung nur so aus ihr heraus. Sie hat keine Ahnung, auf was für eine Mission Lucky sich vorhin begeben hat, aber es war klar, dass er möglicherweise nicht zurückkehren würde. Jetzt ist er wieder da und am Leben, und Babsi kann nicht anders, als ihn erleichtert anzustrahlen.

Stefan, der arme Tropf, hat sich seit vorhin keinen Millimeter wegbewegt. Er sitzt auf seinem Barhocker, die Stirn auf dem Bierglas, und schläft. Zwischendurch war er kurz wach und hat sich gewundert, dass niemand mehr neben ihm saß, aber Babsi hat ihm gesagt, Lucky sei nur mal eben auf Klo, daraufhin hat er sein Bier ausgetrunken und ist wieder eingeschlafen.

Beiläufig nimmt Lucky die Tasche von der Schulter und schiebt sie mit dem Fuß unter dem Tresen durch. Dabei wirft er Babsi einen Blick zu, der weitere Fragen überflüssig macht. Sie tritt zur Seite, öffnet die Klappe zum Vorratskeller, hakt sie ein, nimmt die Tasche, wundert sich über ihr Gewicht, trägt sie die schmale Stiege hinunter und verstaut sie hinter der Klappe, die früher zum Säubern des Schornsteinzugs gedacht war und hinter der heute zwei Wasserrohre verlaufen. Sie weiß nicht, was in der Tasche ist, und will es auch nicht wissen, und hinter die Klappe hat seit Jahren niemand mehr einen Blick geworfen, dennoch ruckelt sie zur Vorsicht zwei Bierfässer davor.

Lucky stößt Stefan den Ellenbogen in die Schulter. Kurz sieht es so aus, als fiele Stefan einfach vom Hocker, dann aber schreckt er auf, greift nach dem Tresen und findet sein Gleichgewicht.

Er blickt sich um, sieht Lucky und sagt: »Da bist du ja.«

Auf seiner Stirn prangt ein roter Kreis – der Abdruck des Bierglases, auf dem er geschlafen hat. Da fragt man sich unwillkürlich, wie das geht, mit der Stirn auf einem Bierglas zu schlafen, aber man fragt sich ja auch, wie es Vögel geben kann, die schlafen, während sie fliegen, und doch gibt es welche, die machen das einfach.

»Wo soll ich'n-n sonst sein?«, erwidert Lucky.

Stefan überlegt: »Is richtig.«

»Komm, wir trinken noch ein'n-n«, schlägt Lucky vor, »auf deine Silberh-hochzeit.«

Stefan stiert ins Nichts. »Hühnerkacke.«

Lucky sieht ihn an.

»Jetzt hatte ich mir die so schön weggesoffen ...«

»Tut mir l-leid.« Lucky legt ihm eine Hand auf die Schulter, so wie gute Freunde das machen. »Dann trinken wir eben aufs L-loslassen.«

»Wie meinst'n das jetzt konkret?«

»Das Habenw-wollen. Du musst das Habenw-wollen loslassen.«

»Is richtig.«

Während Babsi ihnen zwei Biere zapft, wird auf dem Flatscreen die Nachrichtensendung von vorhin wiederholt, zumindest scheint es so. Wieder wird das Schwarz-Weiß-Foto von damals eingeblendet, wieder sieht man die Kommissarin von schräg unten, wie sie eine Erklärung abgibt. Lucky lässt seinen Blick durch die Kneipe wandern und bemerkt, wie einer aus der Gruppe der Sauftouristen sich unauffällig nach ihm umdreht, mit seinem Nebenmann spricht, noch unauffälliger sein Handy zückt, so tut, als würde er telefonieren, und dabei Fotos macht und dann nach draußen geht. Wurde auch Zeit.

Als die Biere vor ihnen stehen, sagt Stefan: »Du kommst mir irgendwie bekannt vor.«

»Ich w-weiß.«

»Hab ich das schon mal gesagt?«

»M-macht nichts.«

Sie stoßen an.

»Ich bin übrigens der Stefan«, sagt Stefan.

»Stefano.«

»Nee, Stefan.«

»Ich mein m-mich. *Ich* heiß S-stefano.«

»Is richtig.«

21

»Aber ich weiß doch gar nicht, was passiert ist!«

Das behauptet Yvonne Hase nun zum sechsten Mal. Wie ein Mantra, denkt Florian, wie etwas, das man wahr werden lassen will, indem man es beschwört. Selbst nach der Tavor, die der Arzt ihr unter die Zunge gelegt hat, hyperventiliert sie munter vor sich hin. Immerhin hat ihr Muskelzucken so weit nachgelassen, dass sie in der Lage ist, auf der Sofakante zu sitzen, ohne von Zitterattacken geschüttelt zu werden. Allerdings wendet sie jedes Mal den Kopf ab, sobald ihr Blick zufällig auf die Blutflecken oder den zerbrochenen Couchtisch trifft.

Der Arzt streicht über die Ränder des sechs mal acht Zentimeter großen Pflasters, das er über die Naht geklebt hat. Yvonne blickt auf ihn herab, als fragte sie sich, wessen Arm das überhaupt ist, der da aus ihrer Schulter wächst. Von den drei Stichen hat sie nichts mitbekommen. Der Arzt nickt Frau von Engelbrecht zu, die sich aus dem angrenzenden Esszimmer einen Stuhl geholt hat und sich Frau Hase gegenübersetzt. Florian fällt auf, wie wenig Platz sie der Hausherrin lässt. Wenn sie sich vorbeugte, könnte sie Yvonnes Hand nehmen.

Die Kommissarin sieht sich nicht zum ersten Mal einer Frau in dieser Verfassung gegenüber. Sind übrigens immer Frauen, niemals Männer. Vermutlich ein Evolutionsrelikt, irgendein Notstromaggregat, das bei Männern anspringt, sobald ein Säbelzahntiger auf dich zuläuft. Wie auch immer: Sie weiß, ihr bleiben zehn, fünfzehn Minuten, dann wird Frau Hase zusammenklappen, und der Arzt wird nicht länger nicken, sondern den Kopf schütteln. Wenn sie also etwas aus Frau Hase herauskitzeln will, das die Dame sonst nicht preisgeben würde, dann jetzt.

»Lassen Sie uns einmal gemeinsam nachdenken.« Frau von Engelbrechts Stimme ist wie eine warme Nackenmassage. »Ihr Mann und Sie – wann sind Sie nach Hause gekommen?«

»Ich ... Er hat mich nur abgesetzt, weil er ... Er wollte ... Oh mein Gott.«

»Frau Hase?«

»Das Geld!«

»Sie meinen das Geld, das oben im Schlafzimmer liegt?«

»Er wollte noch zu Nino – was Geschäftliches. Das muss Ninos Geld sein!«

Und plötzlich versteht Yvonne. Alles. Endlich. Und sie sieht auch die Lücke, die Lucky ihr gelassen hat, um aus all dem herauszukommen. Und ja, sie ist gut beraten, sich an nichts zu erinnern. Frau von Engelbrecht bekommt diesen Blick, der maximale Konzentration verrät. Dann spannt sich die Haut um ihre Augen.

»Sie sprechen von Nino Bosse, dem Besitzer des Garten Eden?«

Yvonne betastet sehr vorsichtig ihr Kinn. Ihre linke Gesichtshälfte ist geschwollen. »Wir waren zusammen beim Boxkampf ...«

»Welchem Boxkampf?«

Florian steht zurückgezogen neben der Tür zum Arbeitszimmer und versucht, möglichst wenig Aufmerksamkeit auf sich zu lenken. Er war oben, hat sich die Leiche angesehen, das Geld, hat den entblößten Schwanz des Opfers gesehen, den Sex gerochen, das Erbrochene, den Schweiß und die Angst. Er hat das Hemd untersucht, die Einschussöffnung in der Brust, kurze Distanz, direkt ins Herz. Auch die Bissspur am Hals hat er bemerkt, nach Vergnügen sah die nicht aus, aber wer weiß, manche Typen stehen auf Schmerz, genau wie manche Frauen, schieben sich Nadeln durch die Brustwarzen beim Sex oder lassen sich Zigaretten auf ihrem Rücken ausdrücken. Kurz hat ihn der Gedanke gestreift, den Flugmodus seines Smartphones zu beenden, aber entweder er hätte dann keine Nachricht von Muriel vorgefunden oder ein Dutzend. Beides scheiße.

Er sollte sich konzentrieren, die Befragung verfolgen, auf Frau Hases Körpersprache achten. Doch sein Kopf ist zu weit weg. Oder anders gesagt, noch nicht hier angekommen. Keine halbe Stunde ist es her, da saß er mit Frau von Engelbrecht im NENI, zehnte Etage, und blickte von oben auf den Nebel hinab, der schwer in den Straßen lag, die Lichter darunter ein warmes Glimmen aus dem Bauch heraus.

Das warme Glimmen aus dem Bauch heraus spürte auch Florian. Er hatte vom NENI gelesen, vom Blick über die Stadt und davon, wie angesagt es war. Mehrmals hatte er überlegt, ob er Muriel dorthin ausführen sollte, aber man musste auf Wochen im Voraus reservieren, außerdem war er unsicher, ob es ihr dort gefallen würde. Ganz billig war es auch nicht. Möglich, dass sie vor Euphorie ganz aus dem Häuschen gewesen wäre, dass sie dankbar gewesen wäre, ohne dass Florian verstanden hätte, was in diesem einen Moment so anders war als sonst.

Möglich gewesen wäre allerdings auch, dass sie den Ort uninspirierend und zu wenig poetisch gefunden hätte mit all den hippen, unkreativen, zu laut redenden Menschen, die einfach nur Geld hatten und sonst nichts. Dann hätte sie Florian, subtil natürlich, zu verstehen gegeben, dass er mit seiner Wahl ins Klo gegriffen hatte, nichts für ungut, war eine nette Idee, und er hätte hundertfünfzig Euro versenkt, nur um sich hinterher wie ein Idiot zu fühlen.

Frau von Engelbrecht musste nicht reservieren. Sie rief von unterwegs aus dem Auto an, und als sie mit Florian an der Warteschlange vorbei den Lift ansteuerte, wurde sie vom Doorman sofort als diejenige identifiziert, die man mit einem professionellen Lächeln durchzuwinken hatte.

Es fühlte sich nach Date an, so verdammt nach Date: der Blick über die Stadt, der Wein, den sie ausgesucht hatte, die Wärme. Florians Ohren glühten. Er fühlte sich mutig, kühn – nur mit ihr hier zu sitzen und gemeinsam zu überlegen, wann und wie sie Frau Hase das Foto des vermeintlichen Täters präsentieren würden. Sie hatten einen Tisch am Fenster, zur Stadt hin, nicht zum Zoo, über den Wolken. Ebenso gut hätten sie in einem Flieger nach L. A. sitzen können, first class. So etwas ließ sich nicht wiederholen.

Frau von Engelbrecht bestellte einen im Ganzen gegrillten Loup de Mer mit Marktgemüse, eingelegten Zitronen und Tomatenconfit. Florian wusste nicht, was er sich unter einem Tomatenconfit vorzustellen hatte, und zu Loup de Mer entwickelte er lediglich eine vage Fischassoziation, und auch die nur wegen des »Mer« im Loup de Mer. Er für seinen Teil hätte gern den langsam in Ahornsirup geschmorten Pulled-Beef-Burger mit hausgemachter Barbecuesoße und Süßkartoffelpommes bestellt. Gut, was Pulled Beef von Nicht-Pulled-Beef unterschied, da war er jetzt auch überfragt, aber Burger war Burger, richtig was verkehrt machen konnte man da nicht. Das Problem war: In Gegenwart von

Frau von Engelbrecht, die einen gegrillten Loup de Mer mit Tomatenconfit bestellte, aß man keinen Burger mit Pommes, Pulled Beef hin oder her. Wenn dich die Queen zum Tee bittet, kommst du schließlich auch nicht im Trainingsanzug und mit einer Tüte Spritzgebäck unter dem Arm. Er entschied sich daher für den Jerusalem-Teller, hoffte, mit Karte zahlen zu können, erfreute sich der orientalischen Gewürze und gab sich große Mühe, den Eindruck zu erwecken, er esse dergleichen jede Woche.

Als er die letzten drei Fingerbreit Wein auf ihre Gläser verteilte und an nichts anderes mehr denken konnte als an die Frau, die ihm gegenübersaß, und daran, wie absurd das war, sich nach jemandem zu sehnen, *während* man ihm gegenübersaß, und dass er nicht den Hauch einer Ahnung davon hatte, wie er sie so bezaubern sollte, dass sie die Nacht mit ihm verbringen würde, aber dass er etwas ganz und gar Bescheuertes würde tun müssen, wenn ihm das nicht gelänge – sich die Pulsadern aufschlitzen oder so –, in diesem Moment klingelte ihr Telefon.

Das Gespräch dauerte keine zwei Minuten, und Frau von Engelbrecht beendete es mit dem Satz: »Wir sind in zehn Minuten da.« Sie tupfte sich mit der Serviette die Mundwinkel ab, legte den weißen Stoff dann neben den Teller. »Offenbar hat Frau Hase die Polizei gerufen. Die Kollegen haben sie ohnmächtig im Schlafzimmer gefunden – neben der Leiche ihres Mannes.«

Florian antwortete bloß: »Cool. Zu der wollten wir doch sowieso als Nächstes.«

»Als Ihr Mann Sie nach Hause gefahren hat«, Frau von Engelbrecht neigt ihren Oberkörper vor, »ist er da mit ins Haus gekommen?«

»Nein, er ist gleich weitergefahren.«

»Zu Nino Bosse.«

Yvonne macht große Augen. Diese Disziplin beherrscht sie wie sonst keine. »Wohin hätte er denn sonst fahren sollen?«

Frau von Engelbrecht fragt weiter, geduldig, beharrlich, mitfühlend, versucht, Yvonne in eine Ecke zu drängen, ohne dass die es merkt, wartet darauf, dass die Tavor zuschlägt. Sie habe ferngesehen, gibt Yvonne an, Netflix, irgendeine Serie, und dann sei Marcello nach Hause gekommen, keine Ahnung, wie spät es da gewesen sei. Ja, sie hätten gestritten, wegen Nino, weil Marcello immer nach seiner Pfeife tanzt, und dann sei sie irgendwie gestürzt, der Tisch, ach, ich weiß auch nicht ... Die Tavor schlägt zu, Yvonnes Worte werden zähflüssiger. Wiederholt sucht sie nach dem Ende eines Satzes, dessen Anfang sie verloren hat.

»Sie haben ihn gebissen.« Frau von Engelbrecht formuliert es nicht als Frage.

Große Augen.

»Ihren Mann«, hilft die Kommissarin nach. »Die Bissspuren an seinem Hals. Sie haben ihn gebissen, nicht wahr?«

»Hab ich?«

Das Zeitfenster, das die Tavor Frau von Engelbrecht lässt, ist klein und wird nicht größer dadurch, dass zwischendrin Uniformierte hereinkommen, die KTU eintrifft, Fragen gestellt werden und einer der Beamten Florian mit in die Hüfte gestemmten Fleischerhänden erklärt, wie er die Balkontür aufgebrochen hat, nachdem er und sein Kollege, der Martin, das Blut und den zerbrochenen Couchtisch gesehen haben. Die anderen Kollegen machen sich da manchmal lustig drüber, dass er Martin heißt, der Kollege. Der Martin mit dem Martinshorn, na ja, so halt.

Frau von Engelbrecht fragt, ob Yvonne noch rekapitulieren könne, wie die Waffe in ihre Hand gekommen sei. Kann sie nicht. Können Sie sich erinnern, auf Ihren Mann geschossen zu haben? Oh Gott, nein! Wissen Sie noch, ob Sie mit Ihrem Mann Sex ha…

»NEIN!« Yvonne blickt sich Hilfe suchend um. »Hab ich nicht das Recht auf einen Anwalt oder so?«

Der Arzt, der sich im Hintergrund gehalten hat, formt unauffällig ein T mit seinen Händen: Time-out. Was auch immer Frau von Engelbrecht jetzt noch aus Yvonne herausbekommt, wird kein Richter der Welt als Beweis zulassen.

»Doch«, sagt Frau von Engelbrecht, »selbstverständlich haben Sie das.« Und das ist der Moment, in dem ihr Handy surrt.

Das Smartphone am Ohr, geht sie an Florian vorbei ins Arbeitszimmer. Dabei streift sie ihn mit der Hand am Oberarm. Was hat das jetzt wieder zu bedeuten? Mein Gott, er dreht noch durch heute Abend.

»Sind Sie sicher?«, hört er seine Chefin sagen. Und dann: »Gut, ich warte.«

Florian betrachtet sie von hinten, ihren Nacken, während sie auf ihr Smartphone blickt, die Konzentration, die ihren Körper auf Spannung hält. Ein zartes »Ping« ist zu hören, sie tippt das Display an, zieht ein Bild groß. Und dann tut sie etwas, das Florian sie noch nie hat tun sehen: Sie führt die Hand zum Mund und verschließt die Lippen mit den Fingern. Florian wendet sich ab.

»Das ist er«, sagt sie jetzt. »Ich möchte, dass Sie auf uns warten. Niemand geht rein, bevor wir da sind. Wenn er das Lokal verlässt, nehmen Sie ihn fest.«

Sie fahren denselben Weg, den Lucky kurz zuvor mit dem Fahrrad gefahren ist – über die Autobahn und dann die

Paulsborner hinunter. Florian ist in Gedanken noch bei Yvonne. Sie hatten nicht einmal Gelegenheit, ihr das Täterfoto zu zeigen. Morgen früh steht ihr Anwalt auf der Matte, und damit ist sie als Zeugin wertlos.

»Manchmal zählt auch, was nicht zählbar ist«, sagt Frau von Engelbrecht in ihrer unendlichen Weisheit. Ihre Worte klingen wie ein Orakel aus dem Nebel.

Florian sieht aus dem Beifahrerfenster. »Sie glauben ihr nicht.«

»Sie etwa?«

Er wendet sich der Kommissarin zu: »Ist oft dokumentiert worden – dass Opfer, insbesondere von Sexualstraftaten, das Erlebte so gut vor sich selbst verschließen, dass sie später nicht mehr darauf zugreifen können.«

»Danach habe ich nicht gefragt.«

»Kein Wort«, sagt Florian. »Die weiß genau, was da gelaufen ist.«

»Und das bedeutet?«

»Sie will nicht, dass wir es wissen.«

Der Wagen schleicht die Westfälische entlang, bis sie an einer Straßenecke auf zwei Streifenwagen treffen. Vor dem Eingang des Bürger-Eck tummeln sich vier Polzisten in Uniform.

»Sie glauben, es gab gar keine Notwehrsituation«, sagt Florian, »oder dass Frau Hase sie ausgenutzt hat, um ihren Mann vorsätzlich umzubringen. Mord.«

Frau von Engelbrecht parkt den Wagen in zweiter Reihe. »Wird schwer sein, ihr das nachzuweisen.«

»Und was hat Ferrante mit all dem zu tun?«

Frau von Engelbrecht blickt zum Bürger-Eck. »Das werden wir jetzt herausfinden.«

22

Frau von Engelbrecht sieht Ferrante, da hat Florian noch nicht einmal die Tür hinter ihnen geschlossen. Als hätte ihr jemand souffliert, dass er am anderen Ende der Bar sitzen würde. Sie bleibt so abrupt stehen, dass Florian in sie hineinstolpert und einen Atemzug lang an ihrem Nacken riechen darf.

»Er ist es.« Die Röte schießt ihr in die Wangen. »Gott, ist das heiß hier drinnen.« Zwei ihrer perfekt manikürten Finger haken sich hinter dem Knoten ihres Halstuchs ein und zerren so lange daran herum, bis er sich löst. Das Tuch verschwindet in der Manteltasche. »Also dann«, sagt sie, wie um sich Mut zuzusprechen.

Sie schieben sich an einigen Altberliner Eckkneipenbewohnern, einer Männergruppe in weißen Hemden und ein paar Hipstern vorbei.

»Herr Ferrante?«

Ferrante und der neben ihm sitzende Mann stellen simultan ihre Gläser ab. Dem Boxer genügt ein Blick, um in Frau von Engelbrecht die Frau wiederzuerkennen, die ihn damals verhört hat. Seine Hand ballt sich zur Faust, Florian bemerkt die Unebenheiten auf dem Rücken. Er kann Ferrantes Blick nicht richtig deuten, aber vielleicht ist er erleichtert, dass es jetzt vorbei ist, dass endlich jemand kommt und ihn mitnimmt.

»Ich bin …«, setzt Frau von Engelbrecht an.

»Ich w-weiß, wer Sie sind.«

»Und wer genau nämlich?«, schaltet sich Ferrantes Sitznachbar ein.

Frau von Engelbrecht hält dem Trinker ihren Dienstausweis hin: »Engelbrecht, Kriminalpolizei.«

Der Mann versucht, die Schrift scharf zu stellen. »Das ist natürlich jetzt Gift für die Stimmung«, stellt er fest.

Florian hat sich Bilder von Ferrante im Internet angesehen, in natura allerdings sieht sein Gesicht erst richtig verhunzt aus. Kann man sich gar nicht ausmalen, wie viel der in seinem Leben schon auf die Fresse gekriegt hat. Er spürt einen Stich in der Brust, als er das Mitgefühl im Blick seiner Chefin wahrnimmt. Er wünscht sich, *er* könnte sie so traurig machen – dass es seinetwegen wäre.

»Ich bin froh, dass wir Sie gefunden haben«, wendet Frau von Engelbrecht sich an Ferrante. »Wir wissen inzwischen, dass Sie Ihren Trainer nicht erschossen haben.«

Florian meint so etwas wie Überraschung auf Ferrantes Gesicht abzulesen – sofern sich auf diesem Gesicht überhaupt etwas ablesen lässt.

»Und was wollen Sie dann von mir?«

»Da Sie noch immer als tatverdächtig gelten, werden wir Sie vorübergehend festnehmen müssen, allerdings bin ich zuversichtlich, dass sich die Umstände bald aufklären lassen. Und vielleicht können Sie …«

»Nu weiß ich, woher ich dich kenne!«, fällt der Typ in der Ecke Frau von Engelbrecht ins Wort. Er reibt über den kreisförmigen Abdruck auf seiner Stirn. »Du bist der Boxer – Lucky! Der Mann, der schneller boxt als sein Schatten!« Mit sehnigen Fäusten fuchtelt er vor Ferrantes Gesicht herum. Möglich, dass er sich an einer Rechts-rechts-links-Kombination versucht, vielleicht aber will er auch nur Geister vertreiben. »Babsi, mach mal noch zwei Bier klar! Das ist Lucky hier«, er knufft ihm in den Oberarm, »der Boxer! Wir feiern unsere Silberhochzeit!«

»Deine«, korrigiert Ferrante.

»Is richtig, Alter, is richtig.«

»Und Sie sind wer, bitte?«, fragt Frau von Engelbrecht.

»Stefan«, sagt Stefan, »und dit hier ist mein Kumpel. Den könnse nicht einfach so mitnehmen. Wir feiern heute Silberhochzeit, also meine, Iris. Fünfundzwanzig Jahre verheiratet, zweiundzwanzig geschieden. Aber heute lass ich los.«

»Entschuldigung?«, sagt Frau von Engelbrecht.

»Ey, Stefano«, Stefan ruckelt an der Schulter seines Namensvetters, »was war das noch mal, das ich loslassen soll?«

»Das Habenwollen.«

»Is richtig.« Er strahlt die Kommissarin an. »Das Habenwollen. Heute lass ich das verdammichte Habenwollen los! Pfff ...« Eine Hand flattert über den Tresen. »Und weg. Duisburg, Alter!«

»Gibt immer nur das Jetzt«, ergänzt Ferrante.

»Wie lange feiern Sie beide denn schon Ihre Silberhochzeit?«, möchte Frau von Engelbrecht wissen.

Stefan sieht Ferrante an, wie um sich zu vergewissern. »Achte rum so? Oder neune?«

»Sie sitzen also schon länger hier – Herr Ferrante und Sie?«

»Is richtig.«

»Und war Herr Ferrante zwischendurch mal abwesend?«

Stefan überlegt: »Ist det 'ne Fangfrage?«

»Das ist einfach nur eine Frage.«

»Pissen war er – muss ja jeder mal.«

»Würden Sie das auch vor Gericht bezeugen?«

»Dass er pissen war?«

»Dass er den Abend über bei Ihnen war.«

Die Aussicht, für so wichtig gehalten zu werden, dass man ihn als Zeuge vor einen Richter laden muss, lässt Stefans Augen aufleuchten. »Vor'm Kaiser von China würd ich det bezeugen!«

Die Bedienung stellt zwei frische Biere auf die Theke und sammelt die leeren Gläser ein. Als Florian bemerkt, wie sie zwei Striche auf einen Bierdeckel macht, zückt er seinen Kripoausweis und beugt sich vor.

»Entschuldigung …«

Die Bedienung sieht ihn an wie ein Kind. Florian vermutet, dass sie entweder schwarzarbeitet oder kein Gesundheitszeugnis hat. Oder beides. Sie wirkt abgekämpft.

»Können Sie ebenfalls bezeugen, dass die Herren den Abend hier verbracht haben?«

Sie wischt eine Hand an der Kellnerschürze ab. »Denke schon. Ist viel zu tun …«

»Seit wann, würden Sie sagen, sitzen die beiden denn hier?«

»Stefan war schon da, als ich mit der Schicht anfing. Lucky kam erst später, wann genau, weiß ich nicht. Wie gesagt: Ist viel zu tun heute.«

»Sie kennen Herrn Ferrante?«

Die Bedienung trocknet die getrocknete Hand erneut ab. »Wie jeder halt. Ist doch der Boxer …« Sie zapft zwei Biere für die Hipster an.

»Sie haben die Biere eben auf einem Deckel angeschrieben«, sagt Florian.

»Stefan ist der Einzige, der einen hat, alle anderen kassiere ich sofort ab.«

»Stammkunde demnach.«

Sie stellt sich so, dass Stefan nicht sehen kann, was ihre Hände tun, zieht eine Schublade auf, greift hinein und zeigt einen Packen Bierdeckel vor, zusammengehalten durch ein Gummiband. »Die sind alle noch offen. Wenn der Stapel so hoch wird, dass die Schublade nicht mehr schließt, dreh ich ihm den Zapfhahn ab.«

»Und dieser Deckel ist von heute?«

Sie reicht Florian den Deckel. Striche und Kreuze. In einer Ecke steht das Datum.

»Wofür sind die Kreuze?« fragt Florian.

»Strich ist für Bier, Kreuz ist für Bier plus Schnaps.«

Für einen Moment verstummen die Gespräche in Thekennähe, denn Ferrante händigt Frau von Engelbrecht seine Pistole aus, vielmehr hält sie ihm eine Beweistüte hin, in die er sie fallen lässt, woraufhin sie den Verschluss zuzieht und den Beutel in ihrer Handtasche verstaut. Anschließend werden auch die Gespräche wieder aufgenommen.

»Du hast 'ne Knarre dabei?«, fragt Stefan.

»Jetzt nicht mehr.«

»Wieso sagst'n da nichts?«

»Hätte das was geändert?«

»Is richtig.«

»Herr Ferrante?«, geht Frau von Engelbrecht dazwischen. »Das ist mein Kollege Siebold.«

Florian nickt. Interessiert Ferrante brennend.

»Wir möchten Ihnen gern ein Foto zeigen.«

Florian zeigt das Standbild der Minicam vor: der Tisch vor dem Dartbrunnen, Lucky, der nur als Schatten zu erkennen ist, weil er gerade an seiner Fußfessel herumhantiert, der hünenhafte Umriss von Helmut, halb verdeckt von einem Typen in Bomberjacke und Mütze.

Ferrante nimmt Florian das Foto aus den Fingern und besieht es sich eingehend, ehe er es zurückgibt.

»Herr Ferrante?«, sagt Frau von Engelbrecht.

»Da hat er noch gelebt«, nuschelt der Boxer.

»Tut mir leid.«

»Ist nicht zu ändern. Die Verg-gangenheit existiert nicht mehr.«

Unvermittelt klatscht Stefan mit der Hand auf den Tresen. »Jetzt weiß ich auch, wo ich dich *gesehen* hab, Alter! Heute Morgen – da hab ich mir aus Versehen zweimal die BZ gekauft, weil – is ja auch egal. Da warst jedes Mal du vorne drauf. Die suchen dich!«

»Inzw-wischen haben sie mich.«

»Is richtig.«

Florian beugt sich vor. Dabei streift er Frau von Engelbrecht, die das natürlich bemerkt, sich aber nichts anmerken lässt. Er deutet auf das Foto, den Mann mit der schwarzen Jacke und der Mütze. »Wissen Sie, wer das sein könnte?«

Ferrante sieht sich das Foto noch einmal an, dabei könnte Florian schwören, dass er längst weiß, wer das ist.

»Hat der Helmut ersch-schossen?«

»Wir gehen davon aus«, sagt Frau von Engelbrecht.

Ferrante sieht zu ihr auf: »Ich weiß nicht, ob ich Ihnen das sagen will.«

»Herr Ferrante«, Frau von Engelbrecht ist so voller Mitgefühl, dass Florian sich auf die Lippe beißt, »überlassen Sie das uns. Bitte. Sie haben gerade dreieinhalb Jahre Haft hinter sich. Ich möchte nicht, dass Sie das noch einmal durchstehen müssen. Ich gebe Ihnen mein Wort: Diesmal wird der Richtige bestraft werden.«

Da ist ein Moment, der bei Florian eine Irritation auslöst. Zum einen überlegt Ferrante deutlich länger als angemessen – so viel gibt es da nämlich nicht abzuwägen, ganz gleich, wie langsam dein Prozessor arbeitet –, zum anderen ist da die demonstrative Geste, mit der Ferrante sein Bier austrinkt. Dass er das frisch gezapfte Bier überhaupt ganz austrinkt. Und schließlich dieser Blick, den er Frau von Engelbrecht zuwirft. Alles irgendwie eins drüber. Führt der die Kommissarin gerade an der Nase herum? Oder bist du, Florian, einfach nur eifersüchtig?

»Schlepper.«

»Schlepper?«, wiederholt Frau von Engelbrecht. »Sie meinen Waclav Nemec, Nino Bosses Bodyguard?«

»Schlepper«, bestätigt Ferrante.

»Und das erkennen Sie anhand dieses Fotos?«

Ferrante zuckt mit den Schultern.

»Haben Sie eine Ahnung, wo sich dieser Schlepper im Moment aufhalten könnte?«, fragt Florian.

»Da, wo Nino sich aufhält, schätz ich mal.«

Im Laufschritt eilt Florian nach draußen, schnappt sich die beiden dynamisch aussehenden Polizisten und instruiert sie: »Sie fahren sofort ins Garten Eden. Gesucht wird dieser Mann hier.« Er gibt ihnen das Foto. »Er ist dringend tatverdächtig und vermutlich bewaffnet. Fordern Sie Verstärkung an, möglicherweise wird er sich der Festnahme widersetzen.«

»So sieht im Eden jeder Zweite aus«, gibt der Beamte zu bedenken.

»Sein Name ist Waclav Nemec, er ist Nino Bosses Bodyguard.«

Der Beamte reibt sich den Nacken. »Schlepper? Dann brauchen wir 'n Mannschaftsbus.«

Florian presst reflexartig die Kiefer aufeinander. Jeder hier scheint besser Bescheid zu wissen als er. Er strafft sich, bevor er wieder hineingeht. Kontrolle, schärft er sich ein, *du* hast die Kontrolle. Zu den verbliebenen beiden Polizisten sagt er: »Sie kommen mit rein. Ferrante hat seine Waffe bereits ausgehändigt und wird keinen Ärger machen.«

Frau von Engelbrecht hat Ferrante soeben davon in Kenntnis gesetzt, dass dessen ehemaliger Promoter, Marcello Hase, vor einer halben Stunde tot in seiner Wohnung aufgefunden wurde. Ferrantes Reaktion ist die eines Krokodils, das einer Fliege dabei zusieht, wie sie auf seinem Maul herumspaziert.

Florian bedeutet den Beamten, sich im Hintergrund zu halten. »Er war mit Ihrer Ex-Frau verheiratet – Yvonne …«

Ferrante sieht ihn an: »Ich weiß, wie meine Ex heißt.«

»Sie war es, die die Polizei verständigt hat. Meine Kollegen haben sie mit einer Pistole in der Hand gefunden, ihr Mann lag neben ihr mit einem Loch in der Brust.«

Florian bemerkt den Seitenblick seiner Chefin, steckt aber im Kontrollmodus fest. Jetzt ist er mal dran. Ist kindisch, schon klar, aber wie gesagt: Er steckt da irgendwie fest. »Wie war Ihr Verhältnis zu Herrn Hase?«

»Geht so.«

»Es heißt, er habe Ihnen nicht nur die Frau ausgespannt, sondern auch Geld geschuldet.«

Ferrante lässt sich Zeit: »Ich war hier und hab Silberho-o-ochzeit gefeiert.«

»Is richtig«, kommt es von seinem Nachbarn.

»Wie geht es Ihnen damit«, fragt Frau von Engelbrecht, »dass Herr Hase jetzt tot ist?«

»Geht nicht beides: tot *und* sein. Entweder du bist, oder du bist nicht.«

Sofort ist Florian wieder am Drücker. Der Typ verarscht sie doch. »Dann eben: Was sagen Sie dazu, dass Herr Hase nicht länger existiert?«

»Ist, wie es ist.«

»Es ist Ihnen gleichgültig?«

»Er war mit meiner Ex verh-heiratet und hat mir Geld geschuldet.«

»Zwei starke Motive.«

»Tote zahlen nichts zurück.« Ferrantes Blick verliert sich zwischen den Schnapsflaschen, die kopfunter hinter der Bar hängen. »Und meine Ex will ich nicht mehr.«

»Ach nein?«

Ferrante scheint zu überlegen, ob er Florian eine drücken soll. Bietet sich an. Stattdessen sagt er: »Von mir aus könn'se die geschenkt haben.«

Florian kann sich selbst nicht erklären, woher diese Unruhe kommt, weshalb ihn dieser Typ so auf die Palme bringt. »Festnehmen«, weist er die Beamten an.

Der schmächtigere der beiden Beamten hält zwei Meter Sicherheitsabstand, die Hand auf dem Pistolenholster. Der andere nähert sich Ferrante wie einem Löwen im Käfig. Widerstandslos lässt sich Ferrante die Handschellen anlegen.

»Mach's gut«, sagt er zu seinem Trinknachbarn.

»Mach's gut«, erwidert Stefan. »Wenn du mich suchst – bin hier, Mann. Da steht praktisch mein Name drauf, auf dem Hocker.«

»Weiß ich.«

»Is richtig.«

Bevor die Beamten Ferrante aus der Kneipe schieben, surrt das Smartphone der Kommissarin, und sie bedeutet den Kollegen mit einem ausgestreckten Zeigefinger, noch einen Moment zu warten.

»Engelbrecht …«

Etwa zwei Minuten lang sagt sie gar nichts, hört nur zu –

wie die gesamte Kneipe zuzuhören scheint –, dann: »Bitte sorgen Sie dafür, dass niemand den Raum betritt, wir sind gleich da.« Sie lässt ihr Smartphone in die Tasche gleiten und weiß anschließend gar nicht, wen sie adressieren soll, Ferrante oder Florian.

»Sie hatten recht«, sagt sie schließlich zu Ferrante, »Herr Nemec ist da, wo auch Nino Bosse sich befindet – im Garten Eden. Vielmehr sitzt er mit den Händen ans Steuer gefesselt im Auto auf dem Parkplatz. Herr Bosse liegt erschossen in seinem Büro.«

Florian sieht Ferrante an: »*Drei* Tote in *zwei* Tagen?«

»Ist, w-wie es ist.«

Gott, regt dieser Typ ihn auf: »Kaum werden Sie aus der Haft entlassen, sterben Ihre ehemaligen Wegbegleiter wie die Fliegen. Und mit all dem wollen Sie nichts zu tun haben?«

»Ich war hier – mit Stefan – und hab Silberho …«

»… Silberhochzeit gefeiert, ich weiß. Abführen.«

23

Florian kann keine zwei Gedanken mehr aneinanderreihen. Und auf den Beinen halten kann er sich auch nicht mehr. Es ist halb zwei Uhr nachts, Frau von Engelbrecht und er stehen vor Ninos ausgeräumtem Safe und betrachten die Blutspritzer, die Knochensplitter und die eingetrocknete Hirnmasse. Die Personalien sämtlicher Angestellter, Prostituierter und Freier, die sich zum Zeitpunkt des Leichenfunds im Garten Eden aufhielten, sind aufgenommen, Ninos Leiche ist zwei Dutzend Mal fotografiert und anschließend eingesackt worden und wird in diesem Moment die schmale Treppe hinunterbugsiert. Der Nebel hat sich weitgehend verzogen, auf dem Stadtring werden die letzten Fahrzeuge geborgen, eine Spur ist bereits wieder freigegeben.

Waclav Nemec, Ninos Ausputzer, befindet sich in U-Haft und wird ärztlich behandelt. Als die Kollegen mit vorgehaltenen Pistolen die Tür des Bentleys öffneten, war er kaum noch bei Bewusstsein. Offenbar hat er sich in dem Versuch, den Kabelbinder zu durchtrennen, beide Handgelenke aufgeschlitzt, und zwar derart, dass er beinahe verblutet wäre. Seine Schuhe standen in einer zwei Zentimeter tiefen Blutpfütze.

»Wir wären dann so weit fertig«, sagt einer der Kriminaltechniker, der aussieht wie im Labor erzeugt, riesig, mit tentakelartigen Gliedmaßen.

»Danke, die Herren«, sagt Frau von Engelbrecht. »Wir sprechen uns morgen.«

Florians Blick haftet an einem Stück Hirnmasse, das an der Innenseite der Tresortür hinabgerutscht ist und eine glänzende Schneckenspur auf dem Metall hinterlassen hat. Einer seiner Ausbilder hat gern über dieses Thema gesprochen, aber verstehen tust du es erst, wenn du unmittelbar damit konfrontiert bist: Es gibt Menschen, die tun Dinge – da kommst du rational nicht hinterher. Manche haben einen Hass in sich, der aus einer anderen Welt zu kommen scheint, andere kapieren nicht, wie Mitgefühl funktioniert, was das überhaupt sein soll.

Bei ihrem dritten gemeinsamen Fall, Ende Juni war das, da hatten Frau von Engelbrecht und Florian es mit einem Sadisten zu tun. Keine Frau der Welt hätte den sexuell erregen können, aber wenn er jemandem die Haut aufschlitzte und die Schreie hörte, dann bekam er auf der Stelle einen Steifen. Alles Menschen. Tiere machen so etwas nicht.

Um nicht mögliche Beweisspuren unbrauchbar zu machen, setzt sich Florian auf den Boden und lehnt sich gegen die Wand. »Ich krieg's nicht zusammen«, gesteht er.

Drüben an der Bar steht Frau von Engelbrecht in ihrer makellosen Unnahbarkeit und betrachtet die weißen Krümel auf der Theke. Neben ihr hält die Jugendstilschönheit die Schale mit den Viagratabletten in die Höhe. Was für eine Disziplin die aufbringen, beide, Frau von Engelbrecht ebenso wie die barbusige Jugendstilschönheit. In diesem Moment ersehnt Florian nichts mehr, als dass Frau von Engelbrecht von ihrem Sockel steigen und sich von ihrer menschlichen Seite zeigen würde, scheiß auf die Disziplin, komm schon.

»Laut Aussage von Frau Hase hat ihr Mann sie nach dem Boxkampf zu Hause abgesetzt«, überlegt die Kommissarin. »Anschließend kommt er hierher. Nino und er haben etwas zu feiern – Kokain, Whisky …«

Sie betrachtet die Flasche, von der bereits die Fingerabdrücke genommen wurden. Und dann passiert es: Sie dreht einen Tumbler vom Kopf auf die Füße und gießt sich zwei Fingerbreit Whisky ein.

»Auch einen?«, fragt sie.

Florian nickt.

Sie kommt herüber, stellt sich vor ihn, reicht ihm das Glas. Sie trinken. Florian hat noch nie zuvor Whisky getrunken und könnte gar nicht benennen, was er da schmeckt, auf jeden Fall ist es neu, völlig neu, und läuft von seiner Zunge direkt in die Adern, ohne Umwege.

»Es kommt zum Streit.«

Frau von Engelbrecht bewegt sich wieder durch den Raum, nimmt unterschiedliche Blickwinkel ein. Florian hat einen Freund, noch aus Schulzeiten, Matz, der heute als Fotograf arbeitet. Der hat ihm erklärt, dass es so auch beim Fotografieren ist. Du weißt, das Bild, das du suchst, steckt irgendwo, die Frage ist: Findest du es?

»Es geht um Geld«, sagt sie jetzt. »Schulden. Hase hat eine Waffe, lässt Nino den Tresor öffnen, erschießt ihn und steckt das Geld ein.«

»Er hat sich das Geld, das er Ferrante geschuldet hat, bei Nino geholt.«

»Möglich.«

»Was ist mit diesem Schlepper?«

»Der hört den Schuss, reißt die Tür auf … Nein, unwahrscheinlich. Schlepper hat im Auto auf Bosse gewartet. Doch statt seines Chefs kommt Hase, fesselt ihn ans Lenkrad und macht sich davon.«

Florian ist kurz davor, seinem Whisky das Du anzubieten. Seine Finger, sogar seine Zehen – alles entspannt sich. »Müsste zu sehen sein …«

»Herr Siebold?«

»Wenn wir Glück haben.«

»Wovon reden Sie?«

»Ist vielleicht nur ein Fake, aber da hängt eine Kamera über dem Hinterausgang.«

»Gut, werden wir prüfen. Dann: Hase nimmt das Geld, fährt nach Hause, verlangt von seiner Frau, dass sie aussagt, er sei den ganzen Abend über bei ihr gewesen. Sie weigert sich. Es kommt auch hier zum Streit, sie stürzt, der Couchtisch geht zu Bruch. Hase verliert die Kontrolle über sich, schleift seine Frau nach oben, verteilt das Geld im Schlafzimmer, zwingt seine Frau zum Geschlechtsverkehr, schlägt sie. Sie kommt an seine Pistole, bedroht ihn, ruft die Polizei. Er schlägt zu, sie schießt und verliert das Bewusstsein.«

»Was ist mit Ferrante?«, fragt Florian.

»Was ist mit ihm?« Frau von Engelbrecht stellt fest, dass ihr Glas leer ist. »Möchten Sie auch noch einen?«

Florian streckt ihr wortlos sein Glas entgegen. Statt es ihrem Kollegen aus der Hand zu nehmen, steuert Frau von Engelbrecht die Bar an, greift sich die Flasche, kehrt zu Florian zurück, streift die Schuhe ab, lehnt sich gegen die Wand und lässt sich daran hinabgleiten. Kurz muss Florian an das Stück Hirnmasse denken. Dann sitzen sie nebeneinander, ihre Schultern berühren sich. Die von Florian ist aus Gummi. Frau von Engelbrecht riecht wie ein Versprechen. Möglich, dass Florian ihren Geruch gar nicht wirklich wahrnimmt, sondern ihn nur im Kopf erzeugt. Macht aber keinen Unterschied. Er weiß, wie sie riecht, hat den Duft noch in der Nase, von vorhin, als er in sie hineingestolpert ist, kann ihn heraufbeschwören wie den Geist aus der Flasche.

»Ferrante wird entlassen«, überlegt Florian. »Zwei Tage später sind alle tot – bis auf seine Ex-Frau.«

»Sie glauben, Ferrante und seine Ex-Frau haben gemeinsame Sache gemacht?«

»Aber so was von …«

Frau von Engelbrecht gießt ihnen Whisky nach. Florian spürt, wie sich sein Körper mit jedem Schluck ein bisschen mehr in warme Knete verwandelt.

»Ich sehe nicht, wie Schlepper da ins Bild passt.«

»Ich auch nicht«, gibt Florian zu, »noch nicht.« Er sieht die Kommissarin von der Seite an und muss eine menschenverachtende Überwindung aufbringen, sie nicht zu küssen. »Was ist so anders an Ferrante?«, will er wissen. Soll heißen: Was hat er, das ich nicht habe?

Frau von Engelbrecht dreht ihm den Oberkörper zu. »Wovon sprechen Sie?«

Dabei weiß sie natürlich, wovon er spricht. Und weil das echt nicht der Moment ist, nicht ehrlich zu sein, erwidert Florian: »Das wissen Sie ganz genau: Dieser Ferrante macht etwas mit Ihnen, das sonst niemand macht. Ich jedenfalls habe Sie noch nie so erlebt.«

»Was meinen Sie mit ›so‹?«

Menschlich, denkt Florian, nahbar, mitfühlend! »Emotional« ist das Wort, für das er sich entscheidet. »Nicht einmal nach der Vergewaltigungsgeschichte in Schöneberg, bei der Sie der Mutter am Ende sagen mussten …« Er erspart ihnen den Rest, sie waren schließlich beide dabei.

»Also gut, spielen wir es noch einmal durch«, schlägt Frau von Engelbrecht vor. »Sie glauben, Stefano Ferrante hat Nino Bosse ermordet.«

»Nein, aber ich glaube auch nicht, dass er ihn *nicht* ermordet hat.« Die Logik eines Betrunkenen, wie Florian selbst auffällt. »Ferrante wird entlassen und trifft sich mit seinem Trainer. Der wird bei dieser Gelegenheit gleich mal erschossen. Bumm. Dann sucht er seine Ex auf, und schwupps liegt am Abend ihr Mann tot im Schlafzimmer. Bumm, bumm. Und diesen Zuhälter erwischt es auch gleich noch. Bumm, bumm, bumm. Drei Tote im direkten Umfeld – innerhalb von achtundvierzig Stunden. Und das ist alles Zufall, oder was?«

»Dieser Stefan aus dem Bürger-Eck hat ausgesagt, er habe den ganzen Abend mit Ferrante am Tresen verbracht.«

»Dieser Stefan war sturzbetrunken. Haben Sie den Abdruck auf seiner Stirn gesehen? Der hat zwischendurch auf seinem Glas ein Nickerchen gemacht.«

»Die Bedienung hat ausgesagt …«

»… die Bedienung hat ausgesagt, sie *glaube*, die beiden hätten den Abend über an der Bar gesessen. Das ist an sich schon verdächtig. So was weiß ich doch, wenn ich da arbeite.«

»Sie glauben also nicht, dass die beiden gemeinsam dort waren.«

»Doch!« Florian kramt den Bierdeckel aus der Jackentasche, den er sich von der Bedienung hat geben lassen. »Hier: zwölf Biere und acht Schnäpse. Natürlich waren sie die ganze Zeit über im Bürger-Eck. Wann sonst hätten die das alles trinken sollen?«

Frau von Engelbrecht forscht in Florians Augen, legt eine Schicht nach der anderen frei. Kann es sein, dass du auf mich stehst, Florian Siebold? Bist du eifersüchtig auf einen Ex-Boxer, der zu Unrecht dreieinhalb Jahre abgesessen hat?

»Trotzdem ist da was faul«, protestiert Florian.

Frau von Engelbrecht erhebt ihr Glas, Florian macht es ihr nach. Was kommt denn jetzt, denkt er.

Er sieht, wie ihre Lippen sich bewegen. »Ich habe das Gefühl, das ist ein guter Moment, Ihnen das Du anzubieten.«

»Was?«

»Ist Ihnen das zu persönlich?«

»Was? Nein!«

»Gut. Also« – sie stoßen an –, »ich bin Hann…«

Sie hat ihren Namen noch nicht ausgesprochen, da kleben Florians Lippen auf ihren. Zwei Sekunden lang lässt sie das geschehen, drei womöglich, dann schiebt sie Florian zärtlich in seine Ausgangsposition zurück.

»Florian«, sagt Frau von Engelbrecht.

»Das war jetzt etwas unerwartet, Florian.«

Worauf du wetten kannst, denkt Florian.

Eine Stunde und zwei Whiskys später steigen sie in den Dienstwagen. »Ich fahr Sie nach Hause«, sagt Frau von Engelbrecht und dreht den Zündschlüssel. Das jedenfalls ist es, was Florian versteht. Sie wirkt unfassbar nüchtern.

»Dich«, sagt er.

»Dich.«

Sie haben herausgefunden, dass die Kamera über dem Hintereingang kein Fake ist, haben gemeinsam mit blinzelnden Augen in fünffacher Geschwindigkeit in den Nebel gestarrt, haben Nino und Schlepper in den Garten Eden gehen sehen, zwanzig Minuten danach Marcello. Später kamen sie alle wieder heraus, Nino ging wieder rein, Marcello und Schlepper blieben draußen. Irgendwann sah man dann Schlepper den Sicherheitscode eingeben und reingehen und kurze Zeit später mit der Golftasche über der Schulter wieder herauskommen.

Florian kam sich vor, als versuchte er, quadratische Holzklötze in runde Löcher zu stopfen. »Schlepper hat seinen eigenen Boss umgelegt?«

»Und ist anschließend von Hase ans Lenkrad gefesselt

worden, der sich die Tasche genommen hat und damit nach Hause gefahren ist.«

»Das glauben Sie doch selbst nicht.«

Frau von Engelbrecht überlegte eine Weile, blickte auf das Standbild – Schlepper mit Golftasche, die Bomberjacke, die Mütze, alles in Nebel gehüllt. Schließlich entschied sie: »Morgen.«

Und so sitzen sie jetzt im Wagen, und Frau von Engelbrecht fährt Florian quer durch die Stadt, dabei hat sie genauso viel getrunken wie er. An manchen Ecken hängt noch der Nebel wie ein sich verflüchtigender Gedanke, besonders um den Nollendorfplatz herum und in Ufernähe, die Straßen sind leer, Florian sieht Ampeln, Lichter, Dönerbuden. Zwischendurch schließt er für Sekunden die Augen, und jedes Mal, wenn er das tut, denkt er: Küss mich.

»Florian?«, sagt sie zärtlich.

Er schlägt die Augen auf und erkennt den Altbau, in dem er wohnt, die Manteuffelstraße, die rote Tür mit der Ziffer neben der Durchfahrt. Woher weiß sie, dass er hier wohnt – dass es von allen Häusern in Berlin ausgerechnet dieses ist. Er sieht sie an, sie sieht ihn an. Das dauert.

»Alles in Ordnung?«, fragt Frau von Engelbrecht.

Und Florian erwidert: »Kommst du noch mit rauf?«

Sein Reflex ist, sich zu entschuldigen, aber er hat sich oft genug entschuldigt, viel zu oft. Jetzt mach schon, bitte.

»Auf ein Bier«, sagt er, Betonung auf »ein«.

»Eigentlich trinke ich kein Bier.«

»Trifft sich gut. Ich hab auch keins da.«

Als sie auf dem zweiten Treppenabsatz ankommen, spürt Florian, dass etwas nicht stimmt. Noch kann er es nicht greifen. Ein Geruch? Auf dem nächsten Absatz ist es Gewissheit: Muriel. Sie sitzt auf der oberen Stufe, ihre Sneaker neben sich. Die Haare hängen strähnig um ihre Schultern, die Schminke hat ihre Konturen eingebüßt. Spezialparty. Tausend Menschen, neunzig Prozent Luftfeuchtigkeit, die Bässe massieren dir den Unterleib, und mitten auf der Tanzfläche Muriel, die Arme über Kopf, und wahrscheinlich ist Bakr bei ihr – ganz sicher ist er das –, der sich an ihr reibt, gar nicht anders kann, als sich an ihr zu reiben, so eng, wie das hier zugeht, mit einem Dauergrinsen im Gesicht.

Und doch sitzt sie jetzt auf dem Treppenabsatz und wartet auf dich. Das ist doch mal eine Überlegung wert: Seit Monaten behandelt Muriel dich von oben herab, und in dem Moment, da du sie zum ersten Mal abblitzen lässt und nicht so funktionierst, wie sie will, da hockt sie vor deiner Tür und wartet. Und noch etwas ist interessant: das Bild von ihr und Bakr auf der Tanzfläche, die Bässe, das Licht, die Berührungen. Es macht dir nichts mehr aus. Keine Eifersucht. Schade eigentlich.

»Wer ist *das* denn?«, will Muriel wissen.

»Das ist Frau von Engelbrecht. Hannah. Meine Kollegin.«

Muriel erhebt sich, steht da wie eine Tempelwächterin, eine halbe Treppe unter sich Hannah und Florian. Sie würde gern etwas sagen, das Urteil verkünden, doch ihr bricht gerade das Fundament ihres Selbstbildes weg. Dass es *Florian* sein könnte, der sich von *ihr* abwendet, war bis zu diesem Zeitpunkt undenkbar. Ist es noch immer.

»Ich hab Hannah gefragt, ob sie noch mit raufkommt«, erklärt Florian. »Auf ein Bier.«

»Du trinkst doch gar kein Bier!«

»Hannah auch nicht.«

Verzweifelt sucht die Tempelwächterin nach dem Gegenzauber, der alles ungeschehen macht, nach der göttlichen

Waffe. Der Blitz, den sie schließlich von sich schleudert, klingt wie folgt:

»Die könnte deine Mutter sein!«

»Ist sie aber nicht«, erwidert Florian.

Frau von Engelbrecht sagt: »Ich denke, ich sollte besser …«

»Nein!« Florians Hand tastet nach ihrer, findet sie, ihre Finger verschränken sich ineinander. Vorsichtig erwidert sie den Druck.

»Sorry.«

Damit versetzt Florian Muriels Selbstbild ungewollt den Todesstoß. Dass *sie* in einer Beziehung diejenige sein soll, der das Mitleid gebührt, kann nicht sein. Mitleid ist etwas für den, der sitzen gelassen wird, und eine wie Muriel lässt man nicht sitzen, unmöglich.

»Das mit uns war von Anfang an keine gute Idee«, hört sie ihn sagen.

Er kommt die Stufen herauf, seine Kollegin an der Hand, geht an ihr vorbei. Muriel stirbt, hört den Schlüssel, stirbt noch einmal, hört, wie sich die Tür schließt, und stirbt endgültig. Also fast. Tatsächlich zieht sie ihre Sneaker an, läuft die Treppe hinunter und vor zur U-Bahn, wo sie sich auf eine Bank setzt, sich vor Wut die Seele aus dem Kopf heult und immerhin ein bisschen stirbt.

Nachdem Muriels hastige Schritte verklungen sind, steht Florian mit zittrigen Fingern im Flur und ist zugleich todmüde und unglaublich wach. Das Licht lässt er ausgeschaltet. Vorsichtig, als wären es Schmetterlingsflügel, berührt er Hannah an den Schultern, dreht sie zu sich um und küsst sie. Ein langer Kuss. Ein sehr langer. Lange genug, um ihr währenddessen den Babykamelhaarmantel von den Schultern zu schieben und sie in die Arme zu schließen, ihre Rippen zu spüren, den Druck ihrer Brüste an seinem Körper.

In der siebten Klasse hat er einmal etwas sehr Mutiges getan. Es war im Februar. Der Unterricht hatte bereits begonnen, da sah er einen verspäteten Mitschüler, der, um Zeit zu sparen, über den zugefrorenen Teich hinter der Schule laufen wollte. In der Vorwoche waren sie noch darauf Schlittschuh gefahren, doch inzwischen war das Eis angetaut. Als Florian sah, wie er einbrach, rannte er ohne ein Wort der Erklärung aus dem Klassenzimmer, sprang mit einer Bewegung, die er hinterher nicht mehr rekonstruieren konnte, über den Schulzaun, glitt auf das Eis und schob sich, auf dem Bauch liegend, an das Loch heran. Als er die eisigen Finger des Mitschülers spürte und zu ziehen versuchte, war er sicher, dass das Eis brechen würde. Doch es trug. Er rettete ein Leben – unter Einsatz seines eigenen, wie der Direktor später betonte. Eine Formulierung, die ihm bereits damals sonderbar erschien: unter Einsatz seines Lebens. Er hatte keine Sekunde darüber nachgedacht. Jetzt, hier, im Flur, seine Lippen auf Hannahs – das ist wirklich »unter Einsatz seines Lebens«. Dagegen war die Sache mit dem zugefrorenen See ein Kinderspiel.

»Ich will mit dir schlafen«, sagt er.

Hannah flüstert: »Das will ich auch hoffen.«

24

Lucky war klar geworden, durch welche Tür er seiner Zukunft entgegengehen würde, als er Alex und Hakan im Ring gesehen hatte. Streng genommen kann man das natürlich nicht – der Zukunft entgegengehen –, die Zukunft existiert ebenso wenig wie die Vergangenheit. Manchmal aber kann Lucky seine Gedanken in eine bestimmte Richtung lenken, das ist dann wie Gravitation, als würde er im Ring stehen, die Antennen voll unter Strom, und mit geschlossenen Augen wissen, wo sich der Gegner befindet. Und wenn Lucky das tut – seine Gedanken in eine bestimmte Richtung lenken –, dann fühlt es sich an, als wartete dort etwas auf ihn. Wie genau das funktioniert, lässt sich mit Worten schwer beschreiben. Worte sind ohnehin immer nur der Kleister, mit dem du die Tapete an die Wand klebst. Ist nicht wichtig. Worum es geht, ist die Tapete.

Jedenfalls: Als Lucky den blinden Furor sah, mit dem der körperlich überlegene Hakan sich ins Verderben stürzte, da wusste er, dass dieser Typ sein Leben lang nur Prügel kassieren und es nicht verstehen würde, wenn ihm nicht jemand beibrächte, seinen Kopf besser zu schützen. Und dass man sich nicht nur vor und zurück, sondern auch seitwärts bewegen kann. Und dass der Schlag im Fuß anfängt.

Sollte es Lucky also gelingen, aus dieser Geschichte herauszukommen, ohne sich anschließend im Knast wiederzufinden – so sein Gedanke –, dann würde er wissen, durch welche Tür er zu gehen hätte und dass diese Tür nicht nur in die Zukunft führen, sondern ihm zugleich den Frieden mit seiner Vergangenheit bescheren würde.

Die Wiederaufnahme des Verfahrens in Sachen Djamila förderte keinen neuen Tatverdächtigen zutage, allerdings wurden Zweifel am Tathergang laut, die vier Jahre zuvor offenbar ungehört geblieben waren. Der Richter kam zu dem Schluss, dass auf Basis der Beweislage keine Verurteilung hätte erfolgen dürfen, und bot den Standardsatz für Haftentschädigung an: 25 Euro pro angefangenem Hafttag, 31 925 Euro für dreieinhalb Jahre »entgangenes Leben«. Genau genommen gibt es »entgangenes Leben« ebenso wenig wie »tot sein«. Egal. Das meiste von dem, was der Richter sagte, ging ohnehin zum einen Ohr rein und zum anderen wieder raus. Einzig ein Satz ist Lucky noch im Gedächtnis, nämlich als der Richter davon sprach, »der Gerechtigkeit zu einem späten Sieg« verholfen zu haben. Er, der Richter, hatte das praktisch im Alleingang vollbracht, Gerechtigkeit, Sieg. Lucky hätte ihm am liebsten mit seiner Faust den Scheitel gezogen, sagte aber nichts und akzeptierte das Geld.

Im Flur vor dem Gerichtssaal stand dann plötzlich diese Kriminalkommissarin vor ihm, die ihn damals schon verhört hatte. Sie schien auf ihn gewartet zu haben. »Ich wünsche Ihnen alles, alles Gute.« Sie lächelte traurig. Lucky dachte, sie würde gleich anfangen zu heulen, aber dann wandte sie sich ab und ging. Soll einer die Frauen verstehen.

Lucky machte es wie früher – fuhr mit dem Daumen über die erhabenen Buchstaben, bevor er die Klingel drückte. Sibel war abgemagert, Lucky schrak zurück, als er die hohlen Wangen sah. Es roch nicht nach Essen, es roch nach Putzmittel. Das hatte es noch nie gegeben.

»Ich weiß, dass du es bist«, sagte sie nicht ganz in seine Richtung und blieb mit hängenden Armen in der Tür stehen.

Erst als er auf sie zuging und ihr die Hände auf die Schultern legte, drückte sie endlich ihren Kopf mit der Stirn voran gegen seine Brust. Als wollte sie ihn aus der Tür schieben. Er schloss sie in die Arme, und sie begann zu weinen, lautlos zunächst, später wie ein Wasserfall. Und wie sie so auf der Schwelle standen und die Trauer in Wellen aus Sibels Körper schwappte, da verstand Lucky zum ersten Mal, was er vorher nur gewusst hatte, nämlich dass man seinen Schmerz wirklich und wörtlich umarmen muss, um mit ihm Frieden zu schließen, und dass, wenn man dazu bereit war, alles noch gut werden konnte.

Er bestand darauf, dass sie das Geld nahm und ihm Helmuts Gym »verkaufte«. Er würde es nicht geschenkt nehmen. »Aber Helmut hätte gewollt, dass du es weiterführst«, sagte Sibel.

Das stimmte. Einerseits. Andererseits wollte sie doch noch einmal nach Istanbul, außerdem könnte sie sich endlich eine bessere Wohnung leisten, vielleicht sogar kaufen, nie wieder Mietsorgen und raus aus diesem Kasten mit den sprechenden Rohren und den summenden Wänden.

Nach Istanbul müsse sie nicht mehr, sagte Sibel. Ja, sie hätte es gern noch einmal gesehen, gerochen, ihre Erinnerungen gefüttert. Mit Helmut. Ohne ihn erscheine es ihr wie ein Verrat. Sie sei aber nicht traurig deswegen, und Lucky solle es auch nicht sein. Du kannst nicht alles haben, niemand kann das. Und wer das nicht akzeptiert, wird immer arm bleiben. Was die Wohnung angeht – es ist ihre, sie gehört zu ihr.

Lucky löste das Problem mit dem Geld, indem er bei einem der nächsten Besuche die Tasche mit den Scheinen und den Goldbarren einfach unter der Garderobe stehen ließ. Sie verloren beide kein Wort darüber. Sibel tat so, als bemerkte sie die Tasche nicht. Sechs Wochen lang. Dann war sie verschwunden und Lucky erleichtert. Neulich hat er ihre Schwester Yuksel gesehen, als sie zwei ihrer Enkel von der Schule abholte – in einem 3er BMW. Und vor der Tür der Nachbarin, die Sibel immer mit den Einkäufen hilft, stand ein Luxuskinderwagen, der roch, als hätte man ihn eben erst aus der Verpackung gezogen.

Sie trägt nicht mehr nur Schwarz. Mit den Kopftüchern hat es angefangen, die eroberten sich als Erstes die Farbe zurück. Inzwischen trägt sie auch wieder Jeans. Und wenn Lucky sie besucht, freitags vor dem Training, begrüßt ihn im Flur auch wieder der altvertraute Geruch ihrer Kuru Fasulye. Die kann sie blind kochen.

Nachdem Yvonne Hase frei- und Waclav Nemec schuldig gesprochen worden waren, stellten sich bei Florian über mehrere Wochen Schlafstörungen ein, die er auch mit Melatonin nicht in den Griff bekam. Gegen halb vier Uhr morgens wachte er auf und schlief erst anderthalb Stunden später wieder ein. Die Zeit dazwischen verbrachte er damit, jeden Aspekt dieses Falls zu prüfen, immer und immer wieder. Er war sicher, dass Lucky an den drei Morden nicht unbeteiligt gewesen war, aber sooft er den Tathergang auch zu rekonstruieren versuchte, es blieben immer Fragen offen, und Lucky war nie die Antwort.

Wie war es Marcello gelungen, der voll auf Koks, Whisky, Amphetaminen und Viagra gewesen war (die Obduktion las sich wie die Beschreibung eines Silvesterfeuerwerks), Schlepper ans Lenkrad zu fesseln? Oder hatte Marcello selbst den Mord an Nino Bosse verübt, und Schlepper hatte nur anschließend das Geld aus dem Tresor geholt? Apropos: Hätte Schlepper nicht wissen müssen, dass er dabei gefilmt werden würde, wie er mit der Golftasche über der Schulter den Garten Eden verließ? Außerdem war da noch der USB-Stick mit den belastenden Aufnahmen von Nino, der in diesem Internetcafé im Wedding aufgetaucht war, ohne dass irgendjemand hätte sagen können, wie er dort hingelangt war. Fingerabdrücke fanden sich keine darauf. Florian hätte zu gern die Aussage von Ferrante mit dem Bewegungsprofil seines Handys abgeglichen, aber Ferrante hatte zur Tatzeit kein Handy besessen. Florian würde das nie alles unter einen Hut bringen.

Hannah war ausnahmsweise keine Hilfe. Stoisch blockte sie jeden Einwand ab. Sie war wie der Richter davon überzeugt, der Gerechtigkeit zu einem späten Sieg verholfen zu haben. Hannah. Was für eine Frau. Nach ihrer ersten gemeinsamen Nacht traute Florian sich lange nicht an sie heran. Bis sie an einem eiskalten Nachmittag Anfang Januar wieder gemeinsam im Minouche saßen, über einen neuen Fall sprachen, Florian sich ohne Vorwarnung über den Tisch beugte und sie küsste.

»Ich will mit dir schlafen«, presste er hervor.

»Jetzt gleich?«

»Jetzt gleich. Oder später. Oder jetzt gleich *und* später.«

»Ich dachte schon, du fragst nie mehr.«

»War keine Frage.«

Als der Wärter Schlepper zu seiner Zelle führte, saß da ein Mann in einer orangefarbenen Kutte auf dem Bett.

Schlepper blieb in der Tür stehen: »Da sitzt ein Typ in meiner Zelle.«

»Und?«

»Was macht'n der da?«

»Der meditiert.«

»Ich will den da nicht.«

»Ist nicht deine Zelle, ist eure.«

»Der bleibt da?«

»Wir haben Mehrfachbelegung. Gibt noch mehr Arschlöcher als dich.«

Der Mann im Lotussitz wandte Schlepper den Kopf zu. »Hallo.«

Bereits in diesem einen Wort schwang so viel Bereitschaft zum Dialog mit, dass Schlepper innerlich zu stöhnen anfing. Einer, der quatschen wollte. Hölle.

Lucky denkt in letzter Zeit wieder öfter an den Abt. Komischerweise vor allem dann, wenn Hakan beim Sparring gegen Alex mal wieder alles vergisst, was Lucky ihm in den Wochen zuvor einmassiert hat: Der Schlag fängt im Fuß an, auf den Ballen stehen, nicht auf den Fersen, zur Seite ausweichen, nicht nach hinten, NICHT NACH HINTEN!, Deckung hoch. Irgendwann wird er es lernen.

Es sind solche Momente, in denen Lucky der Abt in den Sinn kommt. Dann hört er ihn fragen: *Bist du einverstanden mit dem Leben, wie du es heute lebst?* Als Mongo ihm diese Frage das erste Mal stellte, hatte Lucky ihm als Antwort einen Backenzahn ausgeschlagen. Am nächsten Morgen saß Mongo da, als wäre nichts gewesen, und Lucky hatte angefangen nachzudenken.

Jetzt lautet die Antwort: ja.